Mosaik bei
GOLDMANN

Buch

Männer – nicht alle, aber ziemlich viele – genießen das Zusammensein mit einer professionellen Liebesdienerin. Aber was ist das Besondere an bezahltem Sex? Was macht ein Callgirl so begehrenswert, dass Männer bereitwillig viel Geld für seine Gesellschaft bezahlen?
Veronica Monet kennt die Geheimnisse der Profis, denn sie hat vierzehn Jahre lang als Edel-Callgirl gearbeitet. In dieser Zeit hat sie nicht nur zahlreiche erotische Erfahrungen gemacht und viel über Sex gelernt, sie hat auch Erstaunliches über Beweggründe und Psyche der Männer erfahren. In »Sex de Luxe« verrät sie ihre heißesten Sextechniken und lüftet das Geheimnis, wie jede Frau unwiderstehlich wird.

Autorin

Veronica Monet ist ausgebildete Sexualpädagogin, Tantra-Lehrerin und Beraterin in Fragen zu Partnerschaft und Sex. Sie arbeitete 14 Jahre lang als Begleitdame, Prostituierte, Aktmodell und Erotikdarstellerin. Heute hält sie Vorträge zum Thema Sex an verschiedenen Universitäten in den USA. Ihr Interesse gilt vor allem den politischen und gesellschaftlichen Aspekten menschlicher Sexualität. Sie lebt in Kalifornien.

Veronica Monet

Sex de Luxe

Profi-Tipps
für heiße Nächte

Aus dem amerikanischen Englisch
von Tatjana Kruse

Mosaik bei
GOLDMANN

Alle Ratschläge und Hinweise in diesem Buch wurden von der Autorin und vom Verlag sorgfältig erwogen und geprüft. Eine Garantie kann dennoch nicht übernommen werden. Eine Haftung der Autorin beziehungsweise des Verlags für Personen-, Sach- und Vermögensschäden ist daher ausgeschlossen.

FSC
Mix
Produktgruppe aus vorbildlich bewirtschafteten Wäldern und anderen kontrollierten Herkünften

Zert.-Nr. SGS-COC-1940
www.fsc.org
© 1996 Forest Stewardship Council

Verlagsgruppe Random House FSC-DEU-0100
Das für dieses Buch verwendete FSC-zertifizierte Papier *Munken Print* liefert Arctic Paper Munkedals AB, Schweden.

1. Auflage
Deutsche Erstausgabe April 2007

The edition published by arrangement with NAL Signet,
a member of Penguin Group (USA) Inc.
Originaltitel: Veronica Monet's Sex Secrets of an Escort
Umschlaggestaltung: Design Team München
Umschlagmotiv: Corbis/Zefa/Besnault
Redaktion: Birgit Gehring
Satz: Buch-Werkstatt GmbH, Bad Aibling
Druck und Bindung: GGP Media GmbH, Pößneck
WR · Herstellung: Han
Printed in Germany
ISBN 978-3-442-16859-0

www.mosaik-goldmann.de

Inhalt

Vorwort

Als mir ein Freund vor langer Zeit gestand, dass er für Sex gelegentlich zahlte, rief das bei mir gemischte Gefühle hervor. Einerseits war ich geschockt und enttäuscht, dass er etwas tat, was ich für unmoralisch hielt, andererseits fühlte ich auch etwas Unerwartetes – Neugier und Eifersucht. Ich fragte mich: Was genau konnte eine Frau im Bett tun, wofür Männer sie bezahlten?

Erst viele Jahre später fand ich die Antwort auf diese Frage, als ich selbst Hostess beziehungsweise Callgirl wurde.

Es war eine herrlich ausschweifende Lebensweise, die jede Facette meines Lebens auf eine Weise veränderte, wie ich es niemals für möglich gehalten hätte. Was ich dabei über Sex und Männer lernte, war überraschend und gleichzeitig befreiend.

Weil ich meinen Beruf voller Stolz ausübte, lernte ich, eine Vielzahl von Diensten anzubieten, beispielsweise erotischen Safer Sex, Tantra, Machtwechsel, Fellatio, sinnliche Massage, Rollenspiele, Exhibitionismus, die Arbeit mit Chakren und Druckpunkten, Verführung, Rollenumkehr, Prostatamassage und multiple Orgasmen für Männer. Ich lernte darüber hinaus, Männern mit sexuellen Funktionsstörungen zu helfen, ein gesundes sexuelles Verhaltensmuster zu entwickeln.

In diesem Buch möchte ich Sie mit all diesen Themen und Techniken vertraut machen und mit Ihnen teilen, was ich als Hostess über Sex, Männer und Frauen gelernt habe.

Ich war etwas über vierzehn Jahre als Hostess tätig. Als Quereinsteigerin arbeitete ich mich bis zur Spitze meines Berufsstandes hoch. Ich werde Sie einweisen in die Fertigkeiten und Kenntnisse, die es mir erlaubten, für meine Zeit sehr viel Geld zu verlangen. Sie werden die wichtigsten sexuellen Techniken erlernen und alles über den Bereich der inneren Einstellung und Haltung, der entscheidend für das Selbstvertrauen ist, das Männer bei Frauen sexuell so überaus anziehend finden.

Dieses Buch will aus diversen Gründen nicht das letzte Wort in Sachen Sex oder Sexualität haben. Zum einen ist Sex ein Thema, das man jahrelang studieren kann, nur um dann zu entdecken, wie viel man immer noch zu lernen hat. Zum anderen habe ich viele formale Aspekte der Fortpflanzungsbiologie und Gesundheit ausgelassen, damit dieses Buch benutzerfreundlich bleibt (und weniger als zehntausend Seiten umfasst).

Und zu guter Letzt schreibt man ein Buch, wie man eine Rede hält: Man muss das Material auf das Publikum zuschneiden. Da mein Zielpublikum Frauen sind und insbesondere Frauen, die eine Beziehung zu einem Mann haben, decken die vorgestellten Tipps nicht alle Geschlechter und sexuellen Orientierungen ab. Sollten Sie nicht in meine anvisierte Zielgruppe fallen, lade ich Sie dennoch herzlich ein, das Buch zu lesen, da es einige einzigartige Erkenntnisse über Männer und Sex enthält, die noch nie zuvor von einer Hostess erzählt wurden.

Sie dürfen auch gern meinen professionellen Rat in Sachen Sex und Rendezvous einholen oder mich für einen Vortrag buchen:

Veronica Monet
TAP Communications
2995 Woodside Road
Suite 400
Woodside, CA 94062, USA
prospeaker@veronicamonet.com
www.veronicamonet.com

1 Der Schlüssel zur männlichen Kultur

Die Kurtisanen früherer Tage waren berüchtigt dafür, die männlichen Zentren der Macht, Kommunikation, Erziehung und Sport zu infiltrieren. Genauer gesagt, waren sie die einzigen Frauen, die mit Männern außerhalb von Heim und Herd interagieren durften. Den Ehefrauen war es verboten, zur Schule zu gehen oder auch nur lesen zu lernen, doch Kurtisanen besuchten Hochschulen und schrieben Bücher. Ein Grund, warum diese Frauen die weibliche Geschlechterrolle durchbrechen und typisch männliche Eigenschaften annehmen durften, war der, dass es sie für mächtige Männer sexuell attraktiver machte.

Obwohl es die Männer jener Zeit vorzogen, wenn ihre Ehefrauen ungebildet und unterwürfig waren, hielten sie diese Eigenschaften nicht für sexuell anziehend. Tatsächlich entfacht nichts die Libido mehr als ein intellektuell gleichgestellter Partner! Folgerichtig fanden mächtige Männer ihre intellektuelle und sexuelle Befriedigung genau bei der Art von Frau, die sie nicht einmal im Traum geheiratet hätten. Natürlich hat sich seit der Zeit, als Kurtisanen Hof hielten, viel geändert, aber einiges aus der Vergangenheit hat bis heute Bestand.

Als ich aufwuchs, warnten mich sowohl mein Vater als auch

meine Mutter, dass meine Neigung zu Diskussionen bei den meisten Männern nicht gut ankommen würde. Ich wurde ermutigt, in den meisten Situationen den »Mann gewinnen zu lassen« und das viel zitierte »zerbrechliche männliche Ego« zu hätscheln. Es gelang mir aber nie, mit meinem unabhängigen und freimütigen Naturell hinter dem Berg zu halten. Darum ging ich davon aus, dass ich bei den meisten Männern niemals beliebt sein würde. Nicht einmal in meinen wildesten Träumen hätte ich geglaubt, dass ich eines Tages eine erfolgreiche Hostess reicher und mächtiger Männer sein würde.

Als zeitgenössische Kurtisane stellte ich fest, dass meine Fähigkeit, männliches Denken zu verstehen und ehrgeizig mit Männern zu konkurrieren, für meine Kunden ein machtvolles Aphrodisiakum darstellte. Ich hatte immer schon viele Interessen; einige davon gelten als feminin, andere eher als maskulin. Viele Männer verlangten speziell nach meinen Diensten, weil es auf meiner Website ein Foto von mir im Cockpit eines Kampffliegers gab oder weil ich erwähnte, dass ich gern Krafttraining mache und tauche. Diese Sportarten bildeten ein gemeinsames Interesse, waren ein Anknüpfungspunkt für Gespräche, ein Ausgangspunkt für unseren erotischen Tanz.

Andere Männer waren eher von meinem Intellekt angetan und den kontroversen Meinungen, die ich als Schriftstellerin zum Ausdruck brachte. Es gefiel ihnen, mit mir zu diskutieren, manchmal bis hin zum Streit. Das war für mich eine echte Überraschung, denn es stand im Widerspruch zu den »Sei ein nettes Mädchen«-Ermahnungen meiner Kindheit. Ich hatte den unabhängigen und reizbaren Teil von mir nie für sexuell anregend gehalten – aber genau das war er!

Obwohl ich meiner Persönlichkeit nie die Zügel anlegte, nur um bei den Männern beliebter zu sein, muss ich doch zugeben, dass es mir enorm gefiel, wenn Männer mir ihre Aufmerksamkeit schenkten. Ich bin sicher, ich konnte diese Aufmerksamkeit weitaus mehr genießen, weil von mir nicht verlangt wurde, die Zugeständnisse zu machen, die sich viele Frauen abnötigen. Mir wurde sogar klar, dass nicht alle Männer so waren, wie man es mir beigebracht hatte. Männer entsprachen nicht einmal den gängigen Witzen, die Männer über Männer erzählen. Ich stellte fest, dass Männer viel komplizierter und vielschichtiger sind, als man es ihnen normalerweise zugesteht.

Es lässt sich nicht so leicht verstehen, wie Männer ticken und warum sie tun, was sie tun. Männer sind nicht alle gleich und Männer wollen auch nicht alle dasselbe. Als Hostess habe ich gelernt, mich von vorgefassten Meinungen und früheren Erfahrungen mit anderen Männern zu befreien. Ich konzentriere mich ganz auf den Mann vor mir und nehme ihn als einzigartig an. Es stimmt, man kann einige Verallgemeinerungen treffen, insbesondere hinsichtlich der Männer eines Landes, einer Kultur oder einer Subkultur. Aber bei diesen Verallgemeinerungen muss der Blick immer offen bleiben dafür, inwiefern gerade dieser eine Mann sich von allen anderen unterscheidet.

Unsere heutige Gesellschaft verbringt viel Zeit damit, die Bedürfnisse und Wünsche von Frauen zu definieren, zu verstehen und zu verteidigen. Frauen sind auch heute noch nicht in allen Bereichen gleichberechtigt, auch wenn es der Gesetzgeber so vorsieht. Doch aufgrund der Frauenrechtsbewegung wissen die meisten von uns zumindest grob, wo es noch hakt. Andererseits gibt es keine Männerrechtsbewegung. Besonders weiße Männer sind Zielscheibe von herablassenden Witze und nachteiligen Mutmaßungen.

Allgemein geht man doch davon aus, dass Männer – und vor allem weiße, heterosexuelle Männer – die letzten Menschen auf Erden seien, die eine Gleichberechtigungsbewegung brauchen. Augenscheinlich haben sie doch schon alle Rechte und Privilegien, die der Rest von uns will. Aber nach vierzehn Jahren Umgang mit extrem wohlhabenden, erfolgreichen und einflussreichen Männern kenne ich aus erster Hand die Ängste, Frustrationen und Kümmernisse, die einen quälen können, auch wenn es den Anschein hat, man besitze bereits alles. Ich habe auch das tiefe Unwohlsein kennen gelernt, das viele Männer empfinden, die sich in den rigiden Schranken eines vorgefassten Männerbildes gefangen fühlen, ungeachtet ihrer Hautfarbe, Herkunft oder ihrer Finanzlage.

Als Kurtisane behandele ich meine Kunden so, wie ich behandelt werden will. Ich behandele sie nicht als Feind und ich gehe auch nicht davon aus, dass sie alle dasselbe wollen. Ich schenke ihnen meine Aufmerksamkeit, höre ihnen interessiert zu und betrachte jeden Einzelnen als wertvollen Menschen mit verletzlichen Emotionen. Das war nicht von Anfang an so. Meine Kunden haben mir das beigebracht, indem sie mit ihren Emotionen und Verletzlichkeiten zu mir kamen. Das konnte ich einfach nicht ignorieren.

Als Hostess hatte ich eindeutig Vorteile, wenn es darum ging, Informationen über Männer zu sammeln. Natürlich weil ich viele Männer kennen gelernt habe. Allein darum konnte ich über Männer mehr erfahren, mehr sehen, mehr hören und mehr lernen als die Durchschnittsfrau. Doch in meinen vierzehn Jahren als Hostess hatte ich weniger Männer, als Sie vielleicht denken. Seit ich im Herbst 1989 meine Karriere als Hostess begann, habe ich über jeden Mann Buch geführt, mit dem ich je Umgang hatte, und bis zum heutigen Tag waren das 1869 Kunden.

Ich habe Männer von allen Kontinenten getroffen, aus fast jeder Altersgruppe (von 18 bis 80) und mit unterschiedlichstem sozioökonomischem Hintergrund. Sie arbeiteten in allen nur erdenklichen Berufen: Computerprogrammierer, Techniker, Büroleiter, Graphiker, Architekten, Bauunternehmer, Lastwagenfahrer, Klempner, Bauern, Hochschulstudenten, Professoren, Lehrer, Ärzte, Anwälte, Einzelhändler, Footballspieler, Triathleten, Unterwäschemodels, Musiker, Opernsänger, Maler, Schriftsteller, Minister, Rabbis, Soldaten, Offiziere, Polizisten, Feuerwehrmänner, Theater- und Filmproduzenten, Investmentbanker, Vorstandsvorsitzende, Selfmade-Millionäre, reiche Erben und milliardenschwere Konzernchefs.

Ich kann es inzwischen nicht mehr hören, wenn jemand stereotype Annahmen über Männer äußert. In solchen Situationen zucke ich zusammen und fühle mich unbehaglich. Ich hätte mein Einkommen immens beschnitten, wenn ich dieselben Vorurteile wie diese Leute gehabt hätte. Gerade weil und nur indem ich für die individuellen Bedürfnisse, Wünsche und Neigungen jedes einzelnen Mannes offen war, wurde ich in meinem Beruf so erfolgreich.

Letzten Endes habe ich meine eigenen Verallgemeinerungen getroffen, aber diese standen oft im Widerspruch zu den gängigen Mythen über Männer. So habe ich beispielsweise festgestellt, dass viele Männer weniger am Geschlechtsverkehr und Orgasmus interessiert sind, als man gemeinhin annimmt. Ich habe viele Männer kennen gelernt, die Hunderte von Dollar zahlten, um zu reden, zu kuscheln, sich stundenlang dem Vorspiel hinzugeben und letzten Endes zu lernen, wie man einer Frau sexuelles Vergnügen bereitet. Doch wir als Gesellschaft nähren den Mythos, dass alle Männer nur »an dem Einen« interessiert seien, dass man sie zum Vorspiel überreden müsse und dass die Mehrheit der Männer so egozentrisch sei, dass sie die körperlichen Bedürfnisse ihrer Sexualpartnerinnen ignorierten. Ich dagegen habe festgestellt, dass nur wenige Männer diesem Klischee entsprechen.

Hostessen sehen möglicherweise eine Seite ihrer männlichen Kunden, die diese mit den anderen Menschen in ihrem Leben nicht teilen. Das liegt nicht daran, dass die Kunden eine Hostess für eine Freundin halten, der man seine tiefsten, dunkelsten Geheimnisse anvertrauen kann. Es liegt vielmehr daran, dass die Hostess nicht zu ihren gesellschaftlichen Kreisen gehört und ihre Geheimnisse höchstwahrscheinlich niemandem mitteilen wird, der ihnen etwas bedeutet. Ein Mann kann bei ihr sein Herz ausschütten, ohne zu riskieren, dadurch seine Ehefrau, Freundin, seine Kinder, Geschäftspartner oder Freunde zu verprellen. Ich habe so viele Beichten gehört, dass ich mich oft fragte, ob meine Kunden mich fälschlicherweise für ein Mitglied der Geistlichkeit hielten.

Die Zeit, die ein Kunde mit einer Hostess verbringt, liegt außerhalb seiner Alltagswirklichkeit. Er kann neue Identitäten und neue Regeln aufstellen. Falls er jemals etwas Neues oder Anderes ausprobieren wollte, dann ist das die passende Gelegenheit. Es ist, als ob ihn das Zahlen mit Geld für eine bestimmte Zeitspanne ganz frei macht – sei es für eine Stunde oder einen Tag, einen Abend oder ein Wochenende. Es steht ihm frei, andere Aspekte des Menschseins, andere Aspekte seiner eigenen Persönlichkeit zu erkunden.

Niemand wird ihn verurteilen oder zensieren. Er muss sich keine Sorgen machen, dass er seinen Job oder seine Stellung in der Gesellschaft oder gar seine Familie verlieren könnte. Folglich also kann er seine geheimsten Wünsche und Triebe erforschen. Es mag Sie überraschen, dass es meistens nichts Exotisches ist, was Männer von ihrer Hostess verlangen. Vielmehr wünschen sie für sich die Freiheit, jemand Bestimmtes zu sein oder etwas Bestimmtes zu tun.

Mit anderen Worten, die meisten Kunden sehnen sich danach, aus den festgefahrenen Rollen, die ihren Alltag ausmachen, auszubrechen. Ihre geheimsten Sehnsüchte drehen sich viel eher darum, die Beschränkungen der Geschlechterrollen zu durchbrechen, als neue Sexualpraktiken auszuprobieren. Häufig geht es um Rollenspiele, die es dem Kunden ermöglichen, seine Rolle als Broterwerber, Chef, Ehemann und Entscheidungsträger umzukehren. Viele Männer genießen die Gelegenheit, für eine Weile die Kontrolle aufzugeben und einer Frau die Kontrolle zu überlassen. Ich habe viel Zeit damit verbracht, Männern die Erlaubnis zu geben, passiv, verletzlich, sexuell begehrenswert und verführerisch zu sein.

Wenn jemand für etwas bezahlt, bekommt man eine gute Vorstellung davon, was er wirklich will. Die wirtschaftliche Komponente beim Hostessen-Service sollte also nicht unterschätzt werden. Es gibt dann keinen Grund, all die Spiele zu spielen, die normalerweise mit einer Verabredung einhergehen. Eine finanzielle Transaktion ist ziemlich geradlinig: Beide Parteien können ihre Erwartungen und Forderungen aussprechen. Da der Mann zahlt, stehen seine Wünsche und Bedürfnisse im Vordergrund.

Anfänglich erwartete ich, dass meine Kunden um Sex bitten würden, um mehr Sex und schließlich um noch mehr Sex. Ich war absolut verblüfft, als ich entdeckte, was die Männer von mir als Hostess tatsächlich erwarteten. Anders als die Männer, mit denen ich vorher ausgegangen war, zeigten meine Kunden ein liebenswertes Interesse am sexuellen Vergnügen der Frau, am Vorspiel, am Kuscheln, Küssen und Bettgeflüster.

Das Arrangement zwischen Kunde und Hostess macht es dem Mann auch leichter, seine Emotionen mitzuteilen und psychische Wunden zu heilen. Ich war überrascht von der Tiefe der männlichen Gefühle und davon, wie sehr die Männer sich danach sehnten, zu reden und manchmal sogar zu weinen. Es ist fast schon überflüssig zu erwähnen, dass mein Bild von Männern und meine Einstellung zu ihnen sich verbesserten, je länger ich als Hostess arbeitete. Wenn ich zurückblicke und mich an Momente mit meinen Kunden erinnere, dann nicht ohne ein warmes Gefühl der Verbundenheit und Dankbarkeit.

Obwohl sich Männer und Frauen sehr ähnlich sind, folgt die männliche Kultur anderen Regeln als die weibliche. Die meisten von uns wissen das, finden es aber schwierig, nach den kulturellen Regeln des anderen Geschlechts zu kommunizieren. Weil ich Männer nicht für seltsame Wesen von einem anderen Planeten halte, habe ich immer versucht, ihre Kultur zu verstehen, so als würde ich einen Menschen aus einem anderen Land treffen. Ich gehe davon aus, dass wir im tiefsten Inneren alle gleich sind, auch wenn wir anders aussehen, uns anders anziehen und nach außen hin anders handeln.

Anstatt eine Abwehrhaltung einzunehmen und zu behaupten, wir seien zu unterschiedlich, um einander zu verstehen, genieße ich die kulturelle Bereicherung, sich einander mitzuteilen und voneinander zu lernen. Wenn es mir gefällt, wie ein anderer etwas unterschiedlich sieht, sagt oder tut, dann baue ich das in mein eigenes Leben ein. Es ist, als ob man im Ausland unterwegs ist und dort ein Landesgericht oder eine Musikrichtung kennen und lieben lernt. Wenn man das Essen oder die Musik mag, wird man sie auf irgendeine Weise in sein Leben integrieren.

Zu den Dingen, die mir an der männlichen Kultur gefallen, gehört zum Beispiel, dass Männer offener sind, wenn sie negative Emotionen wie Wut äußern, oder dass sie ein aktives und körperbetontes Leben wirklich sehr zu schätzen wissen. Andererseits gibt es auch einige nicht ganz so schmeichelhafte Merkmale der männlichen Kultur, beispielsweise das hartnäckige Leugnen verletzter Gefühle, bis ihre Gesundheit darunter leidet, oder der ständige Sarkasmus, hinter dem sie ihre Trauer verstecken.

Aber ob man bestimmte Aspekte einer Kultur mag oder nicht, man muss vor allem die Menschen, die dieser Kultur angehören, verstehen und respektieren. Ebenso wie Sie Besucher aus dem Ausland mit Respekt behandeln und ihre Feiertage, Rituale und Gebräuche respektieren, müssen Sie diesen

Respekt auch in Ihren Umgang mit Männern einbringen. Halten Sie Augen und Ohren offen und lernen Sie neue Dinge über die männliche Kultur im Allgemeinen und den einzelnen Mann im Besonderen kennen.

Mit das Wichtigste, was ich über die männliche Kultur gelernt habe, ist die unterschiedliche Kommunikation im Vergleich zu Frauen. Weil ich erfolgreich kommunizieren wollte, musste ich die »Sprache« der Männer verstehen lernen. Das hieß, meine Vorurteile und Vorlieben beiseite zu schieben und mich auf das zu konzentrieren, was funktionierte. Ich musste in der Lage sein, erfolgreich Informationen zu übermitteln und zu empfangen und gleichzeitig eine emotionale Verbindung herzustellen.

Wenn sich beispielsweise Männer in Gruppen zusammenfinden, neigen sie dazu, sich über ihren Status und ihre Mitgliedschaften zu definieren. Frauen dagegen tauschen eher Geheimnisse aus und vertrauen sich einander an, um zu einer Gruppe Frauen Zugang zu finden. Außerdem reißen die meisten Männer gern Witze, fast bis zu dem Punkt gegenseitiger Demütigung. Das gilt *keinesfalls* als feindselig oder gar als schlechtes Benehmen. Vielmehr ist es eine Möglichkeit, Intimität und Vertrautheit zu steigern. Auf diese Weise bilden sich Männerfreundschaften heraus. Wenn ein Mann jedoch versucht, auf diese Weise ein ähnliches Maß an Vertrautheit und Freundschaft mit einer Frau zu erreichen, muss er häufig feststellen, dass sie sich durch sein Verhalten gekränkt fühlt.

Männer sind auch gern gemeinsam aktiv. Während eine Gruppe von Frauen sich stundenlang nur unterhalten kann, persönlich oder am Telefon, *tun* Männer lieber etwas. Das kann Golf sein, Poker oder Videospiele, das Sammeln von Science-Fiction-Artikeln, ein Zuschauersport wie Football oder ein Basketballspiel zu zweit auf einem kleinen Privatplatz. Die Liste möglicher Interessen ist endlos, aber unterm Strich bleibt, dass sich ein Mann Ihnen näher fühlt, wenn Sie sein Hobby oder seinen Sport mit ihm teilen.

Meine Kunden bezahlten mich vor allem dafür, ihre Interessen mit ihnen zu teilen. Man hat mich dafür bezahlt, alte Kriegsfilme anzuschauen oder an der Küste auf und ab zu fahren, während der Kunde die Landschaft fotografierte. Als mir klar wurde, wie verzweifelt diese Männer auf der Suche nach einer Frau waren, die ein wenig Interesse an den Dingen zeigte, für die sie sich begeisterten, machte mich das richtig traurig. Es sollte doch nicht zu viel verlangt sein, wenn wir unseren Partner bitten, die Dinge mit uns zu teilen, die wir lieben – zumindest hin und wieder. Natürlich klagen Frauen häufig darüber, dass ihre Männer nicht so viel mit ihnen reden, wie sie es gern hätten. Ich glaube, sowohl Männer als auch Frauen müssen einander auf halbem Wege entgegenkommen. Da ist es doch sehr interessant zu wissen, dass viele Männer sich dann öffnen und anfangen zu reden, wenn sie etwas *tun,* was ihnen richtig gut gefällt.

Frauen investieren viel Energie, sich gegenseitig ihre Wertschätzung auszudrücken und sich zu unterstützen. Suchen Männer Wertschätzung und Unterstützung, wenden sie sich an uns, weil wir darin so gut sind und weil ihre männlichen Freunde für gewöhnlich nicht wissen, wie man einen Freund auf einfühlsame Weise unterstützt. Männer lassen ihren männlichen Freunden diese Art der Fürsorge nicht angedeihen und es fällt ihnen auch schwer, diese Unterstützung den Frauen in ihrem Leben zukommen zu lassen. Infolgedessen wollen die Frauen normalerweise den Männern beibringen, sensibler und einfühlsamer in der Kommunikation mit ihnen zu sein. Ich halte das zwar für notwendig, aber dabei wird gern ignoriert, was Frauen von Männern lernen können.

Männer lernen über ihren ungezügelten Sinn für Humor und ihre oft derben Witze »einzustecken« wie »auszuteilen«. Auf diese Weise halten sie ihre Männerfreundschaften aufrecht. Als Hostess lernte ich, mit Männern auf diese typisch männliche Weise zu interagieren, aber ich brachte auch meine einfühlsame, weibliche Seite in die Gleichung mit ein. Dabei vermischten sich die männlichen und weiblichen Komponenten so gut, dass keine der beiden Seiten der anderen überlegen war.

Wenn sich eine Frau die Mühe macht, dem Mann auf halbem Weg entgegenzukommen, fühlt sich der Mann gleich viel akzeptierter. Umgekehrt kann ein Mann der Frau das Gefühl geben, angenommen zu sein, wenn er ihr auf halbem Weg entgegenkommt. Es wird mit Sicherheit eine zutiefst positive Auswirkung auf Ihr Sexleben haben, wenn Sie sich beide als gleichberechtigt betrachten, wenn Sie über Ihre Unterschiede sprechen und lernen, die Sicht des anderen zu begreifen.

Es ist wichtig, dass Männer und Frauen voneinander lernen, nicht nur, damit wir einander besser verstehen, sondern auch um unser persönliches Leben zu bereichern. Wenn Sie sich die Zeit nehmen, die Sichtweise Ihres Partners kennen zu lernen und zu respektieren und Aspekte davon in Ihr eigenes Leben zu integrieren, wird das Ihr Leben bereichern. Wenn es Ihnen schwerfällt, bei einem Streit mit Ihrem Partner eine neutrale Position einzunehmen, dann tun Sie einfach so, als stammten Sie beide aus unterschiedlichen Ländern. Das wird es Ihnen hoffentlich ermöglichen, Ihre vorgefassten Meinungen über Bord zu werfen und Ihrem Partner zuzuhören, wenn er über seine Interessen und Gepflogenheiten spricht.

Weil ich es spannend und interessant fand, etwas über Männer zu lernen, sprachen meine Kunden viel offener mit mir. Was sie mir mitteilten, half mir, ausgeglichener, besser informiert und kenntnisreicher zu werden. Vielfalt und Information bereichern jedes Leben. Natürlich gilt das für beide Geschlechter. Männer müssen lernen, sensibler auf die Frauen in ihrem Leben einzugehen, und wenn eine Frau das Gefühl hat, dass ihr Partner ihre Gefühle versteht und respektiert, dann fasst sie selbstverständlich mehr Vertrauen und lässt auch im Sex mehr los.

Ich habe festgestellt, dass viele Männer nach dem Sex intimer, emotionaler und vertrauensvoller werden. Anscheinend gilt für viele Frauen genau der umgekehrte Fall. Frauen wünschen sich meistens Kommunikation, Vertrauen und Intimität, *bevor* sie in Sex einwilligen. Das kann eine Quelle des Konflikts und der Missverständnisse zwischen den Geschlechtern sein. Da hilft es, einen Kompromiss zu finden. Männer sollten vor dem Sex kommunizieren, Intimität und Vertrauen zeigen, und Frauen sollten sich dem Sex hingeben, noch bevor ihr Bedürfnis nach Kommunikation und Intimität voll befriedigt wird, in dem Wissen, dass ihre Wünsche nach dem Sex erfüllt werden. Ihre persönlichen Erfahrungen mögen anders sein, aber ich schlage dennoch vor, dass Sie aufhören, der Intimität nachzujagen, und sie stattdessen auf sich zukommen lassen. Fast alle Menschen stellen sich quer, wenn sie vermuten, dass man sie manipuliert.

Die meisten meiner Kunden fanden, dass es ganz leicht war, sich mit mir zu unterhalten. Sie konnten mir ihre nicht salonfähigen Witze erzählen, ohne dass ich sie vorwurfsvoll oder missbilligend anschaute oder affektiert grinste. Ich lachte *mit* ihnen, niemals *über* sie. Ich respektierte sie als Erwachsene. Und ich brachte sie niemals dazu, sich wegen ihrer sexuellen Wünsche oder ihrer sexuellen Reaktion zu schämen. Das soll nicht heißen, dass ich mich bei ihnen anbiederte. Im Gegenteil, ich wahrte gesunde Grenzen und in der Kommunikation und der Verteidigung dieser Grenzen verhielt ich mich extrem selbstsicher. Aber ich tat das als gleichberechtigte Partnerin, nicht als jemand, der sich dem anderen moralisch überlegen fühlt.

Es ist kein Geheimnis, dass Männer visuell gepolt sind. Ich finde ja, die meisten Frauen sind das auch. Untersuchungen haben gezeigt, dass Frauen auf visuelle Reize ebenso sexuell begeistert reagieren wie die meisten Männer. Wenn es jedoch um Pornographie geht, trennen sich häufig die Wege von Männern und Frauen: Ihn törnt es richtig an, während sie entsetzt und angewidert ist. Ich kann beide Ansichten verstehen. Ich habe selbst ein paar Pornofilme gedreht und es hat mir ungeheuer gut gefallen. Ich habe auch schon Pornos gesehen, die mich sexuell erregten. Gleichzeitig stoßen mich die meisten Pornos ab, die von Männern produziert werden – und sogar einige Bierwerbespots!

Es ist möglich, Pornographie so in Ihr Sexleben einzubauen,

dass ihn sein Verlangen verrückt macht, während Sie sich als Frau in keiner Weise kompromittiert fühlen. Darüber spreche ich ausführlich im 15. Kapitel.

Die meisten Männer mögen auch Reizwäsche. Ich kenne nur ein oder zwei Männer, die den nackten weiblichen Körper bevorzugen und mir prompt jedes Wäschestück, das ich trug, auszogen, um so schnell wie möglich Haut zu spüren. Doch die Mehrheit der Männer liebt Strumpfhalter, Strümpfe, halterlose Strümpfe, Tangas, Push-up-BHs, Teddy-Bodys oder hochhackige Pumps. Die Vorlieben bei Reizwäsche sind sehr verschieden, darum musste ich als Kurtisane immer eine große Auswahl für jeden Geschmack bereithalten. Einige Männer lieben den reinen Anblick von Dessous, andere werden von der Berührung des Materials angetörnt.

Seien Sie nicht beleidigt, wenn Ihr Partner Sie lieber in Reizwäsche sieht als nackt – das wäre eine Verschwendung von Energie und Emotionen. Die Vorliebe eines Mannes für Reizwäsche wird für gewöhnlich schon lange, bevor er zum ersten Mal Sex hatte, zementiert. Es ist zweifellos keine Vorliebe, die mit einer bestimmten Sexualpartnerin zu tun hat. Was einen Menschen heißmacht, steht schon ziemlich genau fest, wenn er die Pubertät erreicht, und es ist beinahe unmöglich, im späteren Verlauf des Lebens solche Vorlieben zu ändern.

Sie werden bald schon herausfinden, dass die meisten Männer sehr gut in der Lage sind, ihr sexuelles Vergnügen zu steigern, wenn man ihnen dazu die Erlaubnis erteilt und wenn eine kluge Frau ihre Lehrmeisterin ist. Herrlicher Sex ereignet sich nicht in einem Vakuum. Sex ist kontextbezogen und muss als Teil der Persönlichkeit, der Lebensweise, der Werte, Hoffnungen und Träume der beteiligten Personen gesehen werden. Mit wesentlichen Punkten der männlichen Kultur vertraut zu sein, ist wichtig, wenn es darum geht, Intimität, Kommunikation und Vertrauen aufzubauen und es wird Ihr Sexleben zweifelsohne bereichern. Als Nächstes nehmen wir eine beliebte männliche Fantasie genauer unter die Lupe: das Verführtwerden!

2 Vom Rausch der Verführung

Können Sie sich noch erinnern, wann Sie das erste Mal verführt wurden? Wie jedes einzelne Ihrer Nervenenden so lebendig war, dass Sie glaubten, explodieren zu müssen? Wie prickelnd die Vorfreude auf die Berührung Ihres Partners war, auf seine nächste Bewegung, seinen heißen Atem auf Ihrer Haut, seinen süßen Geruch, der Ihnen Schwindelgefühle bereitete? Verführt zu werden nehmen viele Frauen als selbstverständlich hin. Viele von uns mussten nie um Sex bitten, nie Sex einfordern oder initiieren. Sex ist etwas, was wir Frauen zulassen, wenn wir in der Stimmung dafür sind. Unsere Domäne ist es, Anwärter und sexuelle Avancen zu akzeptieren oder abzuweisen. Männer können oft nur fantasieren, wie sich eine solche Welt anfühlen muss.

Schon früh fangen die meisten Männer an, den ersten Schritt zu tun und die erste niederschmetternde Abweisung zu durchleben. Können Sie sich vorstellen, wie es sein muss, durch das Leben zu gehen mit dem Wissen, dass Sie nur dann Sex bekommen, wenn Sie darum bitten oder ihn auf irgendeine Weise initiieren? Können Sie sich vorstellen, wie es ist, meistens das Wörtchen »nein« zu hören bekommen? Das muss bisweilen entmutigend sein und auch ermüdend, könnte ich mir vorstellen. Vielleicht ist es den Männern da zu verzeihen, wenn sie uns Frauen hin und wieder beneiden.

Als mich das erste Mal ein Kunde bat, ihn zu verführen, kam ich ganz schön in Verlegenheit. In meiner Jugend und als junge Frau hatte ich immer darauf gewartet, dass mich ein Mann anspricht, mich bittet, mit ihm auszugehen, nach meiner Hand greift, den ersten Kuss wagt, mich für diese erste Umarmung an sich zieht. Sogar als verheiratete Frau sagte ich meistens nur »Ja« oder »Nein«, wenn mein Mann mich um Sex bat. Wenn der Sex erst einmal im Gange war, konnte ich ziemlich fordernd und sehr aktiv sein. Ich machte begeistert beim Sex mit, aber ich hatte keine Ahnung, wie man Sex *initiiert.*

Einer der Gründe, warum ich vor meiner Karriere als Hostess nie gelernt hatte, Sex zu initiieren, war der, dass ich mich fürchtete, als Schlampe zu gelten. Ich dachte, Männer würden es bevorzugen, wenn ich mich zimperlich gab, wenn ich schwer zu kriegen war und mich zurückhielt, bis mich meine Leidenschaft überwältigte. Natürlich waren und sind meine Ängste nicht völlig grundlos. Es gab sogar ein paar Männer, die mich mit Verachtung straften, wenn ich am Sex so interessiert zu sein schien wie sie. Ich glaube, wir Frauen lernen sehr oft, unsere sexuelle Leidenschaft zu unterdrücken, weil wir in einer Welt leben, die Frauen hart verurteilt, wenn sie Sex so sehr lieben, dass sie ihn für sich einfordern.

Mein Beruf als Hostess erlaubte es mir, diese Seite der Sexualität, die mich zuvor geängstigt hatte, zu erforschen. Es kümmerte mich nicht länger, ob ich ein »anständiges Mädchen« war. Darum stand es mir völlig frei, meine sexuellen Sehnsüchte zu erkunden. Und ich war positiv überrascht, als ich feststellte, dass auch Männer sich von den Erwartungen an ihre sexuellen Sehnsüchte befreien wollten. Gefangen im Klischee des männlichen Freiers und Eroberers hegen viele Männer Fantasien darüber, wie es wäre, von einer Frau verführt zu werden.

Wenn zwei Menschen einander genug lieben und respektieren, um Stereotype über Bord zu werfen, sind sie frei, ihre wahren sexuellen Sehnsüchte zu erforschen, ohne fürchten zu müssen, verurteilt oder lächerlich gemacht zu werden. Diese Akzeptanz erleben Männer bei Hostessen und es ist eine Akzeptanz, die alle Beziehungen aufweisen sollten. Die Rolle des Verführers und der Verführten umzukehren, kann sowohl für den Mann als auch für die Frau erfüllend sein.

Sie haben das Recht, sich zu entscheiden, wann und warum Sie Sex haben wollen und welche Art von Sex Sie haben wollen. Sie haben das Recht, Sex zu initiieren, wenn Sie das möchten, oder darum zu bitten, dass Ihr Partner Sie verführt. Dieses Recht ermöglicht es Ihnen, Ihren freien Willen auch in Ihrem Sexleben auszuleben. Zu diesem freien Willen gehört jedoch auf jeden Fall, auch die Rechte und Grenzen Ihres Partners zu respektieren. Mit jedem Recht geht auch eine größere Verantwortung einher.

Ich glaube allerdings, dass viele Frauen, wenn nicht sogar die meisten, in ihrer Sexualität und ihrem Sexleben tatsächlich nicht frei sind. Aufgrund jahrhundertealter Tabus und dem Hure-Madonna-Komplex (dem Gegenüberstellen von »unanständigen« und »anständigen« Frauen, das die Konkurrenz und die Feindseligkeit unter Frauen schürt und beide Geschlechter dazu bringt, Frauen ausschließlich aufgrund ihres sexuellen Verhaltens zu beurteilen) haben die meisten Frauen ihre sexuelle Identität darin gefunden, die Pforte zum Paradies zu hüten und die Empfangende zu sein. Das Einläuten sexueller Aktivitäten gehört üblicherweise nicht zur sexuellen Sprache einer Durchschnittsfrau. Sie verwendet ihre Zeit und Energie eher darauf, einen potenziellen Partner anzulocken und sein sexuelles Interesse zu entfachen.

Als Hostess lernte ich dagegen, wie man Sex initiiert, Männer verführt und sexuelle Szenarien mit nur wenig Zutun des Mannes steuert. Bei vielen dieser Begegnungen fand eine völlige Rollenumkehr oder ein Aufweichen der überlieferten Geschlechterrollen statt. In beiden Fällen wurde mein Selbstwertgefühl gestärkt, sodass ich mich nicht länger als Blume betrachtete, die gepflückt werden wollte, oder als Gefäß, das darauf wartete, gefüllt zu werden. Jetzt war ich die Akteurin in meiner Welt und ich agierte ohne Scham und ohne Entschuldigungen sexuell fordernd. Diese Veränderung eröffnete mir eine völlig neue Sichtweise auf Männer. Ich lernte ihre Verletzlichkeiten kennen und die sehr häufige männliche Fantasie, von einer Frau verführt zu werden.

Es begeisterte mich, als ich entdeckte, dass Männer begehrt, genommen, von der Leidenschaft ihrer Partnerin überwältigt werden wollen und sich wünschen, diese herrliche Verletzlichkeit zu erleben. Zu meiner absoluten Überraschung waren diese großen, starken Männer eifersüchtig auf die Empfindungen der Frauen, wenn sie den Gesichtsausdruck, das Stöhnen und die Freudenschreie ihrer Partnerinnen miterlebten. Wie würde es sich anfühlen, das Objekt der Begierde zu sein? Passiv zu warten, während sich eine schöne Frau an sie heranmacht und ihr sexuelles Interesse an ihnen bekundet? Wie würde sich der erste hungrige Kuss und die suchende Hand anfühlen, während man selbst Zögern vortäuschte?

Ich stellte fest, dass manche männlichen Fantasien beim Akt der Verführung aufhörten, andere jedoch so weit gingen, dass die Männer sich wünschten, ihre Partnerin möge in sie eindringen. Allen gleich aber war, dass sie um das Aufgeben von Kontrolle kreisten, um das Überwältigtwerden vom sexuellen Verlangen einer Frau.

Hier ein Kommentar aus erster Hand von einem großzügigen Herrn, der mir die Erlaubnis erteilte, ihn zu zitieren:

»Für mich ist es der größtmögliche Akt der Großzügigkeit, des Vertrauens und des Verlangens, wenn sich eine Frau einem Mann hingibt. Ich habe immer die Macht beneidet, die eine Frau ausüben kann, wenn sie sich entscheidet, sich einem feurigen Liebhaber hinzugeben, wenn sie ihrem Liebhaber die Pforten des Paradieses öffnet und ihn einlässt. Darum wollte ich mich immer schon einmal dem Vergnügen einer Bewunderin hingeben. Darum träume ich davon, dass ich mich allein mit einer aufmerksamen Frau wiederfinde, die mir das Gefühl gibt, ungeheuer begehrt zu werden. Einer Frau, die mich anfleht, mich ihr zu öffnen, nur um zu fühlen, dass ich das Objekt der Begierde bin, dass ich den Hunger meiner Liebhaberin stille, indem ich mich ihr völlig überlasse. Meine schönste Fantasie ist die der oralen Befriedigung – nicht weil ich dadurch bedient werde, sondern weil ich dann gefangen bin von einer Beute jagenden Bewunderin, der ich mich offen präsentiere, weil ich ihr nicht widerstehen kann. Es geht um Verletzlichkeit. Verletzlichkeit ist für mich unglaublich erregend.«

Dem kann ich nur voll und ganz zustimmen. Ich genieße es,

verletzlich zu sein und mit der Verletzlichkeit von Männern zu spielen. Beide Seiten der sexuellen Gleichung sind ungeheuer erotisch. Sie machen einen Großteil dessen aus, wofür man mir so viel Geld zahlte. Verführen, Sex initiieren und stereotype Erwartungshaltungen aufhebeln – all das tat ich als Hostess. Und es führte zu meiner eigenen sexuellen Macht, meine männlichen Partner zu sexuellen Höhen zu führen, von denen sie zuvor nur träumen konnten. In den nächsten Kapiteln dieses Buches will ich Ihnen verraten, wie man Männer verführt und Sex initiiert!

3 Sex bei eingeschaltetem Licht

Zu Beginn meiner Karriere als Hostess nahm ich an, dass Männer für Sex zahlten, um mit einer schöneren Frau, einer jüngeren Frau oder einfach einer anderen Frau zusammen zu sein als der, mit der sie eine feste Beziehung führten. Doch musste ich feststellen, dass Männer in vielen Fällen immer denselben Typ Frau wählten. Das wurde offensichtlich, als meine Freundinnen und ich unsere Erfahrungen austauschten. Die Frauen, die sich körperlich ähnlich waren, teilten auch dieselben Kunden.

Ebenfalls überraschend war, dass die meisten unserer Kunden langjährige Beziehungen mit uns bevorzugten. Anstatt auf der Suche nach etwas Neuem und Aufregendem von einer Hostess zur anderen zu wechseln, suchten sich die meisten Männer ein paar Hostessen aus, die sich ähnelten, und blieben jahrelang bei ihnen.

Als ich meine Kunden besser kennen lernte, erzählten sie mir auch mehr über ihre Freundinnen oder Ehefrauen. Die meisten beschwerten sich nicht über das Aussehen ihrer Partnerinnen, sondern hielten sie sogar für schön. In meiner vierzehnjährigen Karriere als Hostess kann ich mich kaum an einen Kunden erinnern, der etwas Nachteiliges über seine

Frau oder Freundin gesagt hätte. Die Mehrheit meiner Kunden schien zu glauben, dass ihre Ehefrauen oder Freundinnen die schönsten Frauen waren, die sie kannten. Und wenn ein Kunde die körperlichen Attribute seiner Frau oder Freundin nicht als perfekte Verkörperung der Weiblichkeit empfand, dann bewunderte er sie oft in anderer Hinsicht.

Ich kam zu dem Schluss, wenn ein Mann eine Frau heiratet, hat er damit für sich entschieden, dass sie genau das ist, was er will. Sexuelle Frustration, unterschiedliche sexuelle Ansprüche oder offene Fragen in der Beziehung mochten ihn dazu bringen, Sex außerhalb der Beziehung zu suchen, aber das war für gewöhnlich kein Hinweis darauf, dass er die Beziehung beenden wollte. Ich verbrachte einen Großteil meiner Zeit damit, der Aufzählung all der Dinge zu lauschen, die diese Männer an ihren Partnerinnen liebten.

Das soll nicht heißen, dass sich diese Männer nicht beklagt hätten. Das haben sie schon. Genauer gesagt hörte ich dieselben Klagen immer und immer wieder: »Meine Frau mag Sex nicht mehr so wie zu Beginn unserer Beziehung«, oder: »Meine Frau macht das Licht aus, wenn wir uns lieben« oder: »Wir haben überhaupt keinen Sex mehr«. Es wurde klar, dass diese Männer nicht das Interesse am Sex mit ihren Frauen verloren hatten, sondern dass vielmehr ihre Frauen das Interesse am Sex mit ihnen verloren hatten.

Einer meiner Kunden war mit einem Mannequin verheiratet. Ich bin einen Meter sechzig groß und sportlich gebaut, aber ich ähnele bei weitem keinem Mannequin. Ich weiß noch, wie fasziniert ich war, dass ein Mann, der mit einem Model verheiratet ist, überhaupt die Dienste einer Hostess in Anspruch nahm (ganz zu schweigen von einer kleinen und muskulösen Hostess). Vielleicht wollte er tatsächlich einmal etwas anderes. Oder vielleicht hatte er, wie so viele Männer, das Gefühl, dass seine Frau das Interesse am Sex mit ihm verloren hatte. Ich weiß nur, dass er sich über sie beklagte. Wie seine Klage lautete? Seine Frau wollte nicht einmal einen Hügel hinaufsteigen, weil sie dadurch Muskeln in den Waden bekommen und ihren ausgehungerten Look verlieren könnte.

Ich hatte einmal die Gelegenheit, das Foto der Frau eines Kunden zu sehen. Während sie geschäftlich verreist war, besuchte ich ihn in seinem Haus. Sie war eine unglaublich schöne Frau. Und wieder fragte ich mich, warum ein Mann für Sex zahlte, wenn er so eine wunderschöne Frau hatte. Seit der Schauspieler Hugh Grant verhaftet wurde, weil er die Dienste einer Prostituierten in Anspruch nahm (dabei war er damals mit der umwerfenden Schauspielerin Elizabeth Hurley liiert!), ist das natürlich kein so großer Schock mehr. Aber es weist dennoch auf die gängigen, wenn auch irrigen Annahmen hin, was Männer wollen und warum sie für Sex zahlen.

Eine dieser irrigen Annahmen besagt, dass alle Männer dieselbe Art Frau sexuell attraktiv finden. Männer halten diesen Irrtum am Leben, wenn sie mit ihren Kumpels zusammen sind. Zuzugeben, dass man eine Frau nicht attraktiv findet, obwohl sie dem angesagten Schönheitsdiktat entspricht, bringt einen Mann leicht in den Ruf, »schwul« oder kein richtiger Mann zu sein. Und wenn ein Mann seinen männlichen Freunden erzählen würde, dass er sich zu einer Frau hingezogen fühlt, die von der anerkannten Schönheitsnorm abweicht, riskiert er, von seinen so genannten Freunden gedemütigt zu werden.

Das Tabu, sich sexuell von jemandem angezogen zu fühlen, der gemeinhin als unattraktiv gilt, trifft sowohl Männer als auch Frauen. Männer reden in Gesellschaft anderer Männer über die Frauen, mit denen sie gern schlafen würden, und sie konkurrieren miteinander, indem sie immer höhere Maßstäbe setzen. Männer neigen auch dazu, diese vermeintliche gemeinsame Anziehung zu bestimmten Frauen oder einem bestimmten Typ Frau als Basis ihrer Freundschaft heranzuziehen.

Wenn sich Männer unterhalten und eine Frau kommt vorbei, dann sagt bestimmt einer aus der Gruppe, wie gern er sie »flachlegen« würde. Männliche Verbundenheit und die gegenseitige Bestätigung ihrer Heterosexualität entsteht, wenn alle anderen Männer in dieser Situation übereinstimmen, dass auch sie gern Sex mit dieser Frau hätten. Um dieses männliche Bindungsritual in einen Wettbewerb zu verwandeln, tönen manche Männer andererseits, dass sie aufgrund von imaginären körperlichen Makeln nie Sex mit dieser Frau haben wollten. Das geschieht einerseits, wenn »die Trauben zu hoch hängen« (ich habe ohnehin keine Chance, jemals mit dieser Frau Sex zu haben, also überzeuge ich mich einfach davon, dass ich gar keinen Sex mit ihr haben will), und ist andererseits eine Möglichkeit, den Kerl in Verlegenheit zu bringen, der als Erster sagte, er hätte gern Sex mit ihr. Wenn sich ein Mitglied der Gruppe nicht so wählerisch gibt, dann halten ihn die anderen für verzweifelt.

Denken Sie immer daran, dass Männer ihre gegenseitige Bindung stärken, indem sie einander gnadenlos auf den Arm nehmen (siehe 1. Kapitel). Leider neigen sie auch dazu, ihren eigenen Unsinn zu glauben. Den Männern, die sich an dem

Spiel beteiligen, den anderen immer eine Nasenlänge voraus zu sein, mag in Wirklichkeit ein ganz anderer weiblicher Körper als schön erscheinen, ungeachtet der Tatsache, ob eine Frau für sie erreichbar ist oder nicht. Wenn man ergründet, wofür Männer tatsächlich ihr Geld ausgeben, dann stellt sich heraus, wie vielfältig die Vorlieben der Männer in Sachen Frauen sind. In einer Welt grenzenloser Auswahl haben Männer, die sich an Hostessen wenden, genau umrissene Vorlieben und die stehen nicht immer im Einklang mit dem, was in den Medien als schön propagiert wird.

Hinter dem Rücken der Freunde entscheidet sich ein Mann oft für Sex mit einer Frau, die nicht den Maßstäben entspricht, die er und seine Kumpel angeblich so bewundern – selbst wenn er für Sex mit einer Frau, die diesen Maßstäben entspricht, bezahlen könnte. Ich glaube, das zeigt deutlich, wie komplex Männer sind, und es ist schön zu wissen, dass an dem alten Sprichwort »Es gibt zu jedem Topf einen Deckel« tatsächlich etwas dran ist.

Frauen treffen ebenfalls irrige Annahmen, was sich Männer von einer Frau erhoffen, und eine sehr beliebte Annahme ist, dass alle Männer dünne Frauen begehren. Frauenzeitschriften sind voller Fotos von hungernden pubertierenden Mädchen, die als Schönheitsideal für den erwachsenen Frauenkörper gelten. In den letzten Jahrzehnten hat sich das »Ideal« der Frau in etwas verwandelt, was eher einem transsexuellen Mann nach einer Geschlechtsumwandlung ähnelt als einer genetisch weiblichen Erwachsenen. Unmöglich schmale Hüften auf staksigen Beinen und darüber riesige Brüste – so ist der weibliche Körper von Natur aus einfach nicht konstruiert, von ganz wenigen

Ausnahmen abgesehen. Die Natur sieht es vor, dass Frauen in ihren fortpflanzungsfähigen Jahren etwas Fett auf den Hüften tragen und Schenkel haben, die einen Babybauch tragen können. Zu wenig Körperfett kann den Menstruationszyklus einer Frau völlig zum Erliegen bringen.

Glücklicherweise sind Männer im Interesse der Aufrechterhaltung der menschlichen Art von der Natur so programmiert, dass sie auf einen gesunden, natürlichen Frauenkörper positiv reagieren. Obwohl die meisten Frauen das Gefühl haben, Männermagazine würden idealisierte und unrealistische Bilder des weiblichen Körpers fördern, existiert ein deutlicher Unterschied zwischen Zeitschriften für Frauen und Zeitschriften für Männer.

In den Frauenzeitschriften finden sich weitaus mehr Bilder extrem magerer Frauen als in den Männermagazinen. Obwohl also Frauen und Männer Zeitschriften mit Fotos einer Idealfrau kaufen, ziehen die beliebtesten Männermagazine Frauen vor, die so aussehen, als ob sie genug Fleisch auf den Knochen hätten, um tatsächlich schwanger werden zu können. Die meisten Modefotos in Frauenzeitschriften zeigen dagegen Frauen, die aussehen, als ob sie gleich vor zu viel Hunger oder Heroin aus den Pantinen kippen.

Es gibt auch Männermagazine, die besondere Vorlieben bedienen. Manche Männer lieben haarige Frauen. Manche Männer lieben winzige Brüste. Manche Männer lieben riesige Brüste. Manche Männer lieben Blondinen. Manche Männer lieben Rothaarige. Manche Männer lieben Brünette. Manche Männer lieben Fett. Für all diese Körpermerkmale und noch viele mehr gibt es spezielle Männermagazine.

Wenn ein Mann sich zu einem bestimmten Frauenkörper hingezogen fühlt, dann wird er davon höchstwahrscheinlich nicht abweichen. Was wir für sexy halten, wird häufig bereits in sehr jungen Jahren fest in uns verankert. Es ist nicht einfach, das, was uns antörnt, umzuprogrammieren. Manche meinen, es sei sogar völlig unmöglich.

Die Affäre zwischen Präsident Bill Clinton und Monica Lewinsky illustriert einige der erwähnten Punkte. Zum einen hätte Bill Clinton als mächtigster Mann der Welt Sex mit jeder Frau haben können, die er begehrte (was er ja auch hatte). Viele übersehen aber, dass er bei der Auswahl seiner Sexpartnerin in keiner Weise Kompromisse einging. Bill Clinton ist es gewohnt, sich hohe Ziele zu setzen und diese Ziele auch erfolgreich umzusetzen. Wenn er als Sexpartnerin jemanden gewollt hätte, wie ihn die meisten anderen Männer haben wollen, dann hätte er so eine Frau auch bekommen.

Aber Bill Clinton fühlt sich nicht von dem angezogen, was andere für anziehend halten. Offensichtlich liebt er Frauen mit üppigen Hüften, großen Augen und einem herrlich breiten Lächeln. Als Hostess weiß ich, wenn ein Mann erst einmal herausgefunden hat, welche Art von Körper er bei einer Frau schätzt, dann hält er sich den Rest seines Lebens daran. Dabei kommt es nicht darauf an, was gerade in Mode ist.

Die Schönheit, die ein Mann an einer Frau wahrnimmt, ist zeitlos, außer er würde unter geringen Selbstwertgefühlen leiden. In diesem Fall legt er bedauerlicherweise zu viel Wert darauf, was andere Leute denken, um sich selbst und seinen Sehnsüchten noch länger treu zu bleiben. Solche Kunden hatte ich auch. Sie kamen nur deshalb zu mir, weil mein Körper einem bestimmten stereotypen Ideal entsprach oder weil sie mich im Fernsehen oder einem Pornofilm gesehen hatten. Sie wollten unbedingt eine Fantasie dessen ausleben, was sie bevorzugen sollten, und etwas tun, was ihre Freunde beeindrucken und ihnen selbst mehr Sicherheit vermitteln würde. Männer, die ihre Sexpartner danach auswählen, was andere Leute denken, genießen Sex nicht sehr, darum empfehle ich dieses Vorgehen nicht.

Die Welt der Hostessen ist voller Überraschungen. Ich war erstaunt, wie unterschiedlich erfolgreiche Hostessen sind. Einige Klischees entsprechen natürlich bis zu einem gewissen Grad der Wahrheit. Weiße Frauen ziehen mehr Kunden an und können höhere Preise verlangen als farbige Frauen. Niemand kann behaupten, dass der Markt, der die Sexindustrie antreibt, weniger rassistisch wäre als der Rest der Welt. Fettleibige Frauen sind nicht so sehr gefragt wie schlanke Frauen. Ebenso machen jüngere Frauen mehr Geld als ältere Frauen. Normalerweise, nicht immer.

All das trifft zu und dennoch verdienen die unterschiedlichsten Frauen ihr Geld als Hostessen. Das Hostessgewerbe wird von der Libido der Männer angetrieben und angesichts des höchst verschiedenen Aussehens der Hostessen darf man mit Sicherheit davon ausgehen, dass Männer mit sehr unterschiedlichen Frauentypen Sex haben. Wie schon zuvor erwähnt, ziehen die meisten Männer einen festen Typ Frau vor und der kann äußerst speziell sein. Jeder Mann ist anders und ebenso verschieden sind die Vorlieben. Die Kunden knochiger Frauen sind normalerweise nicht die Kunden fetter Frauen. Aber beide Frauentypen *haben* Kunden. Ältere Frauen haben Kunden. Stark behaarte Frauen haben Kunden. Frauen jedes nur denkbaren körperlichen Erscheinungsbildes arbeiten als Hostessen.

Einige haben mehr Kunden als andere und man ist versucht, das mit ihrem Aussehen in Verbindung zu bringen. Aber ich konnte feststellen, dass dies nicht immer zutrifft. Ich kenne mehrere Frauen, die nach dem landläufigen Schönheitsideal als alt oder fett gelten, jedoch mehr Geld verdienen als viele überschlanke Blondinen mit großer Oberweite. Diese Tatsache sollte alle Frauen beruhigen, denn sie lässt den Rückschluss zu, dass ihre Männer sie genau so mögen wie sie sind.

Es geht aber nicht nur um den Körper der Frau. Männer bezahlen für Sex aus Gründen, die das Erscheinungsbild weit übersteigen. Wie genau sehen diese Gründe aus? Die Antwort auf diese Frage ist komplex, wie Sie diesem Buch schon entnehmen konnten. Männer lieben an Hostessen besonders, wie sehr Hostessen sich selbst lieben. Hostessen tragen Reizwäsche und betreten einen Raum wie eine Diva! Sie mögen großspurig auftreten oder die Schüchterne spielen, aber unterm Strich bleibt beim Sex das Licht einfach an! Eine Hostess ist stolz auf ihren Körper, gleichgültig wie sie aussieht. Sie kennt ihre Stärken und ihr Selbstvertrauen verwandelt sich in einen unwiderstehlichen Sexappeal.

Wenn Sie nicht bereits dieselbe Selbstsicherheit besitzen, dann hoffe ich, dass Sie sich diese Sicherheit aneignen. Einer der Gründe, warum wir Hostessen uns für sexy halten, ist der Umstand, dass so viele Männer es uns sagen, sowohl mit Worten als auch mit Geld. Aufgrund jahrelanger negativer Botschaften durch die Medien und die Gesellschaft fühlen sich *alle* Frauen unsicher und zweifeln an ihrem Körper. Sogar Supermodels räumen solche Gefühle ein (ich erwähne das nur, weil wir sie zum Ideal stilisieren). Wenn Sie die Wahrheit über die sexuellen Sehnsüchte und Vorlieben der Männer lesen, wird Ihnen hoffentlich klar, dass diese negativen Botschaften mehr mit Marketing zu tun haben als mit Biologie. Die gute Nachricht lautet, dass Ihr Mann Sie zweifellos bereits für sexy hält. Wahrscheinlich wartet er nur darauf, dass Sie ihm endlich Recht geben.

4 Verneigung vor dem weiblichen Körper

Als sich der Playboy-Kanal an mich wandte, um eine Dokumentation über mein Leben und meine Arbeit zu drehen, wurde ich gebeten, eine Reihe typischer Termine mit Kunden nachzustellen. In einer Szene bat ich das männliche Modell, pantomimisch darzustellen, wie er meinen Körper anbetet. Das war etwas, wofür viele meiner Kunden eine Menge Geld zahlten. Das lag aber nicht etwa daran, dass ich als Hostess so einzigartig war und deshalb diese Sonderbehandlung von meinen Kunden einfordern konnte, ganz im Gegenteil. In meinem Gewerbe weiß jeder, was unter »Anbetung des Körpers« zu verstehen ist, und für gewöhnlich ruft es ein zufriedenes Lächeln unter den Frauen hervor.

Bevor ich Hostess wurde, hätte ich nicht einmal in meinen wildesten Träumen vermutet, dass Männer dem Körper der Frau mit so viel Begeisterung ihre Verehrung erweisen wollen. Man muss es selbst erlebt haben, um es zu glauben. Selbst Männer, die selbst nicht von »Anbetung des Körpers« sprechen würden, brachten Elemente davon in unsere gemeinsame Zeit ein. Ein gewisses Maß an Ehrfurcht und Respekt überkommt Männer oft in Gegenwart der nackten weiblichen Gestalt. Und doch halten wir Frauen das entweder für selbstverständlich oder bemerken es gar nicht.

Anfangs fragte ich mich, warum ich dieser männlichen Besessenheit vor meiner Zeit als Hostess so selten begegnet war. Im Rückblick wurde mir klar, dass zwar eine gewisse Verehrung meines Körpers existiert hatte, aber sie war mir nicht weiter aufgefallen. Das Nacktsein war mir einfach viel zu unangenehm gewesen, um es genießen zu können, dass mein Körper verehrt wurde. Ich konnte mir nicht vorstellen, einfach nur dazuliegen und mit so viel Leidenschaft verwöhnt zu werden. Darum unterbrach ich den Mann normalerweise und versuchte, etwas für ihn oder mit ihm zu tun, um für ein Geben und Nehmen zu sorgen.

Ich fühlte mich unwohl, wenn ich auf diese Weise im Mittelpunkt stand, und zog es vor, meinen Partner zu verwöhnen. Das war keine Selbstaufopferung, sondern schlichtweg Unsicherheit. Außerdem schien es mir irgendwie selbstsüchtig, einfach nur dazuliegen und mich bewundern zu lassen. Mir kam nie der Gedanke, dass mein nackter weiblicher Körper Geschenk genug sein könnte. Glücklicherweise waren viele Männer bereit, mir beizubringen, wie speziell der Körper der Frau ist und wie dankbar sie sind, uns vom Scheitel bis zur Sohle erforschen, genießen und erfahren zu dürfen!

Ein Großteil dieser Anbetung konzentriert sich auf die weiblichen Genitalien. Nach all den Jahren, in denen ich dachte, dass die weiblichen Genitalien weniger attraktiv oder weniger sexy seien und dass manche sie sogar für ekelhaft oder schmutzig halten könnten, stellte ich nun fest, dass viele Männer die weiblichen Genitalien auf dieselbe Stufe stellen wie Kunstwerke vom Rang der Sixtinischen Kapelle. Die Erfahrung hat mich gelehrt, dass die Genitalien der Frau Männern denselben spirituellen

Kick geben wie ihn manche Menschen angesichts großartiger Kunst erleben. Der Ausdruck im Gesicht der Männer, wenn sie die Genitalien einer Frau betrachten, ist unmissverständlich. Man kann ihn nur als Ehrfurcht beschreiben. Sie mögen noch so viele Frauen nackt gesehen haben, aber ihre Faszination und tiefe Hochachtung schwindet anscheinend nie.

Hostessen, die in ihrer Arbeit auch eine spirituelle Dimension sehen, vertreten die Ansicht, dass sie als heilige Prostituierte bezahlt werden, um Männern die Anbetung ihrer Vulva zu erlauben. Sie verlangen und erwarten ein Maß an Respekt und Ehrfurcht, das man normalerweise mit einem Gottesdienst in Verbindung bringen würde. Und viele Männer leisten dem nur zu gern Folge. Es hat den Anschein, dass dies eine wichtige Aktivität für viele Männer ist, etwas, wonach sie ein Bedürfnis verspüren, etwas, das ihnen in ihren Beziehungen nicht erlaubt ist.

Leider sind manche Frauen derart unsicher im Hinblick auf ihren Körper, dass sie niemals erfahren, wie sehr ihre Partner ihre nackte Gestalt erforschen und anbeten wollen. Ich lernte mehr als nur ein paar Männer kennen, die zwar schon seit Jahren verheiratet waren, aber mit dem weiblichen Körper dennoch wenig vertraut waren. Es lag nicht an mangelndem Interesse oder fehlenden Versuchen. Offenbar ermutigten ihre Ehefrauen ihre Neugier nicht, darum mussten sie eine Professionelle bezahlen, um sich einfachste anatomische Kenntnisse anzueignen, zum Beispiel über die Lage der Klitoris. Wenn diese Männer schlichtweg kein Interesse daran hätten, ihren Frauen sexuelles Vergnügen zu bereiten, hätten sie wohl kaum ihr sauer verdientes Geld dafür ausgegeben, Unterricht im Beglücken von Frauen zu nehmen. Glücklicherweise habe ich herausgefunden, dass Männern viel mehr daran liegt, Frauen zu befriedigen, als man gemeinhin glaubt.

Natürlich haben einige wenige Männer wirklich keine Ahnung, dass Frauen komplexe sexuelle Wesen sind, die zu enormem sexuellen Vergnügen fähig sind. Und es sind oft dieselben Männer, die keine Ahnung haben, dass auch sie ihr sexuelles Vergnügen noch steigern könnten. Weil sie Sex für eine so unkomplizierte Prozedur halten wie ein Abendessen vor dem Fernsehgerät, brauchen sie etwas Nachhilfe, um aus ihrer sexuellen Routine auszubrechen und besser informiert ihr Sexleben zu gestalten. Fangen Sie doch damit an, dass Sie Ihre Lieblingsstellen in diesem Buch unterstreichen und Ihrem Partner ein paar kurze Sätze vorlesen, um zu sehen, ob sich sein Interesse wecken lässt.

Es geht darum, ihm nahezubringen, dass Sex etwas ist, was man lernen kann, etwas, von dem er vielleicht noch nicht alles weiß, was es zu wissen gibt. Und wenn er diese Nachricht verdaut hat, können Sie ihm als Nächstes sagen, wie Sie es gern hätten. Lesen Sie vorher das 24. Kapitel und erfahren Sie, wie Sie dabei am besten vorgehen sollten!

Als Hostess brachte ich Männern, die hungrig nach Informationen waren, die hohe Kunst bei, wie man einer Frau Vergnügen bereitet. Sie wollten alles wissen: wo sich die Klitoris befindet, wie man den G-Punkt findet, was man unter weiblicher Ejakulation versteht, wie man Cunnilingus durchführt, wie man die Brüste einer Frau berühren sollte (das hängt natürlich immer von der Frau ab) und vieles mehr. Diese angeblich so selbstsüchtigen Rohlinge, die nur daran interessiert sind,

»zum Schuss zu kommen«, nahmen buchstäblich Unterricht darin, Frauen Vergnügen zu schenken. Da die meisten Männer leistungsorientiert sind, gibt es wohl nur sehr wenige Männer, denen ihre Leistung im Bett egal ist. Für die meisten Männer ist das eine Quelle großer Angst. Sicher war sich die Mehrheit der Männer, die ich im Laufe der Jahre traf, vollkommen der Tatsache bewusst, dass der Sex besser wird, wenn man mehr darüber lernt, und sie konnten es kaum erwarten, besser darin zu werden!

Die gute Nachricht für uns Frauen lautet, dass wir nichts weiter zu tun brauchen, als unsere eigenen Schamgefühle und Minderwertigkeitskomplexe zu überwinden und den Männern die Chance zu geben, uns Vergnügen zu bereiten! Die meisten Männer wollen das wirklich, sie wissen nur nicht, wie sie es anstellen sollen. Und wenn Ihr Mann Sie nicht darum bittet, ihm zu sagen, wie er Ihnen Vergnügen bereiten kann, dann sagen Sie ihm einfach, wie Sie es gerne hätten. Am besten tut man das, bevor man tatsächlich sexuell aktiv wird. Bringen Sie das Thema nicht dadurch auf, dass Sie ihm sagen, wie oft Sie schon den Orgasmus vorgetäuscht haben oder wie viel besser ein anderer Ihrer Liebhaber war. Seien Sie höflich und respektvoll und sprechen Sie mit ihm im Vertrauen darauf, dass es ihm wirklich wichtig ist, wie Sie sich fühlen und was Sie wollen. Solange er nicht das Gefühl hat, dass Sie ihn zurechtweisen wollen, können Sie sicher sein, dass er Sie zumindest mit einem begeisterten Versuch belohnen wird.

Manche Männer haben Mühe damit, Wünsche richtig einzuordnen und ihnen zu entsprechen. Bei diesen Männern brauchen Sie mehrere Anläufe, bis Ihre Botschaft zu ihnen durchdringt, aber geben Sie nicht auf. Entwickeln Sie etwas Kreativität bei der Kommunikation Ihrer Bedürfnisse. Zeigen Sie ihm Fotos oder Abbildungen in einem Buch über sexuelle Positionen und Techniken, schauen Sie zusammen einen Pornofilm an, in dem der von Ihnen gewünschte Sex dargestellt wird, zeichnen Sie ihm ein Bild oder verwenden Sie Metaphern. Die wirkungsvollste Methode, über Sex zu sprechen, ist für gewöhnlich die, so offen und ehrlich wie möglich zu sein.

Wenn ich beispielsweise versuche, einem Mann den perfekten Cunnilingus beizubringen, dann fordere ich ihn auf, mit Spucke zu sparen, denn zu viel Spucke fühlt sich für mich absolut unangenehm an. Ich bitte ihn, entweder seine Zunge zu bewegen oder die Zunge still zu halten und seinen Kopf zu bewegen, aber niemals meine Genitalien zu lecken wie ein Tier, das Wasser leckt, weil ich das Gefühl nicht mag. Und: »Fass meine Klitoris nie direkt nach einem Orgasmus an, weil sie in diesem Moment zu sensibel für eine Berührung ist!«

Auch wenn ich sehr klar, präzis und punktgenau sage, was ich will, tue ich das immer in einem sanften oder humorvollen Tonfall. Ich vergesse nie, dass der Mann zwar die Information will, sich dabei aber nicht wie ein Idiot vorkommen möchte. Es ist ein schmaler Grat zwischen dem Senden einer Botschaft und einem Hieb gegen seinen Stolz. Humor kann da sehr hilfreich sein. Wenn Sie humorvoll sein können, während Sie Ihre sexuellen Sehnsüchte mitteilen, führt das die Diskussion in ein Miteinander und macht ihn nicht feindselig. Es ist im Grunde ganz einfach: Reden Sie so mit Ihrem Partner, wie er mit Ihnen reden soll.

Eine unter Männern recht weit verbreitete sexuelle Fehltechnik ist die, dass sie viel zu grob mit dem Körper der Frau umgehen und insbesondere mit ihren Genitalien. Das liegt nicht daran, dass Männer selbstsüchtig oder rücksichtslos sind. Ganz im Gegenteil. Sie halten sich an die goldene Regel: Behandele andere so, wie du behandelt werden willst. Viele Männer lieben es, wenn man bei ihrem Penis fest und schnell zupackt – je energischer, desto besser. Sie kennen Begriffe wie »herunterholen« oder »rubbeln«, was die energische Behandlung des Penis noch unterstreicht. Darum wird ein Mann, dem man es nicht besser beibringt, die Klitoris einer Frau höchstwahrscheinlich auf dieselbe Weise berühren, wie sie seinen Penis berühren soll: fest und schnell.

Für die meisten Frauen ist es wenig angenehm, wenn man ihre Klitoris unsanft berührt. Da in der winzigen Spitze unserer Klitoris ebenso viele Nervenenden sitzen, wie in dem vergleichsweise großen Kopf des Penis, ist die Klitoris ein überaus sensibles Sexualorgan, das nicht viele Berührungsreize braucht, um uns großes Vergnügen zu bereiten. Dieser Unterschied in der Anatomie und in der sexuellen Reaktion wird zu einer perfekten Gelegenheit, Informationen auszutauschen und ihm zu sagen, was Sie sexuell wirklich wollen.

Da sich Frauen auch untereinander in ihren sexuellen Vorlieben und sexuellen Reaktionen unterscheiden, weiß ein Mann, der gelernt hat, *einer* Frau Vergnügen zu bereiten, nicht notwendigerweise, wie er auch einer anderen Frauen Vergnügen bereiten kann. Dieser Unterschied in den sexuellen Vorlieben trifft natürlich auch auf Männer zu, darum bitten Sie Ihren Partner, Ihnen zu sagen, was er mag und was nicht. Es ist von entscheidender Bedeutung, dass Paare lernen, miteinander über Sex zu sprechen und ihre Sehnsüchte auszutauschen. Nur auf diese Weise können wir erfahren, ob wir sexuell authentisch sind und uns gegenseitig wirklich Vergnügen bereiten. (Lesen Sie das 24. Kapitel, denn dort finden Sie genaue Anweisungen, wie Sie Ihrem Partner mitteilen können, was Sie erregt!)

Kurz zusammengefasst habe ich gelernt, dass Männer von Frauen verführt werden wollen; dass sie gern Sex mit Frauen haben, die ihren Körper lieben und ihn gern zeigen; dass Männer unendlich neugierig auf die weibliche Anatomie sind und unsere Genitalien anbeten wollen. Aber das Nächste, was ich über Männer lernte, war vielleicht das Verblüffendste: Männer sehnen sich danach, ein paar Stunden lang keine Männer zu sein, und sie sehnen sich vor allem während des Geschlechtsverkehrs danach. Nicht, dass sie keinen männlichen Körper mehr haben wollen; sie wollen nur nicht länger die ihnen vorgeschriebene Geschlechterrolle spielen. Sie sehnen sich nach einem kleinen Rollentausch! Und genau darum dreht sich das nächste Kapitel.

5 Wie man die Kontrolle erlangt

Zu Beginn meiner Hostessenkarriere nahm ich an, dass ich genau das tun würde, was meine Kunden von mir verlangten. Schließlich müssen wir uns alle nach den Anweisungen unseres Arbeitgebers richten, solange er unseren Gehaltsscheck ausstellt! Aber ich irrte mich. Meine Kunden gingen davon aus, dass ich der Profi war, und sie bezahlten mich dafür, dass ich wusste, was ich tat, und dass ich die Kontrolle über unsere gemeinsame Zeit übernahm. Anfangs war ich ziemlich ratlos. Aber schnell lernte ich, diese neue Rolle in meinem Zusammensein mit Männern zu genießen.

Diese Dynamik muss nicht allein auf eine professionelle Beziehung beschränkt bleiben. Der ständige Druck, im Beruf und zu Hause Entscheidungen zu fällen, scheint für viele Männer ermüdend und mit Ängsten verbunden zu sein. Sie wünschen sich hin und wieder eine Pause. Aber wie sollen sie ihre Frau oder Freundin bitten, in ihrer Beziehung zur Abwechslung einmal die männlich-aktive Rolle einzunehmen, ohne Gefahr zu laufen, ihren Respekt und ihr Vertrauen zu verlieren?

Viele Frauen erwarten, dass ihr Partner ihnen genau die Sicherheit vermittelt, die mit der stereotypen männlichen Rolle einhergeht. Wir wollen, dass unsere Männer stark und tapfer sind und keinen Schmerz kennen, genau wie die Helden in unseren Lieblingsfilmen. Als Frau können wir recht verwöhnt sein und ständig erwarten, dass unser Mann uns verführt, mit uns schläft, uns erderschütternde Orgasmen schenkt und hinterher unsere Füße oder unseren Rücken massiert; vorzugsweise kuschelt er auch noch mit uns und teilt unsere tiefsten Gefühle.

Aber manchmal wollen auch Männer verführt werden. Sie wollen, dass man mit ihnen schläft, ihnen einen erderschütternden Orgasmus schenkt und sie hinterher massiert und mit ihnen redet. Doch dies gilt schon als Rollenumkehr, weil das stereotype weibliche Verhalten darin besteht, zu warten, empfänglich zu sein und vielleicht zu fordern, dass er uns jeden Wunsch von den Augen abliest, weil wir so großzügig waren, ihm Sex zu gewähren.

In dem Bemühen, unseren Stolz zu wahren und weiterhin als »anständiges Mädchen« zu gelten, haben viele von uns im Sex eine distanzierte Haltung eingenommen. Wir lassen unseren Partner dafür arbeiten. Wir bringen unsere Lust oder unsere Begeisterung nicht zum Ausdruck und ganz sicher machen wir nie den ersten Schritt. Auch nicht den zweiten oder dritten … Andererseits sind manche Frauen – oft jüngere Frauen – viel zu sehr darauf bedacht, ihrem Partner zu gefallen und ihn wie einen Pascha zu bedienen. Möglicherweise haben sie nie gelernt, für ihr eigenes sexuelles Vergnügen zu sorgen und neigen daher nur zu solchen sexuellen Akten, die den Mann stimulieren. Das kann Oralsex sein oder Sex zwischen zwei Frauen und wenn das nicht genau das ist, was die

Frau antörnt, dann sollte sie sich auf eine große Enttäuschung einstellen.

Niemand von uns respektiert einen Menschen, der nicht authentisch ist. Bestenfalls wirkt er manipulierbar und für gewöhnlich vermittelt er mangelnden Selbstrespekt. Manipulation negiert auch das Recht jeder Frau, sexuelles Vergnügen zu finden. Wichtiger noch, es verwandelt Sex von einer Gelegenheit zu Intimität und körperlichem Vergnügen in einen Wettstreit um Aufmerksamkeit und Anerkennung.

Der Wunsch, dazuzugehören, gemocht zu werden oder beliebt zu sein, ist *kein* guter Beweggrund für sexuelle Handlungen. Leider ist genau das für manche Frauen die Motivation, Sex zu haben. Obwohl das freizügige Verhalten einiger junger Frauen heute anscheinend in völligem Widerspruch zu der beinahe frigiden Rolle ihrer Großmütter in der Vergangenheit steht, gibt es in Wirklichkeit einige Übereinstimmungen.

Vor vielen Jahren wurden wir Frauen noch dazu angehalten, Sex mit unseren Ehemännern zu haben, ob wir es wollten oder nicht. Wir erfüllten dadurch unsere »ehelichen Pflichten«. Man ging davon aus, dass Frauen nicht aus eigenem Willen Sex haben wollten. Sex galt als ekelhafter Akt, den Frauen ertragen mussten, um die fleischlichen Gelüste ihrer Männer zu befriedigen.

Die moderne Sexualität nach der sexuellen Revolution der sechziger Jahre des vorigen Jahrhunderts scheint offen und gleichberechtigt, aber in Wirklichkeit ist sie nur eine andere Form derselben erdrückenden Einstellungen zur Sexualität. Es hat immer noch Allgemeingültigkeit, dass Männer mehr auf Sex aus sind als Frauen. Und wir haben nur wenige kulturelle

Normen, die authentische sexuelle Sehnsüchte von Frauen vermitteln. Wenn eine Frau versucht, sich von den alten sexuellen Tabus zu lösen, weiß sie erst einmal nicht, wie sie das anstellen soll, ohne dabei nicht wieder männliche Wunschvorstellungen zu befriedigen. Junge Frauen, die ihr eigenes sexuelles Verlangen kennen lernen wollen, haben keine gesunden Rollenvorbilder, denen sie nacheifern könnten, darum leben sie sexuelle Fantasien aus, die männlich zentriert sind.

Eine männlich zentrierte Sicht auf Sex konzentriert sich eher darauf, den Mann oral zu befriedigen, ohne Interesse an oder Verlangen nach Cunnilingus. Eine männlich zentrierte Sicht auf Sex fragt nur, ob der Körper der Frau schön oder eher verbesserungsbedürftig ist, und ignoriert dabei völlig, ob der männliche Körper die Frau anzieht oder abstößt. Eine männlich zentrierte Sicht auf Sex betont die Rolle der Frau bei der erregenden Stimulierung des Mannes, während die Mechanismen der weiblichen Befriedigung unberücksichtigt bleiben.

Man muss ein gesundes Gleichgewicht finden und Extreme vermeiden. Ob eine Frau nun die Unnahbare spielt und verlangt, dass ihr der Mann zehn Orgasmen verschafft, nachdem sie ihm »erlaubt« hat, mit ihr zu schlafen, oder ob eine Frau den Mann mit ihren kühnen und leidenschaftlichen Fellatiotechniken beeindruckt und Interesse an Sex mit anderen Frauen vortäuscht ohne Rücksicht darauf, ob sie das nun wirklich mag oder nicht – in beiden Fällen verliert sie. Es mag ja angemessen sein, Fantasien auszuspielen, um den Partner heißzumachen, aber das sollte kein Ersatz für das Ausleben Ihres authentischen, sexuellen Verlangens werden. Wenn Sie am

Ende Ihr ganzes Sexleben nur schauspielern, werden Sie sich selbst niemals treu sein.

Um zu Ihren ganz persönlichen sexuellen Sehnsüchten und Vorlieben vorzustoßen – ungeachtet dessen, was andere Leute davon halten mögen –, müssen Sie darüber sprechen und erforschen, was Sie wirklich erregt. Machen Sie sich mit Ihrem Körper und Ihren sexuellen Reaktionen vertraut. Letztendlich müssen Sie die Verantwortung für Ihre Orgasmen übernehmen anstatt Ihrem Partner die Schuld zu geben oder völlig zu vergessen, dass auch Sie sexuelle Bedürfnisse haben. Initiieren Sie zumindest hin und wieder den Sex, anstatt immer nur ihn dafür arbeiten zu lassen und darauf zu warten, dass er Sie »pflückt«. Eine Frau lernt viel über ihr sexuelles Verlangen, wenn sie Sex initiiert, und glücklicherweise törnt das die Männer richtig an. Es ist also eine Situation, in der beide gewinnen!

An unserer gemeinsamen Zeit liebten meine Kunden vor allem, dass ich sie nie danach fragte, was sie wollten. Ich forderte sie einfach auf, sich zurückzulehnen und zu genießen. Ich wurde sehr gut darin, Männer sexuell einzuschätzen, darum fand ich stets den besten Weg, einen Mann zu verwöhnen, ohne dass er etwas sagen musste. Wenn Sie in einer langjährigen Beziehung leben, sollte es eigentlich keine besondere Kunst sein, sich mit den Vorlieben und Abneigungen Ihres Partners vertraut zu machen. Wenn Sie ihn auch nur ein kleines bisschen kennen, sollten Sie Entscheidungen im Schlafzimmer ohne langes Nachfragen treffen können.

Männer werden es oft müde, sämtliche Entscheidungen fällen und immer mit Ideen aufwarten zu müssen, sei es im

Schlafzimmer oder anderswo. Für gewöhnlich fragen sie bei den Frauen in ihrem Leben nach, bekommen aber häufig keine Antwort. Es kann ziemlich frustrierend sein, wenn die Partnerin auf jede Bitte um eigene Vorschläge mit einem »Ich weiß nicht … Was wäre dir denn am liebsten?« antwortet.

Ich habe viel Verständnis für die Zurückhaltung, die viele Frauen zeigen, wenn ihr Partner sie bittet, eigene Vorschläge in Sachen Sex zu machen. Viele von uns haben ihr Leben lang gelernt, eigene sexuelle Wünsche zu unterdrücken, Gedanken an Sex zu verdrängen, über die Anzahl sexueller Erfahrungen zu lügen und sich dumm zu stellen, wenn ein Partner sexuell enttäuscht. Ich erinnere mich, wie sehr ich mich schämte, als mein Ehemann mir sagte, wie gern er mit mir Sex hatte, weil ich Sex so liebte. Es war, als ob er ein tiefes, dunkles, schändliches Geheimnis von mir wusste. Irgendwann war mir eingetrichtert worden, dass ich kein anständiges Mädchen sei, wenn mir Sex tatsächlich gefiel. Selbst noch nach vielen Jahren sexueller Aktivität und langer Ehe dauerten diese Gefühle an. Ich musste mich anstrengen, diese Gefühle zu überwinden und mein Recht in Anspruch zu nehmen, ein ganzheitliches sexuelles Wesen zu sein, das nicht nur verfügbar ist, sondern vielmehr selbstbestimmt.

Bei der Art von Rollenumkehr, von der ich hier spreche, geht es nicht darum, einen Mann sexuell zu verwöhnen. Wenn man einen Mann verwöhnen will, gehört dazu normalerweise, dass man ihn fragt, was er will, und es ihm dann gibt. Darin war ich nie besonders gut. Ich mag es nicht, wenn man mir sagt, was ich tun soll. Vielmehr lernte ich, meine eigenen sexuellen Sehnsüchte anzuzapfen und sie so umzusetzen, dass es auch meinen Partnern gefiel. Ich erlernte die Kunst, einem Mann sexuelles Vergnügen zu bereiten und dabei gleichzeitig meine eigene sexuelle Befriedigung zu finden. Wenn mich ein Mann bat, dieses oder jenes für ihn zu tun, weigerte ich mich. Ich zog es vor, selbst die Initiative zu ergreifen und das sexuelle Szenario so einzurichten, dass es ihm ebenso gefiel wie mir. Das ist wahre Rollenumkehr, denn auf diese Weise machen die meisten Männer Liebe mit Frauen. Gute Liebhaber legen großen Wert darauf, die Frau sexuell zufrieden zu stellen, aber sie lassen dabei nie ihr eigenes sexuelles Vergnügen und ihre Vorlieben außer Acht.

Wenn Sie zulassen, dass jemand bei Ihnen Regie führt, als würden Sie in einem Pornofilm mitspielen, dann können Sie auch nur entsprechende Ergebnisse erwarten: schlechte Schauspielerei und vorgetäuschte Orgasmen. Den besten Sex liefert Ihr Herz und dieser Sex berührt auch das Herz Ihres Partners. Niemand kann per Regieanweisung authentisches Verlangen hervorrufen.

Zu einem Rollenspiel kann eine Rollenumkehr gehören, aber das ist nicht zwingend notwendig. Eine beliebte männliche Rollenspielfantasie ist die »Sekretärin, die ihren Chef um eine Gehaltserhöhung bittet«. Bei dieser Fantasie wurde ich gebeten, die Sekretärin des Kunden zu spielen und ihn entweder sexuell zu verführen oder mich ihm sexuell zu unterwerfen, um eine Gehaltserhöhung durchzusetzen. Interessant war, dass Männer, die in ihrem Beruf wirklich erfolgreich sind, es vorziehen, in ihrer Freizeit die Kontrolle aufzugeben. Männer, die noch nach mehr Macht im Beruf streben, leben dagegen im Schlafzimmer ihre Fantasien von mehr Macht aus.

Darum wird das Fantasiespiel von der »Sekretärin, die ihren Chef um mehr Geld bittet« von Männern bevorzugt, die kein eigenes Unternehmen leiten und sich von Vorgesetzten noch etwas sagen lassen müssen. Sie kehren ihre Alltagsrolle um, die sie bei der Arbeit spielen, behalten dabei jedoch die stereotypen Rollen von Mann und Frau bei. Ich fand es interessant, dass diese Fantasie zwar mit den Geschlechterrollen konform geht, aber in Wirklichkeit ein Versuch ist, dem wahrgenommenen Machtungleichgewicht bei der Arbeit entgegenzuwirken. Vermutlich kommt dieses psychologische Muster auch zu Hause bei ihren Partnerinnen zum Tragen. Mit anderen Worten: Es ist möglich, dass Männer, die sich im Beruf machtlos fühlen, sich in ihren persönlichen Beziehungen autoritär geben. Das ist natürlich eine Verallgemeinerung und es gibt immer Ausnahmen von der Regel.

Die Männer, zu deren Fantasie es gehörte, dass ich sie als Frau zum Sex zwingen sollte, waren in erster Linie Vorstandsvorsitzende, Inhaber von Unternehmen und Millionäre, die es aus eigener Kraft ganz nach oben geschafft hatten. Die Neigung, in der Fantasie die Kontrolle aufzugeben, weil man im Beruf sehr viel Kontrolle ausübt, ist ein Beispiel für ein Rollenspiel, zu dem die Umkehr der Geschlechterrollen ebenso gehört wie die Umkehr der Rolle im Arbeitsleben. Ich konnte feststellen, dass diese Fantasie weitaus häufiger vorkommt als die Fantasie, über eine Frau Kontrolle auszuüben. Natürlich ist es möglich, dass dies nur ein Hinweis auf die Art von Kunden ist, die mich aufsuchten, und das waren in erster Linie reiche und mächtige Männer.

Es gibt jedoch einen roten Faden. Fast alle Fantasierollenspiele drehen sich um einen Machtwechsel. Ob nun der Mann oder die Frau die Kontrolle ausübt, das ultimative Ziel besteht darin, mit der Macht zu spielen. Manch einer wird diesem ganzen Konzept jetzt vielleicht widersprechen, weil sein sexuelles Ideal das der vollkommenen Gleichberechtigung und der zärtlichen, einfühlsamen Liebe ist. An dieser Art von Sex ist natürlich auch nichts falsch, aber wir sollten uns die Freiheit nehmen, mit einer neuen Dynamik zu experimentieren, wenn wir das möchten. An Machtspielen ist nichts auszusetzen, solange die beiden Mitwirkenden diese Dynamik genießen.

In Kapitel 26 spreche ich ausführlicher über Rollenspiele, außerdem über die sexuellen Fantasien von Frauen und wie Sie und Ihr Partner die Fantasien des anderen im Rollenspiel ausleben können. Mir ging es im ersten Teil dieses Buches vor allem darum, Sie damit vertraut zu machen, warum Männer für Sex zahlen und was ich über Männer lernte, während ich als Hostess arbeitete. Nun möchte ich Ihnen im weiteren Verlauf dieses Buches beibringen, wie man einen Mann verführt, wie man Sex initiiert und welche speziellen Sextechniken es gibt, um sowohl seine als auch Ihre sexuelle Befriedigung zu erhöhen. Sie werden sehen, was es heißt, eine rundum sexuelle selbstbestimmte Frau zu sein. Aber ich greife vor. Lesen Sie weiter und finden Sie heraus, was »faires Kämpfen« mit besseren Orgasmen zu tun hat!

6 Klare Ansagen für besseren Sex

Viele Paare erleben im Laufe der Zeit ein Abklingen oder Verglühen der sexuellen Hitze, die sie anfänglich füreinander empfanden. Die ersten gemeinsamen Monate oder Jahre erfüllen unsere heißesten und romantischsten Fantasien, aber ganz allmählich scheinen wir etwas zu verlieren. Was geschieht da? Sind wir zu einem langweiligen Sexualleben verurteilt, wenn wir treu und monogam bleiben wollen?

Obwohl Sie von vielen Experten hören, dass wir mehr Vielfalt in unserem Sexleben brauchen, um es interessant zu halten, bin ich nicht dieser Ansicht. Mit neuen Sextechniken zu experimentieren, kann natürlich sehr erhellend und erotisch sein. Aber auch Paare, die sich jahrelang auf dieselbe Weise lieben, können die gegenseitige Anziehungskraft durchaus aufrechterhalten. Techniken und Abwechslung allein reichen nicht aus, um für sexuelle Hitze zu sorgen. Auch Singles, die mit unterschiedlichen Partnern Sex haben und im Bett immer wieder Neues ausprobieren, sind irgendwann vom Sex gelangweilt. Es muss eindeutig etwas anderes sein, was für die Leidenschaft entscheidend ist.

Ich habe festgestellt, dass unterdrückte Emotionen unser Vergnügen am Sex verringern. Wann immer Sie sich ein Gefühl versagen, weil Sie es für unangemessen halten, schalten Sie den Ton von jenem fühlenden Teil in Ihnen ab. Vielleicht wollen Sie ja nur die Gefühle mundtot machen, die Ihnen Angst einjagen wie Wut oder Trauer. Aber dadurch töten Sie auch all Ihre anderen Gefühle ab.

Das kommt in langjährigen Beziehungen sehr häufig vor. Anfangs ist alles, was Ihr Partner tut, sexy für Sie und Sie können kaum die Hände voneinander lassen. Aber dann haben Sie diesen entsetzlichen Streit. Wahrscheinlich streiten Sie sich nicht zum ersten Mal. Aber zum ersten Mal können Sie das Problem nicht lösen. Es ist einfach zu groß für Sie beide und jeder von Ihnen verzieht sich in eine Ecke und schmollt. Nach einer Weile überzeugen Sie sich davon, dass gar kein wirklicher Grund zum Streiten bestand, und Sie glauben, Ihre Wut und Ihre Kränkung ad acta legen zu können. Sie kommen beide überein, einfach alles zu vergessen und weiterzumachen.

Aber in Wirklichkeit haben Sie vor lauter Wut Ihre wahren Gefühle nie richtig zum Ausdruck gebracht, und weil Sie nie das Gefühl hatten, angehört und nicht nur verurteilt zu werden, und weil Sie nie an den Punkt gekommen sind, an dem Sie sich in Ihren Partner hineinversetzen konnten, ballt sich jetzt dieser emotionale Knoten in Ihrem Herzen und blockiert mehr oder weniger all Ihre Gefühle. An guten Tagen sagen Sie sich, dass alles vergeben und vergessen ist, an schlechten Tagen fragen Sie sich, wie Sie es noch zwanzig Jahre auf diese Weise aushalten sollen.

Konflikte sind normaler Bestandteil allen menschlichen Miteinanders. Genauer gesagt gehören Konflikte zum Miteinander aller Lebewesen. Wenn Sie wissen, wie Sie mit Konflikten umgehen müssen und Sie so schnell wie möglich verarbeiten und hinter sich lassen können, bewahrt das nicht nur Vergnügen und Intimität in Ihrem Sexleben, sondern macht Sie auch ganz allgemein glücklicher.

Wenn Sie wie die meisten anderen Paare sind, behandeln Sie Ihr Sexleben so, als gehöre es nicht zu all den anderen Dingen ihres Lebens. Aber Sex vollzieht sich nicht in einem Vakuum und Sie können nicht erwarten, dass Ihr Sexleben funktioniert, wenn es Ihre Beziehung nicht tut. Gelegentlich begegne ich einem Paar, das diese Wahrheit Lügen straft. Sie können einander nicht ausstehen, vielleicht stehen sie sogar kurz vor der Trennung, aber die gegenseitige sexuelle Anziehung hält sie zusammen. Das ist jedoch die Ausnahme, nicht die Regel. Die meisten von uns müssen für Ordnung auf allen Ebenen sorgen, wenn der Sex großartig sein soll.

Mein Mann und ich hatten den besten Sex direkt nach Eheberatungssitzungen oder wenn wir allein ein Problem gelöst hatten. Nachdem wir die Chance genutzt hatten, unseren Groll loszuwerden und vom anderen gehört zu werden – wirklich gehört, anerkannt und ernst genommen zu werden! –, zog es uns automatisch zueinander hin und wir wollten uns sexuell nahe sein. Aufgrund dieser schweren emotionalen Arbeit blieb unser Sexleben nicht nur heiß, es wurde immer heißer.

Bei meinen Kunden habe ich eine ähnliche Dynamik beobachten können. Diejenigen Kunden, die mir während unserer gemeinsamen Zeit ihre Verletzlichkeiten offenbarten, hatten hinterher unglaublichen Sex. Manche Männer mussten sich einfach nur richtig ausweinen, um die aufgestauten Emotionen aus ihrem Körper zu spülen. War das geschehen, konnten sie eine tiefere und rundum befriedigende sexuelle Vereinigung und bessere Orgasmen erleben.

Zu meiner Aufgabe als Hostess gehörte es auch, meinen Kunden das Ausdrücken von Emotionen zu erleichtern. Ich befragte sie eingehend nach ihrem Leben und die meisten fühlten sich genötigt, mir zu antworten. Häufig sagten sie, dass sie es selbst gar nicht glauben konnten, welche tiefen, privaten Gefühle sie mir mitteilten. In aller Regel waren sie dankbar, sich diese Geheimnisse und unterdrückten Gefühle von der Seele reden zu können. Die urteilsfreie, geborgene Atmosphäre, die ich diesen Männern bot, brachte sie dazu, über Dinge zu reden, über die sie sich mit ihren Partnerinnen oder Freunden nicht zu sprechen trauten. Indem sie ihre intimen Gedanken und Gefühle mit mir teilten, fühlten sie sich mir natürlich näher. Am Ende führte das für gewöhnlich zu einer zutiefst befriedigenden sexuellen Erfahrung.

Kurtisanen müssen die Kunst der Kommunikation verfeinern. Da man sie für ihre intellektuelle Gesellschaft ebenso bezahlt wie für ihre Zeit und ihr sexuelles Können, muss eine Kurtisane wissen, wie man zu Männern auf verschiedenen emotionalen und intellektuellen Ebenen eine Beziehung knüpft.

Für eine gesunde Kommunikation gibt es viele Bezeichnungen. Manche sprechen vom »fairen Kämpfen«, andere von »Problemlösungsorientierung« und wieder andere vom »aktiven Zuhören«. Aber im Grunde erfordern alle menschlichen Beziehungen eine erfolgreiche Kommunikation, wenn sie denn zufrieden stellend verlaufen sollen.

Faires Kämpfen kann unterschiedlich aussehen, aber fester Bestandteil sind stets Regeln, auf die man sich zuvor geeinigt hat. Auf diesem Prinzip beruhen auch alle Wettkampfsportarten und auf dieses Beispiel springen die meisten Männer mühelos an.

»Keine Schlammschlachten« mahnt vor allem jene Paare, die die unschöne Angewohnheit pflegen, Vorfälle aus der Vergangenheit hervorzukramen, sobald ein Konflikt entsteht. Die Regel »keine Schlammschlachten« besagt, dass man beim Thema und in der Gegenwart bleibt. Es gilt als Grenzverstoß, den Partner mit ungelösten Streitigkeiten aus der Vergangenheit zu überfallen. Stattdessen sollten Sie sich beide ausschließlich auf das vorliegende Problem konzentrieren.

Eine weitere Regel des fairen Kämpfens lautet, dass man seine Beschwerde mit »Ich habe das Gefühl ...« einleitet. Das ist ein Kommunikationsstil, der Schuldzuweisungen ausklammert, weil man sich nur auf seine Gefühle konzentriert, nicht auf harte Fakten. Sie könnten beispielsweise sagen: »Wenn du dich so ... verhältst, dann habe ich das Gefühl, dass ich ..., und mir wäre es lieber, du würdest ... .« Achten Sie darauf, dass Sie über die Handlungen Ihres Partners keine Urteile fällen, aber Ihre eigenen Gefühle auch nicht verteidigen. Machen Sie einfach klar, wie Sie sich fühlen und was Sie wollen. Ihr Partner hat natürlich das Recht, sein Verhalten nicht zu ändern, aber eine angemessene Antwort würde ungefähr lauten: »Ich sehe, dass du dich so ... fühlst, wenn ich das tue, und du möchtest, dass ich ... . Habe ich dich da richtig verstanden?« Wenn er Ihr Statement korrekt in Worte gefasst hat, kann er dazu übergehen, Ihre Gefühle anzuerkennen und zu sagen, ob er bereit ist, sein Verhalten zu ändern.

Gauben Sie es ruhig, egal ob Ihr Partner sein Verhalten nun

ändert oder nicht: Sie werden in jedem Fall davon profitieren, wenn Sie Ihre Gefühle zum Ausdruck bringen und Ihr Partner sie anerkennt. Sie werden sogar feststellen, dass Sie beide sich auf wohlige Weise einander näher fühlen, trotz der Tatsache, dass Sie bei einer bestimmten Angelegenheit nicht einer Meinung sind. Die Anerkennung der Gefühle unseres Partners erfordert aktives Zuhören und dafür müssen Sie aufhören, darüber nachzudenken, was Sie als Nächstes sagen wollen, sondern vielmehr Ihrem Partner aufmerksam zuhören.

Aktives Zuhören führt zu Mitgefühl und das beinhaltet, dass man sich in die Gefühle des anderen hineinversetzen kann. Wenn Sie Ihrem Partner aktiv zuhören und Ihr Partner seine Gefühle vorbringt, ohne Sie zu beschuldigen oder Ihnen Vorwürfe zu machen, stellt sich fast immer Mitgefühl ein. Und wenn Sie mit einem anderen Menschen mitfühlen, fällt es Ihnen leicht, seine Gefühle anzuerkennen. Sobald Sie Gefühle anerkennen, lassen Sie den anderen wissen, dass Sie seine Gefühle nicht nur verstehen, sondern sich auch in ihn hineinversetzen können. Anerkennung heißt nicht, dass Sie sich auf eine bestimmte Bereinigung der vorgefallenen Angelegenheit oder eine Verhaltensänderung einigen. Es ist einfach nur ein mitfühlender Akt, der Sie einander näherbringt, ungeachtet der Tatsache, ob Sie sich über das weitere Vorgehen einig sind oder nicht. Diese verstärkte emotionale Intimität hat eine erstaunliche Wirkung auf die körperliche Intimität. Nachdem Sie die emotionale Beziehungsarbeit geleistet haben, keimt in Ihnen tatsächlich das Gefühl auf, dass Ihr Liebesleben neue Höhen erklimmen kann, die Ihre kühnsten Erwartungen noch übertreffen!

Die nachfolgende Formel kann Ihnen bei der emotionalen Beziehungsarbeit helfen und erzielt bei den meisten Paaren sehr gute Erfolge. Männer sind im Allgemeinen offener für einen Informationsaustausch und eine anschließende Verhaltensänderung, wenn Sie sie schematisch vorbringen:

Ausdrücken der Gefühle (ohne Schuldzuweisungen) → aktives Zuhören → Mitgefühl → Anerkennen der Gefühle → größere Intimität → besserer Sex

Sie sind ganz bestimmt in der Lage, dies in Ihr Leben zu integrieren. Es erfordert nur etwas Mut. Jeder von uns lebt in Angst vor seinen eigenen Gedanken und Emotionen. Diese Angst zu überwinden und das Risiko einzugehen, sich einem vertrauenswürdigen Menschen zu öffnen, ist ein wichtiger Schritt, um unsere Verteidigungsmechanismen zu lockern, damit wir offen sind für das Vergnügen – das Vergnügen von Emotionen wie Lachen und Liebe und das Vergnügen von Sinnlichkeit und Sex.

7 Sexy ist, wer sich sexy fühlt

Bevor ich Hostess wurde hatte ich eine ganz frauentypische Einstellung zu meinem Körper und mir selbst. Ich hatte immer das Gefühl, ich müsste noch mehr abnehmen, egal wie dünn ich war. Ich fühlte mich den Frauen im Fernsehen oder in den Zeitschriften immer unterlegen. Und mir waren jene Körperpartien, die ich gern anders gesehen hätte, immer schmerzlich bewusst.

Manchmal lenkte mich mein Aussehen, wie ich es wahrnahm, so stark ab, dass ich den Sex nicht genießen konnte. Ich musste zwanghaft an die Größe und Form meiner Oberschenkel denken oder wie mein Gesicht aussehen mochte, falls ich es wagen sollte, es in einem Augenblick sexuellen Vergnügens zu verziehen. Ich machte mir Sorgen, dass ich zu viel schwitzen oder Positionen einnehmen könnte, die mir nicht schmeichelten. Und ich wollte ganz sicher nicht den Anschein erwecken, als würde ich den Sex zu sehr genießen, damit mein männlicher Partner mich nicht für eine Schlampe hielt. Weil ich so sehr damit beschäftigt war, mich zu kritisieren und zu zensieren, war Sex einfach kein Genuss für mich.

Als ich mich das erste Mal in einem Sexfilm sah, verschwand der Großteil meiner früheren Ängste. Mir wurde klar, dass viele der Dinge, die ich an mir selbst für komisch hielt, schlichtweg nicht existierten. Vielleicht sind Sie noch nicht so weit, sich beim Sex filmen zu lassen, aber Sie können einiges unternehmen, um sich selbst als erotische Frau wahrzunehmen.

Heutzutage ist unsere Gesellschaft völlig vom Äußerlichen besessen. Wir konzentrieren uns darauf, wie unser Körper aussieht, und lassen dabei einige Faktoren außer Acht, die früher als sexuell erregend galten. Wenn Marilyn Monroe beispielsweise heute lebte, würde die Presse sie gnadenlos auseinandernehmen und wegen ihrer drallen Formen niedermachen. Dann würde uns Fans die herrlich berauschende Wirkung ihrer erotischen Stimme entgehen, ihre kapriziöse Art und ihr Gang. Eine Schönheit wie Lauren Bacall, deren rauchige Stimme und deren sexy Gang viele schwach in den Knien werden ließen, würde als zu knochig und flachbrüstig ausgesiebt und niemals berühmt werden.

Viele der so genannten Sexsymbole von heute haben meines Erachtens wenig, was für echte sexuelle Erregung sorgen könnte. Ein fester Hintern und steinharte Bauchmuskeln sind an sich nicht sexy. Sexy ist, wer das auch ausstrahlt. Und viele »perfekte« Schönheiten besitzen einfach keinen Sexappeal. Wir spüren das intuitiv und sind verwirrt. Wie kann dieser Mensch so gut aussehen und gleichzeitig so wenig Anziehungskraft ausstrahlen? Das kommt daher, dass Sexappeal viel komplexer ist und mehr erfordert, als nur die richtige Ernährung, hartes körperliches Training oder auch nur den »perfekten« genetischen Code.

Vielleicht ist Ihnen auch schon das Gegenteil aufgefallen: ein Mensch, der ein wenig trampelig wirkt oder dessen Erscheinung unscheinbar ist, der aber dennoch eine Anziehungskraft besitzt, die aller Logik zuwiderläuft. Möglicherweise haben Sie sich die Zeit genommen und herauszufinden versucht, was genau dieser Mensch an sich hat, das ihn so attraktiv macht. Wenn Sie wie ich sind, können Sie es wahrscheinlich nicht in Worte fassen. Es gibt einfach Menschen, die sexy sind.

Ich glaube, fast alle Menschen sehen sehr sexy aus, wenn echtes sinnliches Entzücken sie mitreißt. Wenn ein Mensch ganz und gar er selbst ist und seine innerste Freude, sein innerstes Verlangen zum Ausdruck bringt, ohne jede Unsicherheit, dann resultiert daraus wahre Schönheit.

Die meisten Frauen haben eine negative und ziemlich verzerrte Vorstellung von ihrem unbekleideten Körper. Vielen Frauen gefällt nicht, was sie sehen, wenn sie nackt vor dem Spiegel stehen. Manchen Frauen ist es derart peinlich, dass sie sich nicht einmal ihren Ehemännern oder Freunden bei Licht nackt präsentieren. Die meisten von uns wurden von den Medien so programmiert, dass sie sich äußerlich unzureichend fühlen. Darum müssen Sie das Thema aktiv und beherzt angehen, um diese Negativität zu überwinden und zu lernen, sich sexy zu fühlen!

Während ich lernte, mein eigenes niedriges Selbstwertgefühl zu überwinden, benutzte ich Hilfsmittel, um mein Selbstvertrauen aufzubauen. Reizwäsche und hohe Absätze betonen die Vorzüge einer Frau. Haben Sie schon einmal die Teilnehmerinnen an einem Schönheitswettbewerb barfuß im Badeanzug über die Bühne laufen sehen? Garantiert nicht! Stattdessen tragen die Frauen hochhackige Pumps, weil hohe Absätze die Beine und den Hintern zu einer schmeichelhafteren Kombination strecken. Ebenso akzentuieren Push-up-BHs den Busen und Tangas lassen jede Figur besser aussehen.

Ich zog mich hübsch an und übte meinen Gang und meine Posen vor einem Ganzkörperspiegel. Dann ließ ich Fotos von einem Profifotografen machen. Ich brauchte die Fotos speziell, um für mich zu werben, aber viele Frauen haben schon Nutzen aus Aktfotos gezogen, denn sie bauen wirksam Selbstwertgefühl auf. Wenn Sie sich auf einem sexy Foto sehen, können Sie alle negativen Bilder von sich, die Sie in Ihrem Kopf herumtragen, durch echte Fotos ersetzen. Das ist eine Möglichkeit, ein geringes Selbstwertgefühl zu überwinden.

Sexappeal hat eine synergetische Wirkung: Je erotischer Sie sich fühlen, desto erotischer wird Ihr Partner Sie empfinden. Umgekehrt gilt, je erotischer er Sie findet, desto erotischer fühlen Sie sich. Ein guter Anfang ist gemacht, wenn Sie die Art und Weise verbessern, wie Sie sich fühlen. Warten Sie nicht, bis Ihr Partner sein Denken ändert. Ändern Sie es für ihn. Am besten tun Sie das, indem Sie Ihre Meinung über sich ändern.

Als ich ganz allmählich zu der Überzeugung kam, dass ich sexy war, kam es immer weniger auf Dinge wie Reizwäsche oder Schuhe an. Ich war einfach sexy, ganz gleich, was ich trug (oder nicht trug). Ich lernte, mich voller Selbstvertrauen zu geben, und meine Kunden glaubten ebenfalls, dass ich sexy war. Selbstvertrauen, besonders das Vertrauen in den eigenen Körper, kann gar nicht zu hoch bewertet werden. Wenn ich eine Eigenschaft wählen müsste, die mehr als alle anderen Sexappeal transportiert, dann ist das Selbstvertrauen.

Aus Ihrem Selbstvertrauen ziehen Sie die Erlaubnis, schamlos zu sein. Wenn Sie sich Ihres Aussehens schämen, wenn

Sie sich schämen, nackt oder sinnlich zu sein, wird sich diese Scham in allem mitteilen, was Sie tun. Scham ist das Gegenteil von sexy. Leider erhalten wir Frauen unzählige Botschaften, die uns dazu bringen, uns unserer Sexualität und unseres Körper zu schämen. Diese Scham macht uns nicht nur unsicher, was unser Erscheinungsbild angeht, sie vermindert auch unsere Fähigkeit, Sex zu genießen.

Beim Sex müssen wir loslassen können. Wir dürfen nicht denken, sondern müssen fühlen und uns von unserer Leidenschaft mitreißen lassen. Ob Sie es glauben oder nicht, Meditation kann dabei helfen. Beim Meditieren lernt man, seine Gedanken auszuschalten und einfach nur zu sein. Atemübungen verstärken dies zusätzlich. Wenn Sie Ihre Gedanken abschalten und frei atmen können, trägt das in hohem Maße zu großartigem Sex bei. Sollten Sie also Probleme damit haben, loszulassen und Sex zu genießen, dann überlegen Sie sich, ob Sie nicht einen Meditationskurs belegen wollen.

Wahrhaft guter Sex erfordert von uns, den Teil unseres Gehirns auszuschalten, der Formeln und technische Informationen verarbeitet. Guter Sex hat viel mit Intuition zu tun. Als ich Hostess wurde, wusste ich nicht, wie ich meine Intuition einsetzen konnte. Glücklicherweise hatte ich eine Mentorin, die mir beibrachte, meine Intuition anzuzapfen. Anfangs hielt ich das für großen Unsinn, aber ich erlebte, wie meine Mentorin potenzielle Kunden mit Hilfe einer Mischung aus Erfahrung und Intuition am Telefon abcheckte. Ich sah zu und lauschte, während sie die Situation stets akkurat bewertete. Sie war sogar in der Lage, ihre Intuition erfolgreich einzusetzen, wenn sie Sex mit Männern hatte, die sie kaum kannte. Ich fand es erstaunlich, wie unglaublich zutreffend ihre Intuition sein konnte.

Also warf ich meine Skepsis über Bord und gab meiner eigenen Intuition die Chance, mich anzuleiten. Anfangs fiel es mir schwer, zwischen der logischen Stimme in meinem Kopf und meiner Intuition zu unterscheiden. Aber mit der Zeit lernte ich, diesen Unterschied zu erkennen.

Während ich übte, meinen Geist von dem lauten Geschnatter der Logik zu leeren und mich von meinen stillen Gefühlen in die eine oder andere Richtung ziehen zu lassen, wurde mein Umgang mit anderen Menschen immer reibungsloser, was ich sehr genoss. Dazu gehörte auch eine zutiefst befriedigende sexuelle Erfahrung. Das Loslassen meiner Logik erlaubte nicht nur meiner Intuition mich anzuleiten, es öffnete mir auch die Tür zu Spontaneität und Leidenschaft.

Eine weitere Möglichkeit, wie Sie sich von den alten Mustern der Unsicherheit und Scham freimachen können, ist Humor. Für gewöhnlich verbinden wir Humor nicht mit Sex, aber ich konnte feststellen, dass ein spielerisches Herangehen an Sex zu einem verbesserten Sexleben führen kann. Ich setzte regelmäßig Witze und spielerische Elemente ein, um meinen Kunden über ihre geringen Selbstwertgefühle und ihre Unsicherheit hinwegzuhelfen, damit sie den Sex genießen konnten. Allzu viele Männer leiden unter Leistungsangst und nehmen Sex daher viel zu ernst. Ich sah mich als jemand, der Männern helfen wollte, sich sexuell auszudrücken, und Humor spielte da eine große Rolle.

Humor hat mir auch geholfen, meine Hemmungen beim Sex zu überwinden. Passende Augenblicke für Humor sind alle unbeabsichtigten Dinge wie Fummeln beim Entkleiden oder wenn Ihnen das Kondom aus der Hand flutscht. Ich setzte sogar Humor ein, wenn ein Mann seine Erektion verlor. Das war eine sehr wirksame Möglichkeit, die Erektion zurückzubringen! Ich sagte einfach etwas in der Art wie »Ist *er* heute schüchtern?«, während ich auf den schlaffen Penis zeigte. Mehr war oft nicht nötig, damit der Körper die natürliche sexuelle Reaktion wieder aufnehmen konnte. Der Mann lachte oder grinste, aber das Entscheidende war, dass er aufhörte, krampfhaft über seine Erektion nachzudenken. Er entspannte sich gerade lange genug, dass sein Penis wieder erigierte.

Allzu oft sind sowohl Männer als auch Frauen so sehr in Gedanken bei ihrer Unsicherheit, dass ihre Genitalien keine Chance haben, normal zu funktionieren. Wenn Sie sich also angespannt oder gestresst fühlen oder wenn Sie diese Gefühle bei Ihrem Partner wahrnehmen, dann suchen Sie nach einer Möglichkeit zu lachen. Sie dürfen gern lachen, wenn Ihnen beim Sex Luft aus der Vagina entweicht oder wenn die Bewegungen Ihrer beiden schwitzenden Körper furzähnliche Geräusche verursachen. Erteilen Sie sich und Ihrem Partner die Erlaubnis, sich dem Sex mit einem Sinn für Humor zu nähern. Humor ist wirklich sehr befreiend und häufig das beste Heilmittel für eine nicht gewollte sexuelle Reaktion bei Mann oder Frau.

Ob Sie nun versuchen, Ihren Seelenpartner zu finden, neue Freundschaften zu knüpfen oder das Feuer einer existierenden Beziehung wieder zu entfachen, die nachfolgenden zehn Regeln werden Ihnen dabei helfen. Diese Regeln können Ihnen auch in anderen Bereichen des Lebens dienlich sein, beispielsweise in Ihrem emotionalen Wohlbefinden oder im Beruf. Natürlich eignen sich einige nur für Ihr Sexleben, aber das Meiste, was uns sexuell attraktiv macht, macht uns auch gesellschaftlich anziehend.

1. Sorgen Sie für Körperhygiene!

Baden Sie regelmäßig und sorgen Sie vor allem für einen sauberen Genitalbereich, ein sauberes Rektum (hier eignen sich besonders gut Babyfeuchttücher) und einen süß duftenden Atem (achten Sie auf Ihren Blutzuckerspiegel: wenn Sie zu lange nichts essen, kann das zu schlechtem Atem führen). Lassen Sie Parfüm oder Eau de Cologne weg oder benutzen Sie es sparsam, wenn es unbedingt sein muss.

2. Seien Sie aufmerksam!

Jeder Mensch möchte sich wichtig fühlen und am besten können Sie das erreichen, indem Sie aufmerksam zuhören. Nicken Sie nicht einfach nur mit dem Kopf und sagen sie nicht nur beiläufig »aha«. Prägen Sie sich vielmehr die Dinge, die Ihrem Gegenüber wirklich wichtig zu sein scheinen, gut ein und erwähnen Sie diese später. Dann wird Ihr Gegenüber wissen, dass er Ihnen wichtig genug war, um ihm Ihre Aufmerksamkeit zu schenken. Allein diese Tatsache wird Sie unglaublich attraktiv machen.

3. Seien Sie interessant!

Versuchen Sie, zu dem Menschen zu werden, mit dem Sie selbst auch gern zusammen wären. Wenn Ihr Leben ausgefüllt und interessant für Sie ist, werden Sie sehr viel leichter einen Partner und sogar neue Freunde anziehen. Niemand möchte mit einem Langweiler zusammen sein. Achten Sie also darauf, dass Sie sich nicht selbst langweilen. Wenn Sie selbst gern mit sich zusammen sind, dann ist die Chance groß, dass einige andere Menschen das genauso sehen werden.

4. Seien Sie informiert!

Hören Sie Nachrichten, lesen Sie Zeitung, befassen Sie sich intensiv mit Ihrem Lieblingsthema. Zu wissen, was in der Welt vor sich geht (aktuelle Politik), und in geschichtlichen Dingen bewandert zu sein (Weltgeschichte, Kunst, Kultur), macht Sie nicht nur zu einem attraktiveren Gast auf Partys, sondern sorgt auch dafür, dass Sie nicht ahnungslos oder öde wirken. Solange Sie Gespräche nicht mit unerwünschten Informationen dominieren oder Ihre Bildung mit einer Aura der Überlegenheit präsentieren, ist ein breites Allgemeinwissen in jeder gesellschaftlichen Situation ein Pluspunkt. Außerdem können Sie sich dann gut unterhalten und mit einem breiteren Spektrum an Menschen kommunizieren. Das macht Sie für das andere Geschlecht nur umso attraktiver.

5. Sammeln Sie Erfahrungen!

Erfahrung ähnelt Bildung. Sie wollen die Leute natürlich nicht mit Ihrer Erfahrung einschüchtern. Aber sie sollten dafür sorgen, dass Sie von vielen Aktivitäten eine Ahnung haben. Gut im Bett zu sein, ist selbstverständlich ein Muss, aber Sie sollten auch über diverse Sportarten und Spiele Bescheid wissen. Sie wollen sich doch nicht entschuldigen müssen, wenn der Spaß beginnt, nur weil Sie »nicht wissen, wie es geht«. Wenn Sie einen Lieblingssport oder ein Hobby haben, ist das eine ideale Aktivität, um sie mit dem Menschen zu teilen, den Sie lieben, oder diesen Menschen bei einer solchen Gelegenheit kennen zu lernen. Achten Sie darauf, dass Sie über ein breites Interessenspektrum verfügen; wenn Ihr Partner eine Aktivität unerträglich findet, teilt er hoffentlich einige Ihrer anderen Interessen.

6. Seien Sie abenteuerlustig!

Niemand mag einen Feigling oder einen Angeber. Achten Sie darauf, beide Extreme zu vermeiden, während Sie sich gleichzeitig eine gesunde Abenteuerlust bewahren. Seien Sie nicht tollkühn, aber gehen Sie ein paar Risiken ein, und genießen Sie Ihr Leben! Ihre Tapferkeit wird andere erregen und inspirieren und Ihre persönliche Erfüllung vorantreiben.

7. Seien Sie sinnlich!

Entwickeln Sie eine intime Beziehung zu Ihrem eigenen Körper. Nehmen Sie Tanzstunden, gehen Sie ins Fitnessstudio, masturbieren Sie. Treten Sie mit der Welt mit all Ihren Sinnen in Beziehung. Machen Sie langsamer, um den Geschmack guten Essens zu genießen. Erfreuen Sie sich an den Farben und Gerüchen bei Tisch. Sehen Sie auf und betrachten Sie den Himmel. Ziehen Wolken vorüber? Welche Formen haben sie? Geht gerade die Sonne unter? Wie viele Farbnuancen zählen Sie? Herrscht Vollmond? Welche Konstellationen bilden die Sterne? Lassen Sie los und spüren Sie, wie die Musik in Ihnen vibriert. Atmen Sie tief durch, und lassen Sie sich mitreißen von der puren Freude des Lebendigseins und der Freude, ein Wesen aus Fleisch und Blut zu sein!

8. Seien Sie selbstsicher!

Eine starke Selbstsicherheit, die nicht mit Stolz zu verwechseln ist, wirkt überaus attraktiv. Jeder will mit Menschen zusammen sein, die sich ihrer selbst sicher sind und die Kontrolle über ihr Leben haben. Nur wenn es Menschen an Selbstvertrauen und Selbstwertgefühl mangelt, sind sie versucht, andere zu kontrollieren. Selbstsicherheit bedeutet, dass Sie die Verantwortung für sich übernehmen und niemals versuchen, andere zu dominieren. Wahre Selbstsicherheit bietet den Menschen ihres Umfelds Sicherheit. Man kann Ihnen vertrauen. Infolgedessen werden viele Menschen Ihren Rat suchen und Sie somit in eine

Führungsrolle bringen. Ein selbstsicherer Mensch verletzt dieses Vertrauen niemals.

9. Zeigen Sie Durchsetzungsvermögen!

Im Gegensatz zur allgemeinen Annahme hat Durchsetzungsvermögen nichts mit Aggressivität zu tun. Vielmehr ist es das genaue Gegenteil. Wenn Sie auf gesunde Weise Ihre Ansprüche durchsetzen können, schaffen Sie eine Atmosphäre der Sicherheit für Ihren Partner. Er muss Ihre Ansichten, Absichten, Wünsche oder Gedanken nicht erraten. Die Regeln zu kennen, schafft ein Maß an Wohlbefinden und Sicherheit, das zu emotionaler Intimität einlädt.

10. Seien Sie liebevoll!

Kümmern Sie sich um andere, ungeachtet dessen, was für Sie dabei herausspringt. Wenn Sie versuchen, Menschen oder Dinge zu Ihrer eigenen Befriedigung zu manipulieren, wird der Schuss letzten Endes nach hinten losgehen. Genau das, was Sie wollen, gleitet Ihnen dann wie Sand durch die Finger. Die einzige Möglichkeit, das anzuziehen, was Sie wollen, besteht darin, es loszulassen. Seien Sie mit Ihrer Zuneigung also nicht knauserig oder intrigant. Verschenken Sie Ihre Liebe freizügig innerhalb angemessener Grenzen und Sie werden feststellen, dass Sie einfach unwiderstehlich werden!

8 Die Heiligung des Tempels

Eine Hostess brachte mir bei, Hostess zu sein. Sie war eine schöne Frau, die wusste, wie man sich gut um sich selbst kümmert. Anfangs schien es mir allzu selbstverliebt, wie sehr sie sich selbst verwöhnte. Aber nachdem ich einige Monate als Hostess gearbeitet hatte, änderte ich meine Meinung. Mir wurde schnell klar, dass man sich nur sexy fühlen und sexy sein kann, wenn man sich selbst so behandelt, als sei man die erotischste Frau der Welt!

Sie haben bestimmt schon die alte Weisheit »Dein Körper ist dein Tempel« gehört. Diese Mahnung soll uns für gewöhnlich davon abhalten, ungesund zu essen, zu rauchen oder zu viel Alkohol zu trinken. Die Gesundheit ist überaus wichtig für den Sex. Krankheit, Depressionen, Müdigkeit und Hormonstörungen können eine katastrophale Wirkung auf unser Sexleben haben. Ich jedoch lege die alte Weisheit positiv aus. Anstatt sich auf all die Dinge zu konzentrieren, die man nicht tun sollte, rede ich lieber von all den Dingen, die man tun kann, damit man sich wie eine Königin oder Hohepriesterin fühlt!

Sich selbst zu verwöhnen kann so aussehen, dass man regelmäßig Schönheitspflege betreibt, beispielsweise mit einem Besuch beim Frisör oder der Maniküre, mit professioneller

Massage, Gesichtsbehandlungen, Paraffinbehandlungen (eine sehr angenehme Behandlung, bei der Hände und Füße in heißes Wachs getaucht werden, das nach dem Abkühlen abgezogen wird und die Haut weich macht), Endermologie (eine Art Massage zur Reduktion von Cellulitis, aber was noch wichtiger ist: es fühlt sich einfach gut an!), Entschlackungswickeln, Körperpeelings und Hydrotherapie (Mineralbäder). Viele dieser Behandlungen werden in Kosmetikstudios und Schönheitsfarmen angeboten. Verabreden Sie sich mit einer Freundin zum Mittagessen, tauschen Sie Klatschgeschichten aus und verbringen Sie den Rest des Nachmittags damit, sich mit Behandlungen verwöhnen zu lassen.

Wenn ich davon spreche, sich selbst zu verwöhnen, dann meine ich damit nichts Drastisches wie eine Schönheitsoperation. Ich meine dagegen all die Dinge, die Ihnen ein gutes Gefühl vermitteln und die Sie wissen lassen, dass Sie es wert sind, eine besondere Behandlung zu erfahren. Die Art, wie wir Hostessen uns verwöhnen, ist eine Erfrischung unseres Körpers und unseres Geistes. Wenn wir uns gut fühlen, können wir dieses innere Gefühl des Wohlbefindens in alles hineinprojizieren, was wir tun. Und das macht uns für andere sexuell attraktiv.

Natürlich verwenden die meisten Hostessen auch sehr viel Zeit und Mühe darauf, ihr Erscheinungsbild zu vervollkommnen. Ich halte mich an eine geregelte Lebensweise, bei der meine sexuelle Attraktivität erhöht wird und bei der ich mich verwöhnt und sexy fühle.

Sport ist ein fester Bestandteil meines emotionalen Wohlbefindens, meiner körperlichen Gesundheit und sexuellen Vitalität. Sex ist nicht nur eine körperliche Aktivität, er wird auch besser, wenn ich fit bin und wenn mein Herz und meine Lungen gesund sind. Regelmäßige sportliche Betätigung verbessert Ihre Gesundheit des Herzens und der Gefäße und macht großartigen Sex möglich! Beim Sport werden außerdem Endorphine und Testosteron freigesetzt: Endorphine sind die Hormone, die Ihre Stimmung heben und chronischen Schmerz lindern, und Testosteron kann Ihren Sextrieb ankurbeln.

Sie sollten ein neues Trainingsprogramm nicht ohne Rücksprache mit Ihrem Arzt anfangen, um sicherzugehen, dass Sie nicht unter ernsten Gesundheitsproblemen leiden, die Ihre Leistungsfähigkeit einschränken. Solange Sie jedoch gesund sind, können Sie einer Vielzahl von körperlichen Aktivitäten nachgehen, die auf lange Sicht auch Ihr Sexleben verbessern. Aber selbst wenn Ihr Arzt Ihnen Grenzen setzt, was die Sportarten angeht, irgendeine körperliche Aktivität wird er Ihnen zweifelsohne ans Herz legen. Es ist wichtig, dass Sie tun, was Sie können.

Ich persönlich mag Krafttraining. Gewichte heben formt meine Muskeln, sodass ich sinnlich aussehe und Wohlbefinden ausstrahle. Noch wichtiger für Ihr Sexleben ist die Tatsache, dass sich ein trainierter Körper für Sie und Ihren Partner einfach gut anfühlt. Wenn Sie mit schweren Gewichten arbeiten, können Sie bestimmte Muskelgruppen stärker hervorheben, falls das Ihr Wunsch ist. Selbstverständlich ist es auch möglich, mit Gewichten zu arbeiten, ohne Muskelmasse aufzubauen. Sie müssen nur die Gewichte, die Sie heben oder stoßen, sowie die Anzahl der Übungseinheiten verringern. Wenn Sie auf Krafttraining neugierig sind, dann arbeiten Sie zumindest am Anfang auf jeden Fall mit einem Trainer zusammen.

Jeder Sport erfordert eine Einführung unter Anleitung, um die Verletzungsgefahr klein zu halten. Und manche Menschen werden durch einen Trainer auch besonders motiviert.

Viele Leute lieben Yoga oder Pilates, zwei ganz unterschiedliche Übungsformen, die beide Ihre Kraft, Ihren Muskeltonus und Ihre Beweglichkeit erhöhen. Unzählige Sportstudios und Fitnessclubs bieten Yoga und Pilates an, darüber hinaus Kurse wie Aerobic, Spinning oder Stepptanz, die gut für Herz und Gefäße sind. Es kann Spaß machen, alles einmal in einer Schnupperstunde kennen zu lernen, bis Sie die Trainingsart gefunden haben, die Ihnen am besten gefällt. Wer weiß, vielleicht beschließen Sie ja, gleich mehrere Kurse zu belegen!

Vergessen Sie bei der Gestaltung Ihres persönlichen Sportprogramms nicht, den wichtigsten Muskel für Ihr Sexleben zu trainieren: Ihren PC-Muskel (Kurzform von *Musculus pubococcygeus,* auch bekannt als Beckenbodenmuskel). Dieser Muskel umgibt Ihre Genitalien und stützt Ihren Beckenboden. Sowohl Männer als auch Frauen besitzen diesen Muskel, der zur Kontrolle beim Harnlassen dient. Wenn Sie Ihren Urinfluss willentlich beenden und wieder einsetzen lassen können, wissen Sie, wie man den PC-Muskel benutzt. Und wenn Sie diesen Muskel trainieren, können Sie Ihr Sexleben auf vielen Ebenen verbessern.

Eine Möglichkeit, den PC-Muskel zu trainieren, ist regelmäßiger Geschlechtsverkehr. Obwohl ein beliebter Mythos das Gegenteil behauptet, wird eine Frau, die viel Sex hat, am Ende einen engeren und festeren Scheidentrakt besitzen, als wenn sie diese Muskeln nicht benutzt. Ein kräftiger PC-Muskel verstärkt den vaginalen Orgasmus, den Genuss des G-Punktes und die weibliche Ejakulation. Er kann auch das sexuelle Vergnügen des Mannes beim Geschlechtsverkehr erhöhen, weil die Frau seinen Penis mit ihrer Vagina buchstäblich massieren kann.

Sie können den PC-Muskel auch noch auf andere Weise trainieren. Ziehen Sie Ihren PC-Muskel beispielsweise zusammen und entspannen Sie ihn anschließend wieder, während Sie im Stau stehen oder zu Hause am Computer arbeiten! Einige ganz tapfere Seelen trainieren Ihren PC-Muskel sogar in der Warteschlange vor dem Bankschalter oder der Supermarktkasse. Wenn Sie mehr Muskeltonus aufbauen wollen, können Sie Hanteln für die Vagina kaufen. COME heißt dieses Übungsgerät und ist in Apotheken oder im Internet unter www.come.info erhältlich.

Wenn Sie regelmäßig Sport treiben, werden Sie feststellen, dass Sie sich irgendwann nach einer Massage sehnen. Sport und Massage sind wie füreinander gemacht! Wie jede Körperarbeit ist die Massage eine wunderbare Möglichkeit, Stress abzubauen. Bei einer Massage können Sie sich genussvoll verwöhnen lassen und stehen im Mittelpunkt der Aufmerksamkeit. Diese Stunde (oder auch diese zwei Stunden) gehört ausschließlich Ihnen.

Zu meinen Lieblingsmassagen gehören Shiatsu (eine traditionelle Heilmethode aus Japan mit Handauflegen), die tiefe Gewebemassage (eine Massagetechnik, die sich auf die tieferen Muskelschichten konzentriert), Akupressur (eine uralte chinesische Heilmethode, bei der auf bestimmte Meridianpunkte des Körpers Druck ausgeübt wird), Myofascial Release (eine hochaktive Dehntechnik) und Massage mit heißen Steinen (erhitzte Steine werden auf den Körper gelegt, anschließend massiert man damit die Muskeln). Eine weitere beliebte Massage stammt aus Schweden. Zu der klassischen schwedischen Technik gehören lange Striche, Kneten, Rubbeln, Klopfen, Vibration, Effleurage (rhythmische Streichung) und schüttelnde Bewegungen.

Die verschwenderischste Massageerfahrung meines Lebens nannte sich Symphonische Massage, weil gleich zwei Massagetherapeuten an mir arbeiteten. Sie war unglaublich teuer und ich hätte die Kosten niemals vor mir selbst rechtfertigen können, darum bin ich dankbar, dass mich ein Kunde dazu einlud. Eineinhalb Stunden lang ließen mir *zwei* Männer *gleichzeitig* eine Sportmassage angedeihen (eine Technik, die traditionelle schwedische Massage mit Shiatsu mischt und speziell entwickelt wurde, um Profisportler zu behandeln)! Vier Hände kneteten die Anspannung des Tages aus meinen Muskeln heraus und das war rundum herrlich! Die Massage endete mit einem Peeling für meine Füße. Hinterher war ich wachsweich und konnte mich kaum erinnern, welchen Tag wir hatten.

Beschenken Sie sich selbst und bitten Sie Ihren Partner, Sie zu massieren. Je nach Stimmungslage können Sie ihm sagen, dass Sie nur eine Massage wollen und keinen Sex. Das ist natürlich leichter gesagt als getan, wenn Ihr Partner Sie für unwiderstehlich hält. Aber legen Sie ihm nahe, wie wichtig es für Sie ist, darauf vertrauen zu können, dass er Sie nicht auf sexuelle Weise berührt, solange Sie ihn nicht dazu auffordern. Sie können ihm im Gegenzug anbieten, ihn anschließend oder an einem anderen Tag mit einer Massage »ohne Bedingungen« zu verwöhnen. Viele Männer halten das für ein sehr attraktives Angebot. Einige meiner Kunden fanden meine Massage so berauschend und entspannend, dass sie spontan beschlossen, auf den Sex zu verzichten und einfach nur zu genießen, wie sie unter meinen Händen den Stress von Tagen oder Wochen loslassen konnten. Die meisten von uns tragen weitaus mehr Stress mit sich herum, als uns bewusst ist, und eine Massage fühlt sich dann fast so gut an wie Sex!

Die Schönheit und die Schönheitspflege mag als Domäne der Frauen gelten, aber wenn es Ihnen wie mir geht, werden Sie zu Ihrer Überraschung feststellen, wie viele Männer selbst kleinste Details in der persönlichen Pflege einer Frau bemerken. Manchen Männern fallen die Hände auf, andere wissen eine hervorragende Pediküre zu schätzen und wieder andere schätzen besonders weiche Haut. Jedem Mann gefällt irgendeine Spielart weiblicher Schönheitspflege. Viele Männer haben eine besondere Vorliebe für weibliche Körperbehaarung und wünschen sich ihre Partnerin entweder mit oder ohne Körperbehaarung. Die meisten Männer bevorzugen rasierte Beine und Achselhöhlen, aber diese Vorliebe ist alles andere als allgemeingültig. Es gibt Websites und Magazine für Männer, die einen Fetisch für stark behaarte Frauen haben.

Es ist wichtig, dass Sie sich auf eine Weise pflegen, die Ihren eigenen Vorlieben entspricht. Wenn Sie anfangen, nur den Erwartungen Ihres Mannes oder der Gesellschaft gerecht zu werden, dann sind Sie auf dem besten Weg, Ihre Individualität zu untergraben, und das wirkt sich unmittelbar auf Ihr Selbstvertrauen aus. Denken Sie daran: Nichts ist so sexy wie Selbstvertrauen. Wenn Sie Zweifel hegen, dann tun Sie immer das, was sich für Sie am angenehmsten anfühlt.

Als ich Hostess wurde, veränderte ich meine persönlichen

Pflegegewohnheiten. Früher rasierte ich allenfalls im Sommer meine Bikinizone. Doch plötzlich schien mir dieser Teil meines Körpers viel wichtiger und ich wollte, dass er so gut aussah wie nur möglich. Darum nahm ich mir hier viel Zeit für die Pflege. Zuerst sorgte ich dafür, dass meine Scheide stets makellos sauber war. Firmen, die Scheidenspülungen und Vaginalpflegeprodukte herstellen, wollen Sie glauben machen, dass man die Scheide nur sauber halten kann, indem man ihre Produkte benutzt. Aber ich lernte, dass chemische Produkte auf lange Sicht nur zu mehr Problemen in Sachen Geruch und Hygiene führen.

Scheidenspülungen vermindern die gesunden Bakterien in der Vagina, die auf natürliche Weise für einen frischen Geruch sorgen. Wenn Sie also erst einmal anfangen, regelmäßig Scheidenspülungen durchzuführen, müssen Sie das ewig fortsetzen. Es ist für Ihre Gesundheit und Ihre persönliche Hygiene viel besser, wenn Sie sich gesund ernähren, denn ein gesunder Körper besitzt auch eine gesunde Scheide. Sie können die Bakterien, die für ein angenehmes Vaginalaroma sorgen, unterstützen, indem Sie oral oder als Scheidenzäpfchen Probiotika einnehmen (diese sind in Ihrem Reformhaus erhältlich).

Es ist selbstverständlich sehr wichtig, sich zu waschen, aber für gewöhnlich müssen Sie nur die äußeren Genitalien reinigen und dabei sorgfältig darauf achten, Ihre Klitoris und den Bereich zwischen Ihren Schamlippen zu waschen. Wasser reicht völlig aus, aber Sie können gern auch eine milde Seife benutzen. Smegma (ein schützendes Drüsensekret und Gleitmittel für den Kopf von Klitoris oder Penis) sammelt sich unter der Klitorishaube ebenso an wie unter der Vorhaut eines intakten

Penis, und wenn Sie sich nicht jeden Tag waschen, wird Ihnen dort eine Geruchsbildung auffallen. Einfache Hygienemaßnahmen können das wieder korrigieren, aber manche Gerüche weisen auch auf echte Gesundheitsprobleme hin. Wenn Sie einen unangenehmen Geruch und/oder Ausfluss aus Ihrer Vagina bemerken, dann suchen Sie sofort einen Arzt auf.

Gelegentlich müssen Sie vielleicht bestimmten Bakterien und/oder Pilzen mit einer Scheidenspülung zu Leibe rücken, aber selbst dann rate ich Ihnen zunächst zum Arzt zu gehen. Greifen Sie nicht einfach zu handelsüblichen Scheidenspülungen. Selbst gemachte Scheidenspülungen mit Essig oder Joghurt wirken viel besser und im Internet finden Sie zahlreiche Rezepte. Achten Sie auch hier darauf, dies nur gelegentlich zu tun. Ihr Ziel sollte sein, Ihre Gesundheit zu erhalten, darum sollten Sie nur etwa zweimal im Jahr eine Scheidenspülung durchführen (und ganz sicher niemals öfter als einmal im Monat). Ich habe festgestellt, dass Probiotika ebenfalls Pilzinfektionen vorbeugen, darum nehme ich sie täglich zu mir. Pilzinfektionen werden von einem Pilz namens *Candida albicans* hervorgerufen. Wie alle Pilze liebt *Candida albicans* Zucker. Darum verdoppele ich unter Stress oder wenn ich mehr Zucker als üblich zu mir genommen habe meine Probiotika-Ration, um meiner Scheide zu helfen, ein gesundes bakterielles Gleichgewicht aufrechtzuerhalten.

Eine gesunde Scheide ist natürlich eine attraktive Scheide, aber es gibt einige kosmetische Maßnahmen, mit denen Sie den Sexappeal Ihrer Scheide erhöhen können. Versuchen Sie es doch einmal damit, Ihr Schamhaar zu rasieren oder mit Wachs zu entfernen. Einige Frauen enthaaren sich gerade genug, um einen Bikini tragen zu können. Andere finden, dass sehr kurzes oder völlig rasiertes Schamhaar den Sex für sie und ihren Partner angenehmer oder erregender macht.

Ich ziehe es vor, mein Schamhaar vorn kurz zu halten und zu einer schmalen Linie zu rasieren und es hinten ganz zu entfernen. Einige Menschen bezeichnen diese Form der Schamhaarfrisur als »Landing Strip«, was nicht mit dem Brazilian Waxing zu verwechseln ist, bei dem hinten alle Schamhaare und vorn fast alle Haare entfernt werden. Ein Brazilian Waxing kann vorn einen Landestreifen haben, ein Dreieck oder gar nichts. Was die Optik betrifft, habe ich also eine Art Brazilian Waxing, aber ich bevorzuge zum Entfernen der Haare statt Wachs eine Kombination aus Rasieren, Kürzen und Epilieren (beim Epilieren werden die Haare an den Wurzeln entfernt, ähnlich dem Waxing). Manche Frauen benutzen Enthaarungscremes (Chemikalien, die die Haare auflösen) oder lassen sich mit Laserbehandlung die Schamhaare dauerhaft entfernen.

Wenn Sie Ihr Schamhaar lieber betonen als entfernen möchten, dann können Sie es färben. Die Hersteller von Haarfärbemitteln raten ebenso wie Mediziner in aller Regel davon ab, das Schamhaar mit Haarfärbemitteln zu färben. Die Scheide besteht aus einem überaus sensiblen Gewebe, das von starken Chemikalien leicht gereizt werden kann. Manche Menschen tun es trotzdem. Ich habe es getan. Eine Freundin hat es mir beigebracht. Dabei gab ich Vaseline auf meine Schamlippen, um sie vor dem Haarfärbemittel zu schützen. Ich ging sehr vorsichtig vor und war von dem Ergebnis angenehm überrascht. Gleichgültig, welche Farbe die Haare auf meinem Kopf hatten, ich passte »unten« Ton in Ton dazu.

Wenn Sie beschließen, Ihr Schamhaar zu färben, sollte ich Sie warnen, dass Sie das auf eigenes Risiko tun. Ich wiederhole: Es ist nicht angeraten, Haarfärbemittel zu verwenden. Außerdem sollten Sie das Färbemittel wirklich nur auf dem vorderen Teil Ihrer Schambehaarung verwenden. Sie müssen also die Haare um Ihre Scheide rasieren oder mit Wachs entfernen, wenn Sie nicht zweifarbig herumlaufen wollen. Da Schamhaare meistens dicker und stärker sind als die Haare auf unserem Kopf, leisten Färbemittel für Barthaare meist bessere Dienste. Es gibt auch Kosmetiksalons und Schönheitsfarmen, wo man Ihnen das Schamhaar färbt, auch wenn für diese Dienstleistung normalerweise nicht geworben wird.

Natürlich gibt es noch viele andere Körperbereiche, die Sie auf die eine oder andere Weise pflegen können. Als Frauen haben wir eine Vielzahl von Optionen: welche Frisur wir tragen, welchen Typ wir verkörpern, wie wir unsere Augenbrauen zupfen, ob wir Make-up tragen und wenn ja, wie wir uns schminken, oder ob wir unsere Beine rasieren. Für das Enthaaren unserer Beine stehen uns ebenso viele Möglichkeiten zur Verfügung wie bei unserer Scheide, von Wachs, Enthaarungscreme, Rasierapparat, Epilierer bis zur Laserbehandlung. Sie können sich aus Gesundheitsgründen sonnen oder die Sonne vermeiden. Wenn Sie einen bronzefarbenen Hautton wünschen, können Sie als harmlose Alternative zum Selbstbräuner greifen. Und natürlich gibt es viele Möglichkeiten für weißere Zähne. Kaufen Sie günstige, rezeptfreie Produkte oder zahlen Sie einem Zahnarzt eine erkleckliche Summe, um Ihre Zähne bleichen zu lassen. Ich habe mich für letztere Methode entschieden.

Manche Frauen lieben lange Fingernägel, andere bevorzugen sie kurz und praktisch. Ungeachtet Ihres persönlichen Stils hilft es Ihnen immens, sich sexy zu fühlen, wenn Sie sich regelmäßig pflegen. Anstatt sich die Maniküre oder Pediküre nur für besondere Gelegenheiten aufzusparen, sollten Sie ein wöchentliches oder monatliches Ritual daraus machen. Ich lasse mir die Zehennägel das ganze Jahr über perfekt schneiden und lackieren. Auch wenn die Öffentlichkeit meine Zehen im Winter nicht sieht, mein Liebhaber sieht sie. Und ich will sicher sein, dass ich mich rundum attraktiv und sexy fühle, wenn ich die Schuhe ausziehe. Ob Sie Ihre Zehennägel lackieren oder nicht, Ihre Füße sollten stets attraktiv und sinnlich aussehen, wie immer Sie »attraktiv und sinnlich« definieren. Das gilt auch für Ihre Hände. Ihre Fingerspitzen und Hände spielen beim Sex schließlich eine wichtige Rolle!

Bei Ihrer Haut sollten Sie darauf achten, dass sie so weich und zart wie möglich ist. Ich benutze zum Duschen einen Luffa-Schwamm (der fibröse Teil eines Kürbisses). Sie können auch Peelinghandschuhe verwenden, um tote Hautschuppen, die zu rauen Stellen führen, zu entfernen. Peeling meint das Entfernen toter Zellschichten unserer Haut. Problemstellen sind Ellbogen, Knie und Füße. Darum sollten Sie Ihr besonderes Augenmerk auf diese Bereiche richten. Wenn ich beim Baden oder Duschen einen Luffa-Schwamm benutze, greife ich anschließend gern zu einer peelenden Körperlotion. Diese Lotionen gibt es in großer Vielfalt und sie befeuchten nicht nur die Haut wie eine normale Lotion, sondern glätten auch noch mittels Peeling die Hautoberfläche. Es gibt auch peelende Gesichtscremes, die ich sehr empfehlen kann.

Von Kurtisanen wird erwartet, dass sie sich harmonisch in die oft konservative Umgebung einfügen, in der ihre Kunden sich bewegen. Damit gehen bestimmte Erwartungen an die persönliche Pflege und an die Kleidung einher. Ich war häufig konservativer als in meinem Alltagsleben gekleidet, wenn ich ein Flugzeug bestieg, um zu einem Rendezvous zu fliegen. Wenn ich zu einer Party bei Freunden ging, trug ich einen Minirock, aber für Kunden fand ich einen Minirock nur selten angemessen. Ich sorgte sogar dafür, dass meine Fingernägel kurz waren, unlackiert oder in neutraler Farbe. Ich trug niemals Acryllack, wenn ich einen konservativen Kunden hatte. Mein blondes Haar war beinahe zu blond für den Job. Ein Kunde weigerte sich sogar, mich auf eine Reise in den Mittelwesten der USA mitzunehmen, weil meine Haare für diese Umgebung zu blond waren. Er meinte, ich würde zu sehr auffallen und zu viel Aufmerksamkeit auf mich lenken. Er zog es vor, mit mir an die Westküste zu reisen, wo es zuhauf Blondinen gab.

Da ich bezahlt wurde, musste ich mich selbstverständlich an die Kleiderordnung meines Berufes halten. Ich finde es jedoch nicht richtig, wenn eine Frau ihre Art zu kleiden nur für ihren Partner ändert. Mein Erlebnis mit diesem Kunden zeigt jedoch, wie wichtig manchen Männern Kleidung und Pflege sind. Es dient auch als Erinnerung, dass unser Erscheinungsbild häufig eine Möglichkeit ist, unseren gesellschaftlichen Status oder unsere Zugehörigkeit zu einer bestimmten Gruppe nach außen zu transportieren. Für mich ist das ein zweischneidiges Schwert. Mir liegt nichts daran, Menschen nach Ihrem Äußeren zu beurteilen, und doch tun wir das alle mehr oder weniger.

Mitunter können wir nur schwer entscheiden, welche unserer Entscheidungen persönlich motiviert sind und welche von kulturellen Normen oder von Gruppenzwang diktiert werden. Ich bitte Sie nur, daran zu denken, dass Sie bei der Pflege Ihres Tempels Spaß haben sollten. Hier geht es darum, dass Sie sich gut fühlen, nicht darum, was andere von Ihnen halten. Alles läuft auf eine alte Wahrheit hinaus: Es ist nicht so wichtig, was Sie tun, sondern warum Sie es tun.

9 Wie man in Stimmung kommt

Zu Collegezeiten hingen Poster von nackten Männern an den Wänden meines Zimmers im Studentenwohnheim. Als Hostess setzte ich diese Tradition mit Fotos nackter Frauen an den Wänden meines Apartments fort. Ich dachte, diese Stimulation würde auf meine Kunden wie ein Aphrodisiakum wirken. Viele Männer faszinierte es, auf eine Frau zu treffen, die sich vor pornographischen Darstellungen nicht fürchtete. Aber meine Klientel wuchs um einhundert Prozent, als eine Freundin meiner Wohnung ein Facelifting verpasste.

Sie war eine Frau mit besonderem Stilgefühl und sie verwandelte meine Höhle fleischlicher Genüsse in einen sinnlichen Rückzugsort, den Männer am liebsten gar nicht mehr verlassen hätten. Offen gesagt war mein Apartment so einladend, dass selbst ich am liebsten nicht mehr ausgegangen wäre. Wenn ein Mann über die Schwelle trat, wurden seine Sinne sofort angesprochen. Nicht nur ich hieß den Gast willkommen, der ganze Raum lud ihn zum Eintreten ein.

Aromatherapiekerzen flackerten in jeder Ecke, sorgten für ein romantisches Licht und warfen geheimnisvolle Schatten. Die erdigen Düfte von Zedernholz, Sandelholz, Salbei und Lavendel reisten auf kleinen Rauchwolken durch den Raum und verzauberten den Augenblick. Schwere, goldene Vorhänge, bestickt mit zarten Blumen und Blättern, fingen das Sonnenlicht ab, bewahrten die Romantik des Kerzenlichts und überzogen alles mit einem sanften Goldton. Das leise Plätschern von Wasser aus zwei kleinen Brunnen war zu hören, die ich neben das Himmelbett und den Massagetisch gestellt hatte. Die Atmosphäre wurde durch sinnliche Musik abgerundet – entweder klassisch von Mozart oder Beethoven oder New Age von Künstlern wie Enya, Enigma oder Yanni.

Es bestand kein Grund, es dabei bewenden zu lassen. Also ließ ich es auch nicht dabei bewenden. Ich wollte nicht nur den Geruchs-, Seh- und Hörsinn ansprechen, sondern auch die Sinne für Berührung und Geschmack. Ein Getränk anzubieten, ist eine höfliche und wirksame Methode, um den Geschmackssinn zu wecken. Etwas Perlendes wie Champagner oder mit Kohlensäure versetztes Wasser schmeckt nicht nur gut, sondern kitzelt auch die Geschmacksknospen und fügt eine erotische Dimension hinzu. Ein leichter Imbiss wie frisches Obst kann ebenfalls als sinnlicher Auftakt dienen. Es hat etwas Exquisites, wenn man seinen Liebhaber mit einer mit Schokolade überzogenen Erdbeere füttert.

Die Haut wird von teuren Laken mit einer Fadenstärke von über 300 Denier verwöhnt. Selbst der raueste, männlichste Kerl bemerkt den Unterschied. Er mag keine Ahnung von Laken oder Fadenstärke haben, aber seine Haut reagiert automatisch angenehm auf die Berührung edler Laken. Am besten hält man sich an Weiß oder Pastelltöne. Die meisten Männer mögen keine knalligen Farben oder großen Muster im Schlafzimmer. Wählen Sie etwas, das gleichzeitig romantisch, aber auch geschlechtsneutral ist. Meine Laken waren weiß, gebrochen weiß, mintgrün und golden, zart bestickt mit einem Blattmuster. Sie sahen nicht nur großartig aus, sie fühlten sich auch großartig an. Wenn Sie sich zwischen Laken entscheiden müssen, die gut aussehen, und solchen, die sich gut anfühlen, dann entscheiden Sie sich vorzugsweise für diejenigen, die sich gut anfühlen.

Ich sollte an dieser Stelle erwähnen, dass es keine gute Idee ist, am Mobiliar und Dekor Ihres Schlafzimmers zu sparen, wenn Sie dort viele romantische Stunden verbringen wollen. Natürlich kann man sich in jedem Zimmer des Hauses lieben, aber es ist schön, wenn man wenigstens einen Raum hat, der ganz der Erotik und der Romantik gehört. Ihr Bett sollte bequem, geräumig und einladend sein. Investieren Sie in eine gute Matratze und ein luxuriöses Kopfteil, das wirkt Wunder bei der Neubelebung Ihres Liebeslebens. Denken Sie immer daran, dass Sie für zwei einkaufen, darum verwandeln Sie Ihr Schlafzimmer nicht in etwas, das nur Ihre Freundinnen bewundern.

Lassen Sie bei der Auswahl von Farben und Materialien Vorsicht walten. Ihr Mann soll sich darin wohl fühlen. Obwohl die Mehrheit der Männer erklärt, dass Ihnen Einrichtungsdinge gleichgültig sind, sagen sie das meistens nur, um Konflikte zu vermeiden. Meiner Erfahrung nach war das Dekor meines Schlafzimmers stets von großem Interesse für die Männer, die ich traf. Wenn die Atmosphäre etwas in ihnen zum Klingen brachte, waren sie versucht, länger zu bleiben. Ein Kunde bezahlte mich sogar dafür, meine Wohnung neu zu streichen und zu möblieren, weil er sehr viel Zeit dort verbringen und sich mit Opulenz umgeben wollte.

Man kann ein Zimmer also durchaus so entwerfen, dass es auf die meisten Männer verlockend wirkt, aber wie ich festgestellt habe, gehen die Vorlieben der Männer in Sachen Reizwäsche extrem auseinander und sind ziemlich fest verankert. Wenn er Strumpfhalter und Strümpfe mag, ist ihm nackte Haut egal, mag er dagegen nackte Haut, ist Reizwäsche für ihn nichts weiter als ein ärgerliches Hindernis. Männer, für die hohe Pfennigabsätze ein Fetisch sind, haben nichts für klassische Pumps übrig, die andere Männer mögen. Manche Männer lieben einen nuttenhaften Look, andere werden davon abgestoßen. Überraschend viele Männer wussten mehr über Dessous als ich. Sie waren im Lauf der Jahre Fachleute geworden, weil sie so oft Geschenke für die Frauen in ihrem Leben kauften. Glücklicherweise brachten mir diese Männer sehr viel über edle Damenunterwäsche bei.

Wenn Sie nicht sicher sind, welche Art von Dessous Ihrem Mann gefällt, können Sie ein kleines Experiment durchführen. Zeigen Sie ihm mehrere Fotos aus Katalogen verschiedener Hersteller von Damenunterwäsche und bitten Sie ihn, seine Favoriten auszuwählen. Achten Sie darauf, ihm eine große Auswahl von Stilen, Farben und Preisklassen vorlegen. Sie werden überrascht feststellen, dass er weitaus genauere Vorlieben in Sachen Reizwäsche hat, als Sie sich das jemals vorgestellt hätten. So sind die meisten Männer: Seit Jahren schauen sie sich Fotos von Frauen in Unterwäsche an und sie wissen daher genau, was ihnen gefällt. Natürlich sind manche Männer verwirrt und können nicht unterscheiden, ob sie ein Foto wegen der Frau in der Unterwäsche oder wegen der Unterwäsche selbst mögen. In einigen Fällen können Sie die Entscheidungen, die mehr mit dem Model als mit der Wäsche zu tun haben, aussortieren, indem Sie Ihrem Partner mehrere Fotos mit demselben Model zeigen.

Sollte Ihr Budget es zulassen, können Sie auch selbst das Model spielen. Wenn Sie es sich leisten können, eine Auswahl an Dessous zu kaufen, die Ihnen gefallen, und Sie diese Ihrem Partner dann vorführen, werden Sie nicht nur ein Gefühl dafür bekommen, was ihm gefällt, Sie können auch seine Wertschätzung für Varianten wecken, von denen er eigentlich nicht glaubte, dass sie ihm gefallen könnten. Ungeachtet seiner Vorlieben und Abneigungen können Sie nie etwas falsch machen, wenn Sie Reizwäsche für Ihren Mann tragen. Der halbe Spaß für ihn besteht darin, wie umschmeichelt er sich fühlt, wenn Sie sich die Mühe machen, sich für ihn herzurichten und ihn nach seiner Meinung zu fragen. Und der halbe Spaß für Sie besteht in der Aufmerksamkeit, die er Ihnen schenken wird, sobald Sie sich in sexy Wäsche kleiden. Wenn Ihr Mann zu der seltenen Gattung gehört, die Reizwäsche hasst, dann hat er hoffentlich seinen Spaß daran, sie Ihnen vom Leib zu reißen!

Großartiger Sex dreht sich nicht nur um Hilfsmittel und Techniken. Ich werde das in diesem Buch noch mehrmals wiederholen. Was Sie nie vergessen dürfen, ist, dass der beste Sex im Gehirn beginnt. Wenn Sie müde oder abgelenkt sind, werden Sie sich nicht sexy fühlen. Wenn Sie auf Ihren Partner wütend sind, fällt es schwer, in Stimmung zu kommen, ganz gleich, wie viel Mühe Sie sich damit gegeben haben, in Ihrem Schlafzimmer die richtige Stimmung zu schaffen. *Ihre* Stimmung ist das Entscheidende!

Als Erstes möchte ich Ihnen ans Herz legen, Ihrer Müdigkeit, Ihrer Wut oder sonstigen Emotionen auf den Grund zu gehen. Ihr langfristiges Glück und Ihre sexuelle Befriedigung hängen davon ab. Wenn Sie jedoch bereits an Ihren Problempunkten arbeiten und Sie sich einfach eine Auszeit in Form von fantastischem Sex wünschen, dann gibt es Möglichkeiten, die problembelasteten Gedanken und Gefühle vorübergehend beiseitezuschieben.

Ich finde Tiefenatmungsübungen hier sehr hilfreich. Ich atme durch die Nase ein, halte den Atem ein paar Sekunden an und stoße ihn dann durch meinen Mund aus. Beim Ausatmen gebe ich manchmal ein Geräusch von mir, beispielsweise einen Seufzer oder ein Stöhnen. Das hilft mir, mich zu entspannen und negative Gefühle loszulassen.

Dehnübungen sind vor dem Sex ebenfalls großartig. Achten Sie darauf, sich beim Dehnen niemals ruckartig zu bewegen. Dehnen Sie nur so weit, wie es für Sie angenehm ist, und halten Sie die Position, während Sie bis zwanzig zählen. Langsame, sanfte Bewegungen sind beim Dehnen am besten. Anschließend fühlen Sie sich geschmeidig, lebendig und bereit für körperliche Aktivität (wozu Sex gehört). Dehnübungen dienen auch dazu, Sie von Ihrem Kopf in Ihren Körper zu bringen.

Manche Menschen treiben vor dem Sex gern Sport. Einige Übungen sind gut geeignet, um das Testosteronniveau zu erhöhen (das Hormon, das Ihren Sextrieb antreibt) und Sie atmen auch tiefer durch. Solange Sie sich nicht ganz auspowern (Sie wollen ja etwas Energie für das Liebesspiel aufsparen), kann Sport eine wunderbare Möglichkeit sein, um sich sexy und bereit für die Liebe zu fühlen!

Andere bevorzugen einen ruhigeren Einstieg in die Verführung. Romantische Schaumbäder eignen sich wunderbar. Allein oder mit dem Partner ein heißes Bad zu genießen, ist eine Option, die Sie unbedingt berücksichtigen sollten. Ob Sie allein oder mit Ihrem Partner baden, Kerzenlicht und Ihr Lieblingsgetränk sorgen garantiert dafür, dass Sie sich entspannter und sinnlicher fühlen. Wenn Sie ihn zu sich in die Wanne bitten, werden Sie es womöglich nicht aus dem Wasser schaffen!

Gegenseitige Massage ist eine weitere Methode, um Alltagssorgen zu vergessen und Ihrem Ziel des sexuellen Entzückens näher zu kommen. Sorgen Sie für die richtige Stimmung in Ihrem Schlafzimmer (oder welchen Raum Sie für Ihr Rendezvous auch vorgesehen haben) und massieren Sie sich zu Beginn gegenseitig. Viele sinnliche Öle und Lotionen wurden speziell für solche Gelegenheiten kreiert.

Wie Sie sehen, erfordert herrlicher Sex einiges an Planung. Ich möchte Sie nicht zu weiteren Höchstleistungen anspornen. Ich hoffe vielmehr, dass Sie Spaß am Experimentieren haben, bis Sie Ihre persönlichen Favoriten gefunden haben. Es geht nicht darum, dass Sie sich noch mehr Arbeit aufhalsen. Sie sollen sich nur die Erlaubnis geben, sich dem Sex als einem sehr wichtigen, sehr besonderen und sehr fröhlichen Teil Ihres Lebens zu nähern. Genießen Sie ihn!

10 Sex beginnt im Kopf

Meine frühen Anzeigen als Hostess lasen sich ungefähr so:

Veronica Monet – Üppige, sinnliche und aufrichtige Rotblonde mit großen, grünen Augen. 91C – 63 – 91. Telefon …

Dann verlor ich zehn Pfund und fing mit Krafttraining an, woraufhin ich die Anzeige änderte:

Veronica Monet – Ein gesunder, fester Körper will Sie in die Arme schließen. Rufen Sie an und gönnen Sie sich die Zärtlichkeit, die Sie verdienen! Telefon …

Nachdem ich festgestellt hatte, dass die besten Kunden mehr an meinem Intellekt als an meinem Körper interessiert waren, schaltete ich diese Anzeige:

Internationale Hostess und Fernsehpersönlichkeit – Veronica Monet. Ich liebe stimulierende Gespräche, sei es bei einem Fünf-Gänge-Menü in einem exklusiven Restaurant oder einer Flasche Evian auf Ihrem Hotelzimmer. Ich bin eine geistreiche Gesprächspartnerin und Buchautorin. Für mich ist wichtig, dass

Sie während unserer gemeinsamen Zeit mehr bekommen, als Sie es gewohnt sind. Dazu kann beispielsweise eine bedeutsame und aufrichtige Beziehung gehören oder erotische Freuden, wie Sie sie noch nie erlebt haben und mehr. Gemeinsam schaffen wir eine Begegnung, die all Ihre Bedürfnisse und Wünsche erfüllt. Kontakt unter …

Natürlich veränderte sich meine Werbung zusammen mit mir, und mit diesen Veränderungen meldeten sich auch andere Männer bei mir. Oder vielleicht war es dieselbe Art Männer, aber sie gingen anders mit mir um. Ich kann mich an mehrere Begebenheiten erinnern, wo Letzteres zutrifft, weil mich viele Stammkunden über ein Jahrzehnt lang aufsuchten. Unsere gemeinsame Zeit nahm eine Tiefe an, die zu einer gesteigerten Erfüllung führte, emotional wie sexuell.

Anfangs durchblickte ich nicht, dass Männer von ihrem Gehirn gesteuert sind. Im Gegensatz zum landläufigen Humor benutzen Männer ihren Kopf und wissen intellektuelle Stimulation tatsächlich zu schätzen. Die früheren Kurtisanen gründeten ihre Beziehungen zu Männern fast ausschließlich auf intellektuelle Stimulation. Vor einigen hundert Jahren war es Allgemeinwissen, dass das größte Sexualorgan des Menschen sein Gehirn ist!

Die Kurtisanen aus alter Zeit wussten, dass sich Männer zu ihnen hingezogen fühlten, weil sie gebildet, kultiviert und in keiner Weise zurückhaltend waren, wenn es darum ging, ihre Intelligenz offen zu beweisen. Die Kurtisanen waren dafür bekannt, dass sie sich offenherzig und gar nicht schüchtern ausdrückten. Häufig galten sie sogar als streitsüchtig und hitzköpfig. Doch die Männer fühlten sich von ihnen angezogen und zwar nicht *trotz* ihres aggressiven Intellekts und ihrer verbalen Fechtkünste, sondern gerade eben, weil sie nicht fügsam und unterwürfig waren. Offenbar facht eine gewisse Reibung die sexuelle Libido an.

Am deutlichsten wird Gesagtes vielleicht dort, wo körperliche Aktivität wie Sport das Testosteronniveau in Männern und Frauen nach oben treibt. Haben Sie sich je spielerisch gekabbelt und dann festgestellt, wie intensiv Ihr sexuelles Verlangen daraufhin wurde? Solche Szenarien sieht man ständig in Kinofilmen: Der Mann und die Frau ringen entweder spielerisch oder ernst miteinander, und plötzlich verwandeln sich der Humor oder die Wut in sexuelle Leidenschaft. In Filmen mag das ziemlich weit hergeholt erscheinen, aber im realen Leben passiert das tatsächlich häufig.

Manche Menschen kennen auch den so genannten »Versöhnungssex«. Ein Paar streitet sich und nachdem es den Konflikt beigelegt hat, spüren beide Partner plötzlich, wie sehr sie sich zueinander hingezogen fühlen. Der nachfolgende Sex ist häufig intensiver als vor dem Konflikt. Versöhnungssex dreht sich um das Heilen einer Wunde, die durch den Streit entstand, damit man anschließend mit dem Leben weitermachen kann. Doch der Konflikt, der durch verbalen Schlagabtausch und Diskussion entsteht, ist an sich schon ein Aphrodisiakum, weil die Frau als ernst zu nehmende Gegnerin wahrgenommen wird.

Zu einer Zeit in der Geschichte, als die Frauen im Allgemeinen weder lesen noch Bücher schreiben durften, als sie keine Hochschulen besuchen und auch nicht mit Männern öffentlich diskutieren durften, standen Kurtisanen hoch im Kurs.

Die Kurtisanen durften all diese Tabus brechen, weil es sie zu attraktiveren Sexualpartnerinnen machte. Ehefrauen waren keine Tabubrüche gestattet, sie sollten unterwürfig und leicht zu kontrollieren sein. Eine unterwürfige und dumme Partnerin allerdings ist für die meisten Männer sexuell nicht erregend. Darum erforderte das System zwei verschiedene Arten von Frau, damit die Wünsche der Männer in jeder Hinsicht erfüllt werden konnten.

Obwohl die Frauen in den letzten hundert Jahren viel bewegt haben, sind einige Überbleibsel aus alter Zeit immer noch in unserem Denken und Verhalten verhaftet, solange wir uns nicht neu erziehen. Tatsächlich hätte ich nie geglaubt, dass Männer eine unverschämte und reizbare Frau attraktiver finden würden als eine sittsame und sanfte Frau. Schließlich scheinen sogar heutzutage immer die »netten« Mädchen die Kerle zu kriegen und zu heiraten. Was ich übersah, war, dass manche Männer die eine Art von Frau heiraten, aber lieber mit der anderen Art von Frau Sex haben. Das ist der Hure-Madonna-Komplex, von dem man so viel hört.

Der Hure-Madonna-Komplex meint ein Phänomen, bei dem manche Männer Frauen entweder für Huren oder für Heilige halten. Die Hure ist sexuell verfügbar und begehrenswert, die Madonna gilt dagegen als asexuell und rein. Ein Mann mit dieser Weltsicht verliert für gewöhnlich das sexuelle Interesse an seiner Ehefrau, eben weil sie seine Ehefrau und Mutter seiner Kinder ist. Er sieht sie nur noch bedingt als sexuelles Wesen, solange sie in der Rolle von Mutter und Ehefrau steckt.

Die meisten Männer haben diese extremen Gefühle aufgelöst und akzeptieren eine Partnerin, die manchmal »unartig«

und manchmal »brav« ist. Aber einige arme Seelen stellen die Mutter ihrer Kinder auf ein so hohes Podest, dass es zu einem sexuellen Tabu wird, sie zu berühren. Natürlich ist allein die Idee, eine sexuelle Berührung sei weniger als pure Hochachtung für die Frau, schon unsinnig. Ebenso wie die Vorstellung, Mütter hätten keinen Sex. Durch Sex wird eine Frau erst zur Mutter, wie wir alle wissen. Aber manche Menschen tun so, als hätten sie diese einfache biologische Tatsache vergessen, und sie verhalten sich, als sei Sex beleidigend oder bei Mutterschaft nicht angemessen. Es sollte selbstverständlich sein, dass Mütter Sex ebenso brauchen und verdienen wie jede andere Frau.

Wenn Sie den Verdacht hegen, dass Ihr Partner ein Problem mit Ihnen als sexuellem Wesen hat, weil Sie seine Ehefrau und die Mutter seiner Kinder sind, dann sollten Sie ihm raten, einen Therapeuten aufzusuchen. Manche Therapeuten glauben, der Hure-Madonna-Komplex rühre von ungelösten Kindheitstraumata mit der eigenen Mutter.

Auch ich als Frau hatte bis zu einem gewissen Grad an den Hure-Madonna-Komplex geglaubt. Ich befürchtete, als zu sexbetont zu gelten, darum verbarg ich meine wahren sexuellen Gefühle und gab mich keusch. Es war eine Fassade, die ich aber nicht lange aufrechterhalten konnte. Ich brachte es nicht über mich, nicht authentisch zu sein, und die Wahrheit lautet nun einmal, dass ich Sex liebe und immer geliebt habe.

Wenn Sie sexuell aufregend sein wollen, dann müssen Sie aufhören, keusch zu tun und gegenüber sexuellen Dingen Gleichgültigkeit vorzutäuschen. Manche Männer werden von Frauen angetörnt, die unschuldig und unerfahren scheinen, aber die meisten Männer fühlen sich zu wilden Frauen hingezogen. Diese Anziehungskraft wurde zu allen Zeiten von Hostessen und Kurtisanen unter Beweis gestellt. Das Beste daran ist, dass Sie Sex mehr genießen können, wenn Sie sich die Freiheit nehmen, sexuell bewusst und aufgeweckt zu sein.

Großartiger Sex erfordert jedoch mehr als nur wilde Ausgelassenheit. An wirklich großartigem Sex ist auch der Intellekt beteiligt. Wenn Sie diese Seite der Sexualität erforschen, zapfen Sie eine Form der Erotik an, die zu allen Zeiten hoch geschätzt wurde. Intellektuelle Stimulation besitzt unbegrenztes Potential und zu ihr findet man ungeachtet körperlicher Einschränkungen wie Alter oder Krankheit Zugang. Es kann außerdem die befreiendste Erfahrung Ihres Lebens werden.

Intellektuelle Stimulation lässt sich aufgliedern in verbalen Schlagabtausch, Humor, aktives Zuhören, sexuelle Anspielungen und das Teilen von Geheimnissen.

Ich habe bereits deutlich gemacht, dass die meisten Männer eine Frau erregend finden, die intelligent und selbstsicher ist. Verbaler Schlagabtausch setzt diese Eigenschaften ein, indem man das Gespräch als Gelegenheit betrachtet, seine Vorzüge zur Geltung zu bringen. Anstatt sich an das stereotype weibliche Verhaltensmuster zu halten und dem Mann ständig Recht zu geben und seine »Weisheit und Erfahrung« zu loben, fordert eine Kurtisane seine Überzeugungen und Schlussfolgerungen heraus. Verbaler Schlagabtausch hat viel mit Fechtkunst zu tun. Wenn man nicht vorsichtig vorgeht, können beide Seiten verletzt werden. Darum ist es wichtig, die Klinge nur anzusetzen, ohne damit zu schneiden. Wenn Ihr Partner darauf eingeht, folgt eine Reihe von Finten, Stößen und Paraden mit Worten.

Ihren Wunsch, als Siegerin aus diesem Schlagabtausch hervorzugehen, müssen Sie unbedingt mit einem Sinn für Humor ausbalancieren. Humor sorgt nicht nur dafür, dass aus der Auseinandersetzung kein echter Streit wird, sondern fügt unseren Handlungen auch noch ein ganz eigenes, erotisches Element hinzu. Wenn wir lachen, setzen wir dieselben chemischen Stoffe frei, die auch beim Orgasmus ausgeschüttet werden, nämlich Endorphine. Endorphine sorgen für Wohlbefinden und stärken die gegenseitige Bindung, darum kann Lachen ein herrlicher Start für Sex sein!

Das mag jetzt überraschen, aber wenn Sie lernen, Ihrem Partner zuzuhören, ist das die beste Möglichkeit, Ihren Sexappeal zu erhöhen und Ihr Sexleben zu verbessern. Aktives Zuhören war mir als Hostess unverzichtbar. Falls Sie es noch nicht bemerkt haben sollten: Männer lieben es, über sich selbst zu reden, und sie sind einer empfänglichen und aufmerksamen Zuhörerin extrem dankbar. Um fair zu sein: Sowohl Männer als auch Frauen mögen es, wenn man ihnen wirklich zuhört. Wenn wir das Gefühl haben, dass unser Gegenüber uns wirklich verstanden hat und zu schätzen weiß, was wir mit ihm teilen, fühlen wir uns als Mensch angenommen und wertvoll. Einfach mit dem Kopf zu nicken und »Aha« zu sagen, transportiert bei weitem nicht die Begeisterung, die für aktives Zuhören erforderlich ist. Sie müssen zu einigen Details, die Ihr Partner mit Ihnen teilt, einen Kommentar abgeben und Begeisterung für das Thema zeigen.

Wenn Sie das Thema langweilig finden, dann rufen Sie sich in Erinnerung, dass Ihnen dieser Mensch wichtig ist. Sie können doch sicher freudig anerkennen, wie viel Begeisterung er für sein Thema aufbringt. Sie könnten dann beispielsweise sagen: »Es freut mich sehr, dich so glücklich zu sehen«, anstatt zu versuchen, falsches Interesse für das Thema zu heucheln, das ihn so glücklich macht. Auf diese Weise drücken Sie eine authentische Emotion aus und eben das ist wichtig, wenn Sie die Leidenschaft in Ihrer Beziehung am Leben erhalten wollen.

Neben verbalem Schlagabtausch, Humor und aktivem Zuhören sind sexuelle Anspielungen eine stimulierende Konversationstechnik. Sexuelle Anspielungen erfordern ein wenig Übung, um erfolgreich zu sein. Das Timing ist von Bedeutung! Ähnlich wie beim Humor können sexuelle Anspielungen in der einen Situation erotisch sein, in einen anderen einfach nur dumm. Natürlich wollen Sie nicht, dass Ihr Versuch, sexuelle Anspielungen fallen zu lassen, in Peinlichkeiten endet, aber wie können Sie das vermeiden?

Zuerst müssen Sie Ihr Publikum kennen, also in diesem Fall Ihren Ehemann oder Freund. Wenn Sie sich nicht sicher sind, ob er eine sexuelle Anspielung – eine witzige Bemerkung, einen Scherz oder einfach einen Flirt – wirklich zu schätzen weiß, dann sollten Sie davon Abstand nehmen, bis Sie sicher sein können. Jeder hat einen anderen Geschmack und was den einen beleidigt, ist für den anderen angenehm erregend. Mein Ehemann und ich hatten gelegentlich beide Schwierigkeiten abzuschätzen, ob der jeweils andere dasselbe auch witzig oder sexuell erregend finden würde. Bei jemandem, den ich nicht gut kenne, mache ich für gewöhnlich keine sexuellen Anspielungen, bis ich ihn besser kennen gelernt habe. Hier geht es nicht um die körperliche Intimität, die Sie schon miteinander geteilt haben, sondern darum, wie viel Sie über seine Wertevorstellungen wissen.

Unsere Werte formen unseren Sinn für Humor und Erotik. Sexueller Humor kann danebengehen. Sie riskieren nicht nur, keinen Lacher zu erzielen, Sie gehen auch noch das Risiko ein, Ihr Gegenüber zutiefst zu beleidigen. Es ist sehr leicht, sexuelle Tabus zu verletzen. Anstatt erregt zu sein, fühlt Ihr Gegenüber sich nur angeekelt.

Wenn so viel auf dem Spiel steht, warum soll man es dann überhaupt probieren? Nun, ich habe festgestellt, dass Männer besonders angetan sind, wenn eine Frau, zu der sie sich hingezogen fühlen, sexuelle Anspielungen macht. Es ist, als ob sie zu seinen Kumpels gehört, als sei sie Teil des Clubs, der Geheimgesellschaft der Männer. Es kann überaus prickelnd sein, wenn eine Frau, von der man es gar nicht erwartet hätte, gekonnt sexuelle Anspielungen macht. Diese Anspielungen gehen Hand in Hand mit vorgetäuschter sexueller Unschuld oder Zögerlichkeit. Das kann eine gute Methode sein, um ihn zu überrumpeln und ihn mit einer unerwarteten Dosis sexueller Offenheit zu entzücken.

Ich habe den Gegensatz »anständiges Mädchen« und »verruchte Göre« regelmäßig eingesetzt, um sexuelles Verlangen zu wecken. Das hat meinen Kunden besonders dann gut gefallen, wenn ich mich anfangs fast übermäßig professionell gab und sie dann plötzlich mit einer schnoddrigen Bemerkung über meinen Körper oder einen speziellen sexuellen Akt überraschte. Offenbar ist nichts so erregend wie eine scheinbar unerreichbare Frau, die unerwartet ihre Fleischlichkeit durchblicken lässt.

Zur sexuellen Stimulation des Gehirns gehört auch das Teilen von Geheimnissen. Lange galt die Geheimniskrämerei als

Domäne der Frauen, aber sie ist auch bei Männern geschätzt. Männer tragen manche Geheimnisse länger mit sich herum als Frauen und sie vertrauen sich weniger Menschen an als die meisten Frauen. Aber das macht das Geheimnis für den Mann nur umso kraftvoller. Sie bringen einen anderen Menschen am besten dazu, seine Geheimnisse mit Ihnen zu teilen, wenn Sie ihm zuvor Ihre Geheimnisse anvertrauen. Zu viele Frauen begehen den Fehler, ihren Partner zu fragen, ob er Geheimnisse hat. Das vermittelt ihm aber nur das Gefühl, in der Falle zu sitzen. Niemand möchte gern verhört werden. Und jeder braucht die Versicherung, dass man seine Geheimnisse mit Respekt und absoluter Verschwiegenheit behandelt.

Wenn Sie also Geheimnisse teilen wollen, um Ihr gemeinsames Sexleben zu verbessern, müssen Sie sich an einige Regeln halten. Lachen Sie niemals über ein Geheimnis. Erzählen Sie das Geheimnis niemals weiter. Setzen Sie ein Geheimnis, das er Ihnen in einem zärtlichen Moment anvertraute, niemals als Waffe bei einem Streit ein. Denken Sie daran: Sie bauen Vertrauen auf, was nicht nur Ihr Sexleben verbessert, sondern auch Ihre Beziehung im Allgemeinen. Behandeln Sie dieses Vertrauen wie etwas Heiliges, und Sie werden mit noch mehr Vertrauen belohnt werden.

Letztendlich sind die Dinge, die uns intellektuell stimulieren, Komponenten gesunder Intimität in jeder Liebesbeziehung. Es mag seltsam erscheinen, dass eine Hostess etwas über emotionale Intimität zu sagen hat, aber bei hochklassigen Hostessen dreht sich alles um emotionale Intimität. Ich hoffe, Ihre Intimität trägt viele Früchte!

11 Zeit für ein Rendezvous mit dem Partner

Wenn Sie in einer langjährigen Beziehung leben, haben Sie möglicherweise das Gefühl, dass die Zeit der romantischen Verabredungen hinter Ihnen liegt. Seien Sie nicht voreilig! Ein Rendezvous ist eine erotische Kunst, die Teil Ihres Liebeslebens sein sollte, solange Sie leben. Eine Verabredung mit Ihrem Partner zu treffen, ganz gleich, wie lange Sie beide einander schon kennen, sorgt für Erregung und Vorfreude und besagt, dass Ihre Beziehung etwas ganz Besonderes ist.

Selbst wenn Sie Ihren Partner schon seit Jahren kennen, hat es einen besonderen Reiz, wenn man sich hübsch macht und ausgeht. Kein Vorspiel auf der Welt kann sich damit messen. Vielleicht liegt es an der Vorfreude auf das, was noch kommen mag, weshalb Ihre Erregung wächst und Ihre Leidenschaft angefacht wird. Oder vielleicht liegt es daran, dass Sie aus Ihrem Alltagsleben heraustreten und sich in eine Umgebung begeben, die gleichzeitig unvertraut und unvorhersehbar ist. Ganz sicher schadet es auch nicht, wenn Sie Ihren Partner zurechtgemacht und gestylt sehen, was besagt, dass Sie all die Mühe wert sind. Und wenn Sie sich herausputzen, fühlen Sie sich außerdem sexy und lebendig!

Auch wenn Sie versucht sind, direkt zur privaten romantischen Zweisamkeit überzugehen, ist es von großer Bedeutung, dass Sie jeden Monat mehrere Tage oder Abende reservieren, um mit dem Menschen außer Haus zu gehen, den Sie lieben. Die Rituale, die zu Verabredungen gehören, sind in festen Beziehungen ebenfalls wichtig und vielleicht sogar noch wichtiger als bei Menschen, die sich eben erst kennen gelernt haben. Wenn Sie aus dem Haus und weg von Ihren täglichen Verpflichtungen kommen, erneuert das Ihre Leidenschaft füreinander und für das Leben im Allgemeinen.

Auch wenn es gemütlich sein kann, mit Ihrem Partner vor dem Fernsehgerät zu sitzen und sich einen Film aus der Videothek anzuschauen oder zu zweit im örtlichen Park mit dem Familienhund Gassi zu gehen, so rauben diese Aktivitäten der Erotik das Prickeln. Warum? Eben deshalb, weil sie so gemütlich sind. Natürlich gehört das gemütliche Beisammensein zu Ihrer Beziehung, aber um den sexuellen Funken am Leben zu erhalten, müssen Sie sich von Zeit zu Zeit aus Ihrer Komfortzone herauswagen.

Um das Sexleben frisch und schwungvoll zu halten, müssen Sie für neue Erfahrungen und neue Empfindungen offen bleiben. Anstatt sich allein auf das zu konzentrieren, was Sie in der Privatsphäre Ihres Schlafzimmers tun, empfehle ich Ihnen, etwas Planung und Mühe darauf zu verwenden, sich mit Ihrem Partner zu einem Rendezvous zu treffen. Schließlich haben genau damit Ihre ersten romantischen Momente begonnen! Da wir alle verschieden sind, gibt es so etwas wie das »perfekte« Date für jeden nicht. Doch wenn Sie das Wagnis eingehen und verschiedene Aktivitäten und Schauplätze ausprobieren, entdecken Sie bestimmt einige neue persönliche Favoriten.

Für ein erinnerungswürdiges Rendezvous eignet sich ein ausgiebiges, gutes Essen in einem schönen Restaurant, bei dem all Ihre Sinne angesprochen werden. Ihre Augen werden von dem fachmännischen Arrangement des Essens sowie vom Dekor von Tisch und Raum verzaubert. Der Anblick Ihres Partners ist ebenfalls ein Aphrodisiakum, da er sich zweifellos dem Anlass entsprechend gekleidet hat. Ihr Geruchssinn wird vom Duft des Essens angeregt und vielleicht vom leichten Hauch des Eau de Cologne, das von Ihrem Rendezvouspartner ausgeht.

Essen, das die Grenze zum Reich der Haute Cuisine überschritten hat, gehört zu den berauschendsten Erfahrungen, die Ihre Geschmacksnerven jemals erleben werden. Und wenn Sie edle Weine oder andere Alkoholika zu schätzen wissen, verzaubert das Ihren Geschmackssinn noch mehr. Die kulinarische Kunst spricht noch andere Sinne an: Einige Gerichte sind saftig, andere trocken und wieder andere fühlen sich weich und warm an. Zu guter Letzt kommt während eines gepflegten Essens Ihr Hörsinn auf angenehme Weise ins Spiel, wenn Sie nämlich die Stimme Ihres Liebhabers hören.

Die Unterhaltung mit Ihrem Begleiter darf gern wandern, wohin sie will, aber versuchen Sie es mit Gesprächsthemen, die intellektuell stimulierend sind. Sie sollten alles vermeiden, was mit Alltagspflichten, den Kindern oder anderen Familienangelegenheiten zu tun hat. Konzentrieren Sie sich stattdessen auf Dinge, die Sie beide interessieren, die aber nicht Ihren Alltag ausmachen, beispielsweise das aktuelle Geschehen aus Politik oder Sport. Auf diese Weise können Sie sich gegenseitig in einem neuen Licht sehen und das hat ganz natürlich zur Folge, dass Ihr sexuelles Interesse aneinander neu aufflammt.

Je nachdem, wohin Sie nach dem Restaurantbesuch gehen wollen, sollten Sie Ihre Kleidung auswählen. Wenn Sie ins Kino gehen, kleiden Sie sich etwas lässiger. Wenn Sie dagegen ins Symphoniekonzert, in die Oper oder in ein Musical gehen, sollten Sie sich etwas formeller, vielleicht sogar festlich anziehen. Tragen Sie ein Abendkleid mit einem gewagten Dekolletee oder einem tiefen Rückenausschnitt. Sie wollen mit Ihrer Kleidung zwar Ihren ganz persönlichen Stil zum Ausdruck bringen, aber Sie sollten sich auch die Erlaubnis erteilen, einige Risiken einzugehen. Haben Sie keine Angst, sexy Akzente zu setzen!

Ich trage gern das klassische kleine Schwarze, das einen Tick zu kurz ist, und meine Schuhe sind niemals gewöhnlich. Meiner Erfahrung nach lieben Männer sexy Schuhe. Selbst wenn ich ansonsten konservativ gekleidet bin, füge ich gern einen sexy Touch mit hochhackigen Fesselriemchensandalen, offen geschnittenen Pumps oder Riemchensandaletten hinzu.

Mit dem richtigen Absatz kann sogar ein Nadelstreifenkostüm sexy wirken. Wenn Sie bei Ihrem Rendezvous jedoch viel zu Fuß unterwegs sein werden, dann sollten Sie etwas Elegantes und Aufregendes tragen, in dem Sie dennoch bequem laufen können. Mäßig hohe Absätze sind zweifellos besser als Zehn-Zentimeter-Absätze, darum nehmen Sie einfach beides mit! Niemand kann Ihnen verbieten, beim Essen hochhackige Pumps und beim Spaziergang im Mondlicht flache Schuhe zu tragen.

Wagen Sie es auch, unter Ihrem Blazer oder Ihrer Jacke einmal etwas Transparentes zu tragen. Das gibt Ihnen einen reizvollen Touch. Geschlitzte Röcke sind gleichermaßen verlockend, weil sie zweideutig wirken und Ihren Bewunderer zu Mutmaßungen anregen. Und natürlich sollte Ihr Schmuck einfach und geschmackvoll sein. Juwelen schmeicheln Ihnen, wenn sie Ihre Vorzüge unterstreichen, ohne die Aufmerksamkeit von Ihnen abzulenken!

Für gewöhnlich kennen sich Männer mit den neuesten Modetrends nicht aus und setzen sexy mit attraktiv gleich, ungeachtet dessen, was Paris in diesem Jahr vorschreibt. Natürlich wollen Sie nicht altmodisch wirken, darum kann ein moderates Modebewusstsein dafür sorgen, dass Sie sowohl passend als auch ansprechend gekleidet sind. Im Zweifel halte ich mich an die klassischen Outfits, die immer angesagt sind. Frauen wie Audrey Hepburn und Jackie Onassis sind Vorbilder für den klassischen Look. Ihre Art, sich zu kleiden, wird niemals unmodern, größtenteils deshalb, weil sie einen Stil fanden, der zu ihrer Lebensweise, ihrer Persönlichkeit und ihrer Figur passte, und weil sie sich von der Mode nie etwas anderes diktieren ließen. Wenn Sie sich mit den Schnitten und Farben der Sachen vertraut machen, die Ihnen am besten stehen und in denen Sie sich wirklich wohlfühlen, dann entwickeln Sie mit der Zeit ein eigenes Stilgefühl. Das vermittelt Selbstvertrauen, und wie Sie bereits gelernt haben, ist nichts so sexy wie Selbstvertrauen!

Zu den Aktivitäten, die ein Rendezvous sehr romantisch machen, gehören Spaziergänge im Mondschein, der Besuch eines Kunstmuseums und die Hochzeiten anderer Leute. Das Romantische am Spaziergang im Mondschein liegt auf der Hand: Sie sind allein, es ist dunkel und der Mond erhellt auf geheimnisvolle Weise den Weg. Dann Händchen zu halten ist fast schon ein natürlicher Impuls und kann zu einem leidenschaftlichen Kuss führen!

Ich habe als Hostess viele Kunstgalerien und Museen besucht. Das ist eine schöne Möglichkeit, den Nachmittag vor einem romantischen Abendessen zu verbringen. Ein Kunstmuseum mag auf Ihrer Romantikskala nicht besonders weit oben stehen, aber vertrauen Sie mir, mit dem richtigen Menschen ist das ein ziemlich romantischer Ort. Kunst weckt die Sinne und führt Sie zu Gedanken und Gefühlen, die in Ihrem Alltagsleben nicht vorkommen. Wenn Sie einander diese Gedanken und Gefühle offenbaren, öffnen Sie Ihre Sinne und Ihre Wahrnehmung für neue Möglichkeiten. Dadurch können Sie auch einander in einem neuen Licht sehen. Wenn Sie Ihre Vorlieben und Abneigungen in Sachen Kunst teilen, wächst Ihre gegenseitige Bindung und die Intimität Ihrer Beziehung erhöht sich. Wann immer Sie die Gelegenheit haben, eine unvertraute Seite Ihres Partners kennen zu lernen, riskieren Sie es, sich ganz von Neuem in ihn zu verlieben.

Wenn es an Ihrem Wohnort kein Kunstmuseum gibt, dann versuchen Sie es mit einem Park oder Garten. Ich habe mehr als ein Rendezvous damit verbracht, durch Parkanlagen zu schlendern. Eins zu werden mit der Natur macht unweigerlich romantisch. Die Gärten wecken all unsere Sinne mit den schillernden Farben der Blumen und Blätter, den intensiven Düften der Blüten und dem Zwitschern der Vögel. Irgendwie ist ein Kuss, den man in einer solchen Umgebung tauscht, viel berauschender.

Jede Form der Unterhaltung kann bei einem Rendezvous Spaß machen, aber einige Unterhaltungsformen wecken Ihre Sinne auf eine Weise, die Ihre Gedanken unweigerlich auf Romantik schalten. Ein Philharmoniekonzert ist ein gutes Beispiel für einen romantischen Zeitvertreib. Auch wenn es für

Sie langweilig klingen mag, weil Sie ja »nur« dasitzen und klassischer Musik lauschen, kann die Musik selbst viele Emotionen wachrufen. Wie Sie sich erinnern, habe ich für die Kunst der Verführung in den eigenen vier Wänden Klassik oder New Age vorgeschlagen. Musik, die all unsere Gefühle anspricht, führt zu den romantischsten Ergebnissen. Klassische Musik wurde extra dafür komponiert, uns emotional Achterbahn fahren zu lassen. Und ein Philharmoniekonzert ist eine gute Entschuldigung, am Wochenende das Haus zu verlassen und sich fein zu machen. Ich empfehle Ihnen, es zumindest ein Mal zu probieren und abzuwarten, was sich daraus entwickelt.

Manchmal haben wir aber nicht die Möglichkeit, einen Konzertsaal zu besuchen. Aber selbstverständlich wirkt auch der Besuch eines Jazz-Festivals, eines Freilichtkonzertes oder einer Piano-Bar anregend. Der Punkt ist der, eine Umgebung aufzusuchen, die normalerweise kein Teil Ihres Alltagslebens ist. Dieser Bruch mit der üblichen Routine öffnet die Tür zur Romantik.

Auf einer Hochzeit kann man ebenfalls Musik hören und mit seinem Partner tanzen. Hochzeiten sind eine großartige Möglichkeit, die Romantik in einer langjährigen Beziehung neu aufzuladen. Nachdem ich das aus erster Hand mit meinem eigenen Ehemann erfahren durfte, weiß ich, dass Hochzeiten eine wunderbare Gelegenheit sind, sich an all die Gründe zu erinnern, warum Sie überhaupt geheiratet haben und die Gefühle Ihres Hochzeitstages wieder wachzurufen. Wenn Sie nicht verheiratet sind, können Sie sich dennoch die sentimentalen Augenblicke Ihrer gemeinsamen Vergangenheit in Erinnerung rufen. Was könnte romantischer sein?

Falls Sie derzeit keine feste Beziehung haben, ist Ihnen zweifelsohne bereits bewusst, dass romantische Verabredungen fest zu Ihrem Leben dazugehören. Jetzt haben Sie aber auch noch die Informationen, die ein gewöhnliches Rendezvous zu einem unvergesslichen Zwischenspiel machen können. Genießen Sie die Vorbereitung des perfekten Rendezvous. Hoffentlich wird es für Sie zur Gewohnheit. Es gibt zweifellos schlechtere Möglichkeiten, Ihre Freizeit zu verbringen. Als Nächstes nehmen wir unsere Verabredung mit ins Schlafzimmer!

12 Gesunde Grenzen ziehen

Möglicherweise finden Sie es seltsam, in einem Buch über Sex ein Kapitel über gesunde Grenzen zu finden. Aber ich wäre eine lausige Hostess gewesen, wenn ich keine gesunden Grenzen gezogen hätte. Ganz sicher hätte ich meinen Beruf dann nicht so sehr geliebt, wie ich es tat. Und bevor ich lernte, wie man gesunde Grenzen setzt, konnte ich auch den Sex nicht bis zur Neige genießen.

Besonders Frauen haben Probleme damit, gesunde Grenzen zu ziehen. Wir wissen zwar genau, wie man eine Tür zuknallt, aber können wir auch bleiben und eine Sache durchstehen, ohne unseren Standpunkt aufzugeben? Sobald wir es mit einem Mann zu tun haben, der für uns wichtig ist, neigen wir Frauen dazu, Entschuldigungen zu finden, wenn wir das aufgeben, was uns wichtig ist. Wir tun das, um Konflikte zu vermeiden oder um nicht selbstsüchtig zu erscheinen. Es ist speziell für Frauen ein Tabu, »Nein« zu sagen, um anderen zu Gefallen zu sein, oder »Ja«, um unsere eigenen Bedürfnisse durchzusetzen.

Betrachten Sie Grenzen als einen Raum beziehungsweise als einen Ort, an dem Sie Ihren Selbstschutz ablegen, an dem Sie spielen und Spaß haben können. Wenn Sie nicht wissen, wo dieser Ort anfängt und endet, wissen Sie auch nicht, wo Sie ungefährdet spielen können, darum sind Sie ständig auf der Hut vor dem Unbekannten. Wenn Sie jedoch die Grenzen kennen, innerhalb derer Sie spielen können, ist es Ihnen möglich, sich zu entspannen und mehr loszulassen, als es ohne Grenzen möglich wäre!

Gut kommunizieren zu können, ist für ein erfüllendes Sexleben absolut notwendig, weil Sex selbst eine Form der Kommunikation ist. Sie brauchen kommunikative Fertigkeiten, damit Sie Ihren Partner wissen lassen können, was Sie mögen und was nicht, was sich gut anfühlt und was nicht. Sie müssen auch in der Lage sein, gekonnt zu kommunizieren, wenn Sie die Intimität in Ihrer Beziehung erhöhen wollen. Gesunde Grenzen sind ein fester Bestandteil von erfolgreicher Kommunikation, tiefer Intimität und fantastischem Sex!

Zu Beginn meiner Karriere als Hostess war ich noch wenig selbstsicher und sehr unsicher, wo meine Grenzen lagen. Auch wenn ich einige meiner Grenzen kannte, fürchtete ich, sie auszusprechen, weil ich nicht als unflexibel oder verklemmt gelten wollte. Ich hatte keine Ahnung, dass ich viel entspannter und aufreizender wirkte, wenn ich meine Grenzen klarmachte – zuerst mir selbst und dann meinen Partnern! Aber damals dachte ich, wenn ich auf die Vorschläge anderer einging, auch wenn mir diese Vorschläge nicht zusagten, würde ich besser ankommen. Ich wollte »mitspielen, um auszukommen«.

Der Gebrauch eines Kondoms war beispielsweise so ein Zankapfel mit meinen Kunden. Einige wollten einfach kein Kondom tragen und warteten mit Entschuldigungen, Erklärungen und sogar mehr Geld auf, um einer Hostess ihre Gesundheit und Sicherheit abzuschwatzen. Anfangs versuchte ich es mit einem süßen Lächeln und meiner erotischsten Stimmlage, um solchen Kunden klarzumachen, dass ich ohne Kondom einfach keinen Sex haben konnte. Meine Stimme und meine Körpersprache drückten Bedauern aus. Offenbar glaubte ich, dass ich kein Recht hatte, nachdrücklich »Nein« zu sagen. Ich hielt es für meine Pflicht, nett zu sein. Und ich war sicher, die Männer würden entgegenkommend reagieren.

Ich lag falsch. Die nette, weibliche Art forderte sie quasi nur dazu auf, ihre Bemühungen fortzusetzen und mich davon zu überzeugen, etwas zu tun, was ich nicht tun wollte. Sie dachten, sie hätten eine Chance, meine Verteidigung zu durchbrechen, also flehten, bettelten oder drohten sie noch mehr. Schließlich legte ich meine Nette-Mädchen-Masche ab und sagte klipp und klar »Nein«, dann wechselte ich das Thema. Ich wartete nicht ab, um zu sehen, wie mein »Nein« bei ihnen ankam. Ich setzte einfach als gegeben voraus, dass sie keine andere Wahl hatten, als es zu akzeptieren. Das ist ein Beispiel für eine gesunde Grenze. Es geht nicht um nett oder gemein. Es geht nicht um wütend oder ängstlich. Hier gibt es keine Entschuldigungen und keine faulen Kompromisse. Hier müssen Sie einfach Sie selbst sein.

Gesunde Grenzen lassen uns zu Dingen »Nein« sagen, bei denen wir nicht mitmachen möchten. Aber sie erlauben uns auch, »Ja« zu allem zu sagen, was wir wollen. Gesunde Grenzen bieten Sicherheit für die Menschen, mit denen wir eine Beziehung haben, weil sie dadurch wissen, was im Umgang mit uns in Ordnung ist und was nicht. Es gibt ihnen auch die Erlaubnis, in unserer Gegenwart ihre eigenen gesunden Grenzen zu ziehen.

Ich war unter anderem deshalb eine erfolgreiche Hostess, weil ich lernte, meine Grenzen unmissverständlich zu formulieren. Ich stellte klar, was mit mir möglich war und was nicht. Die Männer wussten, wo sie bei mir standen, und das schuf Wohlbehagen und Sicherheit, auch wenn es bisweilen zu Enttäuschungen führte. Indem ich zu Beginn einer Beziehung meine Grenzen zog, eröffnete ich einen Dialog, der dem anderen erlaubte, seine Gefühle und Wahrnehmungen zu kommunizieren. Er konnte mir mitteilen, was er wollte und was nicht. Er konnte mir auch sagen, was ihn verwirrte oder ihm Probleme bereitete.

Auch wenn Männer für Sex bezahlen, fällt es ihnen manchmal schwer, um das zu bitten, was sie möchten. Häufig ist es ihnen peinlich und sie schämen sich, ihre Wünsche gleich offen auszusprechen. Darum gab ich ein Muster für eine klare Kommunikation vor und dadurch fühlten sie sich besser, wenn auch sie offen und direkt waren. Es lag gar nicht einmal daran, dass sie ungewöhnliche Wünsche hatten. Aber die Tatsache, dass ihre Sehnsüchte »normal« oder »im grünen Bereich« waren, machte es für sie nicht einfacher, sie auszusprechen.

Wenn ich zum Beispiel vorgebracht hatte, dass ich immer einen Latexschutz verwende und für mich selbst keinen Analverkehr möchte, ebnete das für die Männer den Weg, mir zu sagen, was sie sich erhofften, oder mir Fragen über die Art von Sex zu stellen, die ich anzubieten hatte. Es stellte sich heraus, dass gesunde Grenzen ein großartiger Eisbrecher für Gespräche über Sex waren!

Wenn Sie Ihre eigenen Grenzen kennen und möchten, dass sie respektiert werden, müssen Sie wissen, wie Sie anderen Ihre

Grenzen mitteilen können. Dabei ist es hilfreich, den Unterschied zwischen Selbstsicherheit und Aggressivität zu kennen. Aggressivität ist eine energische Aktion, um andere zu dominieren oder zu beherrschen. Selbstsicherheit dagegen fordert Anerkennung ein. Einfacher gesagt, wenn Sie selbstsicher sind, sagen Sie einfach, wie die Dinge für Sie liegen, und versuchen Sie nicht, den anderen zu kontrollieren, über ihn zu urteilen oder ihn einzuschüchtern.

Wenn Ihr Partner sich weigert, Ihre Grenzen anzuerkennen, müssen Sie die Verantwortung übernehmen und sich von diesem Menschen oder dieser Situation lösen. Ihr Partner wird ziemlich schnell lernen, dass es Ihnen ernst ist, und er wird sein Verhalten entweder ändern oder seine Zeit ohne Sie verbringen. Aber achten Sie darauf, Ihre Grenzen nicht als Drohung auszusprechen – das wäre aggressiv.

Nachdem Sie angefangen haben, mit gesunden Grenzen zu agieren, werden Sie auch die Grenzen anderer anerkennen müssen. Sollte jemand versuchen, Sie mit seinen Grenzen kontrollieren zu wollen, müssen Sie nicht mitspielen. Wenn Sie beispielsweise Ihre Grenzen gezogen haben und Ihr Partner daraufhin erklärt, er habe nicht länger Lust auf Ihren Lieblingssex, dann versucht er womöglich, Sie damit zu manipulieren. Aber wenn er einfach sagt, was für ihn funktioniert und was nicht, dann müssen Sie seine Grenzen respektieren und Ihr Verhalten ändern, oder Sie müssen diese Grenzen achten, indem Sie gehen.

Wenn Sie Erfahrung darin haben, klar und deutlich zu verhandeln und zu kommunizieren, werden Sie in der Lage sein, mit Ihrem Partner ganz locker über Ihre sexuellen Bedürfnisse,

Sehnsüchte, Abneigungen und Wünsche zu sprechen. Sie werden auch wissen, wie Sie auf seine Bedürfnisse, Sehnsüchte, Abneigungen und Wünsche hören können. Und keiner von Ihnen wird annehmen, dass Sie dem anderen alles geben müssen, nur weil er es verlangt. Sie können verhandeln und tragbare Kompromisse finden, die Sie beide extrem glücklich machen.

Nehmen wir einmal an, Ihr Mann wünscht sich einen Sexakt, den Sie widerlich finden. Anfangs fühlen Sie sich vielleicht verpflichtet, seiner Bitte nachzukommen, um des lieben Friedens willen oder um die Beziehung nicht zu gefährden. Aber es ist eine schreckliche Vorstellung, wenn Sie zustimmen, etwas zu tun, was Sie hassen, weil Sie sich mit Ihrer Zustimmung dazu verdammen, das Ungewollte immer wieder zu tun. Sie kommunizieren dabei auch, dass der Sex mehr für ihn da ist als für Sie. Ein positiverer Ansatz wäre es, ihm ehrlich zu sagen, dass Sie an diesem bestimmten Akt kein Interesse haben, dafür aber an einem anderen. Vorausgesetzt, Sie haben wirklich so ein Interesse. Für viele Männer ist allein die Tatsache, dass Sie am Sex welcher Art auch immer interessiert sind, ein echter Antörner.

Ich nutzte diese Methode der Problemlösung ständig mit meinen Kunden. Anstatt »Nein« zu sagen und das Thema zu beenden, sagte ich lieber: »Nein, aber wie wäre es mit dieser Alternative?« Ich verhandelte und blieb dabei doch meinen Werten und Vorlieben treu. Es erwies sich als sehr erfolgreiche Methode, meine Grenzen zu wahren und gleichzeitig die sexuellen Fantasien der Männer zu erfüllen. Ich lernte, dass die meisten Männer bestimmte Positionen und Techniken vorschlagen, weil sie sich gelangweilt oder uninspiriert fühlen und sich etwas mehr Aufregung wünschen. Im Grunde erfüllte ich dieses Verlangen nach Aufregung und Abwechslung, indem ich sie zu jenen sexuellen Aktivitäten lenkte, die mir gefielen. Es gibt keinen Grund, warum das nicht auch für Sie funktionieren sollte. Denken Sie einfach daran, dass Verhandlungen und echte Kompromisse am besten funktionieren, wenn sie mit gesunden Grenzen verbunden werden – insbesondere dann, wenn es um Sex geht!

13 Wie man im Schlafzimmer das Zepter in die Hand nimmt

Ich habe bereits erwähnt, dass sich eine beliebte männliche Fantasie darum dreht, von einer Frau verführt zu werden. Ich habe Ihnen erklärt, wie und warum Männer sich nach einer sexuell selbstsicheren Frau sehnen, aber ich habe Ihnen noch nicht gesagt, wie Sie einen Mann verführen können. Das möchte ich in diesem Kapitel tun.

Vielleicht halten Sie sich bereits für ziemlich kenntnisreich, wenn es darum geht, einen Mann anzulocken und zu verführen. Aber ich wette, Ihrer Technik mangelt es daran, Sex zu initiieren. Die meisten Frauen lernen, wie sie sich begehrenswert machen können, sodass ein überwältigendes sexuelles Verlangen den Mann förmlich zwingt, den ersten Schritt zu tun. Als Frauen wissen wir auch, wie wir unseren Körper besonders gut ins Licht rücken können, beispielsweise mit Tangas, Push-ups, Bikinis, kurzen Röcken, langen Kleidern mit Schlitzen, engen Pullis oder unseren Lieblingspumps. Frauen lernen darüber hinaus, ihr Gesicht mit Lidschatten, Mascara, Lipgloss oder Rouge zu akzentuieren. Und wir Frauen schmeicheln Ohrläppchen, Hals, Händen, Füßen, Bauchnabel und Knöcheln mit Schmuck, von Modeschmuck über echte Goldketten bis hin zu Perlen und Diamanten.

Viele von uns erlernen Taktiken, um den Mann unserer Träume anzulocken. Wir setzen einen verschämten, unschuldigen Gesichtsausdruck ein, bei dem wir die Lider senken und die Lippen ein wenig öffnen. Unsere Botschaft ist die der Unerfahrenheit, die nur darauf wartet, unterwiesen zu werden. Oder wir ignorieren den Mann, der uns ins Auge gestochen ist, und lassen ihn besonders hart daran arbeiten, unsere Aufmerksamkeit zu gewinnen. In diesem Fall ist die Botschaft die der Erfahrung, die darauf wartet, beeindruckt zu werden. Es gibt zahlreiche Zwischentöne zwischen diesen beiden Extremen. Ich persönlich habe mit beiden Extremen gearbeitet, um Männer anzulocken, und beide haben überaus gut funktioniert. Und ich bin das Ritual des Werbens von einer etwas bodenständigeren Perspektive angegangen und war einfach ich selbst. Ich muss zugeben, offen und direkt zu sein, ist eine hervorragende Möglichkeit, sich einen Partner fürs Leben zu sichern, aber es mangelt dieser Technik ein wenig an der Raffinesse, an der sexuellen Erregung und Spannung.

Zu welchem Stil Sie auch tendieren, Sie müssen ihn vergessen, wenn Sie lernen wollen, wie man Sex mit einem Mann initiiert. Es ist schön zu wissen, wie man sowohl die passive Partnerin ist, die darauf wartet, sexuell mitgerissen zu werden, als auch die selbstsichere Partnerin, die das Mitreißen selbst in die Hand nimmt. Es gibt Sex, der in jeder Hinsicht auf Gegenseitigkeit beruht und bei dem keiner von beiden selbst verführt oder vom anderen verführt wird. Aber meiner Erfahrung nach kommt das nur selten vor. Höchstwahrscheinlich wird einer der beiden Partner den Sex als Erster initiieren und das gibt dann den Tenor der Begegnung vor.

Als ich noch neu im Hostessengewerbe war, wartete ich darauf, dass der Mann den ersten Schritt unternahm. Das Einzige, was ich darüber wusste, wie man einen Mann verführt, war, wie man seine Aufmerksamkeit erregt und ihn ermutigt. Ich ignorierte einige seiner Vorstöße, ohne beleidigt zu reagieren oder ihn zu ermutigen. Für gewöhnlich bestätigte ihn das, mit seiner langsamen und vorsichtigen Verführungsoffensive fortzufahren. Vermutlich gefiel mir diese Kombination aus Zimperliese und Femme fatale. Die Masche funktionierte. Aber es war einseitig. Ich war verloren, als mich zum ersten Mal ein Mann bat, ihn zu verführen. Ich dachte, ich hätte die Männer mit meinen femininen Kniffen bereits die ganze Zeit verführt. Was sollte ich denn noch tun?

Mir war nicht klar, dass es bei der Verführung, so wie sie die meisten Frauen für sich definieren, nur um das Anstacheln der sexuellen Aufmerksamkeit eines Mannes geht. Es besteht jedoch ein gewaltiger Unterschied zwischen dem Anlocken des Objekts der Begierde und dem tatsächlichen ersten Schritt, bei dem man sich das nimmt, was man will. Ich werde Ihnen einige Verführungstechniken aufzeigen, wie sie auch Männer bei Frauen einsetzen. Viele Männer warten nur darauf, dass wir Frauen den Spieß einmal umdrehen!

Wenn meine Kunden mich baten, mit ihnen Sex zu haben oder sie zu verführen, genoss ich es, mit einem Kompliment anzufangen. Einem Mann zu sagen, wie attraktiv und sexy er ist, mag uns als Frauen nicht leichtfallen, weil wir es gewohnt sind, Komplimente in Empfang zu nehmen anstatt sie auszuteilen. Aber es kann sowohl für Sie als auch für Ihren Partner ziemlich prickelnd sein.

Komplimente zu machen erregt mich ebenso wie den Menschen, dem ich das Kompliment zolle. Worte sind machtvoll und sie können jede Menge sexuelle Hitze erzeugen, ohne dass man einen Finger hebt. Ich erfinde nie etwas, und ich lüge auch nicht. Ich entdecke immer etwas, was ich an einem Mann mag, und darauf konzentriere ich mich. Das kann seine Augenfarbe sein, sein Hintern, sein muskulöser Bizeps, der Klang seiner Stimme, der Geruch seiner Haare, die Größe seines Penis, wie er geht oder auch seine Intelligenz. Was immer es ist, das diesen Mann sexy macht, ich unterstreiche es, indem ich ihm meine ungeteilte Aufmerksamkeit schenke.

Nachdem Sie ihn davon überzeugt haben, dass Sie ihm nicht widerstehen können, sollten Sie nicht einfach seine Annäherungsversuche hinnehmen, wie es Ihre Gewohnheit gewesen sein mag, sondern Sie müssen die Nase vorn haben und den ersten Schritt tun. Für manche Frauen bedeutet das, sich auszuziehen, den Reißverschluss seiner Hose zu öffnen und ihm einen zu blasen. Das ist nicht die Art von Verführung, die ich Ihnen beibringen will. Lenken Sie vielmehr von sich selbst ab, und richten Sie die Konzentration ganz auf ihn. Übereilen Sie den Geschlechtsakt nicht. Nehmen Sie sich viel Zeit für das Vorspiel. Fangen Sie genau so an, wie Sie gern verführt würden. Wenn Sie mir ähneln, dann wollen Sie wahrscheinlich erst Komplimente empfangen und anschließend geküsst werden. Selbst zu küssen anstatt einen Kuss zu bekommen, ist etwas ganz anderes, darum müssen Sie vielleicht ein paar Mal üben.

Sehr prickelnd ist es, wenn Sie die Spannung bis zum Augenblick des Kusses stetig steigern. Das verbale Vorspiel mit Komplimenten und sexuellen Anspielungen ist sehr hilfreich, um sexuelle Spannung aufzubauen; auch gezielte Berührungen wirken. Im Laufe des Abends können Sie alles auf diesen Kuss hinlenken, indem Sie diskret seine Hände, Arme, Schultern, seinen Rücken und sein Gesicht berühren. Vermeiden Sie alle Stellen, die Ihre sexuellen Absichten vollkommen klarmachen. Das Ziel besteht darin, sexuelle Spannung zu erzeugen, und das tun Sie, indem Sie Vertrautheit mit einem Hauch von Erotik aufbauen. Subtile sexuelle Hinweise sind viel erotischer, weil sie uns verwirren und wir warten müssen. Diese Kombination kann unsere sexuelle Erregung bis zu dem Punkt steigern, an dem wir gleich explodieren werden!

Wurden Sie je von einem Mann geküsst, der nur eine Art von Kuss kannte, die er augenscheinlich bei jeder Frau einsetzte, mit der er jemals ausging? Ich schon, und ich hatte dann immer das Gefühl, als sei ich gar nicht da. Männer, die auf diese Weise küssen, stimmen ihre Küsse nicht auf die subtilen Hinweise ihrer Partnerinnen ab. Diesen Fehler sollten Sie jedenfalls nicht begehen. Sie müssen Ihren Kuss den Vorlieben und der Stimmung Ihres Partners anpassen. Vielleicht sind Sie bereit, ihm einen Zungenkuss zu geben, aber er verspannt seinen Unterkiefer, und Ihre Zunge kann nicht eindringen. Das ist kein feindliches Manöver, nur eine kaum spürbare Muskelbewegung. Stellen Sie sich küssen wie tanzen vor. Bleiben Sie im Rhythmus mit Ihrem Partner, während Sie die Führung behalten.

Die Führung behalten bedeutet, dass Sie erst dann losstürmen, wenn Sie sich seiner Zustimmung sicher sind. Aber geben Sie auch nicht auf. Warten Sie ein paar Herzschläge lang ab, und versuchen Sie anschließend erneut, den Kuss etwas intimer zu gestalten. Auf diese Weise sind Sie ausdauernd in

Ihrem Verlangen, aber nicht aufdringlich. Wichtiger noch, Sie geben seinem sexuellen Verlangen die Chance, das Ihre einzuholen. Verführung erfordert Finesse und Geduld. Sie müssen bereit sein, kleinere Ablehnungen einzustecken, Ihr Vorgehen der Situation anzupassen und dann mit Ihren Verführungskünsten fortzufahren.

Der Kuss symbolisiert die Erlaubnis, mit dem nächsten Schritt im Vorspiel zu beginnen. Immer wieder werden Sie diesen Tanz subtiler Hinweise tanzen. Bevor Sie den nächsten Schritt wagen, müssen Sie sich, der Stimmung Ihres Partners bewusst sein. Entspannt er sich oder versteift er sich? Wenn alles an ihm steif wird außer seinem Penis, dann gehen Sie zu schnell vor. Glücklicherweise gibt Ihnen der Penis eines Mannes Hinweise auf sein Denken und seine sexuelle Erregung, darum haben Sie als Frau einen deutlichen Vorteil beim Vorspiel. Aber machen Sie seinen Penis nicht zur höchsten Autorität, was sein Verlangen betrifft. Manche Männer sind nicht derselben Meinung wie ihr Penis, und das müssen Sie respektieren. Wenn Ihr Partner sagt, dass er nicht in Stimmung ist, dann nehmen Sie ihn beim Wort, ungeachtet dessen, ob er eine Erektion hat oder nicht.

Wenn er jedoch in der richtigen Stimmung ist, fahren Sie mit dem Vorspiel fort. Schmecken Sie jeden Teil seines Körpers, vom Hals und den Ohrläppchen angefangen, bis hinunter zu seinen Brustwarzen und dem Bauch. Knöpfen Sie sein Hemd verführerisch auf, aber halten Sie sich noch eine Weile von seiner Hose fern, damit keiner von Ihnen beiden die ganze Aufmerksamkeit auf seinen Penis richtet. Möglicherweise glaubt er nicht, dass sein Oberkörper ihm sexuelles Vergnügen bieten kann, dann beweisen Sie ihm das Gegenteil. Ich habe vielen Männern gezeigt, wo ihre erogenen Zonen liegen, und sie waren überaus dankbar. Denken Sie daran, die Führung zu behalten und ihn zur Geduld zu mahnen, wenn er versucht, die Kontrolle zu übernehmen und Ihnen zu sagen, was Sie tun sollen. Manchmal scherze ich mit einem ungeduldigen Mann und sage: »Wer warten kann, der wird belohnt.« Dann mache ich mit meiner langsamen Verführung weiter.

Sie sollten ein Gleichgewicht finden: ihn warten lassen und die Sache am Köcheln halten. Vergessen Sie nicht, dass Männer viel schneller erregt sind als die meisten Frauen. Darum müssen Sie Ihren Partner nicht mit einem stundenlangen Vorspiel aufwärmen, auch wenn Ihnen persönlich das gefallen würde. An diesem Punkt konzentrieren Sie sich ganz auf ihn, und Sie werden feststellen, dass es Sie selbst heißmacht, wenn Sie Sex initiieren. Sie brauchen möglicherweise gar kein Vorspiel, wenn Sie die sexuelle Aggressorin sind. Denn das Initiieren von Sex kann an sich schon ein machtvolles Aphrodisiakum sein. Ich konnte feststellen, dass ich auf völlig andere Weise erregt werde, wenn ich den Sex einläute. Meine Klitoris wird dann steinhart und ich breche in Schweiß aus. Ich hoffe, es macht Ihnen Spaß herauszufinden, was die sexuelle Führungsrolle mit Ihnen anstellt!

Versuchen Sie als Nächstes, seine Genitalien durch seine Hose zu streicheln, bevor Sie ihn ausziehen. Durch die Kleidung hindurch berührt zu werden, kann sich erotischer anfühlen als direkter Hautkontakt. Es ist auch sehr sexy, in seine Hosen zu fassen und seinen Penis in die Hand zu nehmen (Vorsicht mit Ihren Fingernägeln!).

Nun sollten Sie Ihren Partner auf den Rücken legen, wenn Sie das nicht schon getan haben. Meine Lieblingsmethode ist es, ihn in die Horizontale zu stoßen. Ich ziele dabei mit einer oder beiden Handflächen auf seine Brust. Männer sind meistens größer als wir, darum erfordert das ein wenig Entschlossenheit und Kraft, aber schlagen Sie Ihren Partner nicht. Sie können einen Mann leichter verletzen, als Sie denken, darum gehen Sie vorsichtig vor. Ihr Stoß sollte nicht zu sanft, aber auch nicht zu grob sein. Setzen Sie ein schelmisches Lächeln auf, wenn Sie ihn auf den Rücken stoßen, damit er weiß, dass Sie ihm nichts Böses wollen. Ich habe das mit Hunderten von Männern getan und es war für sie sehr erregend. Es geht darum, ihn mit der Kraft Ihres sexuellen Verlangens zu überwältigen, während Sie ihm gleichzeitig klarmachen, dass er Ihnen trauen kann und Sie sich gut um ihn kümmern werden.

Da Sie den Sex initiieren, legen Sie sich nicht neben ihn. Setzen Sie sich besser auf ihn. Meine Lieblingsposition ist auf seiner Körpermitte, so bin ich gleich nah an seinem Gesicht und seinen Genitalien. Von hier aus können Sie Ihren Partner auf vielfältige Weise umgarnen. Sie können in dieser Position zum Geschlechtsverkehr übergehen (siehe »Isis-Hocke« im 23. Kapitel) oder zum gegenseitigen Oralsex in der Position 69 (sehen Sie sich die Zahl 6 und die Zahl 9 an, wenn Sie nicht wissen, was gemeint ist, oder legen Sie einfach Ihren Mund auf seinen Penis und Ihre Vagina auf sein Gesicht, das ergibt eine 69). Wenn er guter Stimmung und sehr erregt ist, können Sie sich auf sein Gesicht setzen. Aber tun Sie das nur, wenn Sie sicher sind, dass er das mag und in diesem Augenblick auch dazu bereit ist. Im Zweifel sollte sich Ihre Verführung darauf konzentrieren, ihm rauschendes sexuelles Vergnügen zu schenken, damit er einfach hin und weg ist!

Vielleicht macht es Sie schon heiß, auch nur darüber zu lesen. Aber bleiben Sie cool. Wir haben noch viel zu lernen, bevor wir in der Lage sind, die lange Reise der Verführung anzutreten, darum schmökern Sie jetzt rasch das nächste Kapitel!

14 Von Ritualen, dem idealen Zeitpunkt und der richtigen Atmosphäre

Hostessen gehen Sex wie ein besonderes Ereignis an. Sex ist die ganze Vorfreude, Planung und Mühe wert, die andere Menschen für Geburtstage, Jahrestage oder Feiertage aufwenden.

Obwohl ich in meine Kunden nicht verliebt war, unternahm ich alle Anstrengungen, um Sex als ganz besonderes Ereignis zu ehren. Ich tat mein Möglichstes, um der sexuellen Begegnung eine besondere Kraft zu verleihen, weil Sex für mich ein bedeutender Teil des Lebens ist. So viele Menschen verschwenden kostbare Energie auf Scham, Schuldgefühle und Verlegenheit, wo man diese Energie doch dafür einsetzen kann, um Sinnlichkeit, Intimität und unvergessliche sexuelle Momente zu schaffen.

Bevor ich meine Kunden traf, nahm ich mir die Zeit, am Telefon etwas über ihre Vorlieben und Abneigungen zu erfahren. Dabei ging ich nicht so vor, als würde der Mann bei mir ein Gourmetmenü bestellen. Vielmehr hörte ich sehr aufmerksam hin und gab mich ein wenig geheimnisvoll. Mit Hilfe meiner Intuition füllte ich die Lücken zwischen dem, was er sagte, und dem, was er zwischen den Worten über sich verriet. Wenn er von viel Stress bei der Arbeit sprach, wusste ich, dass ich vor seinem Eintreffen eine entspannende und beruhigende Atmosphäre schaffen sollte. Wenn er jedoch klagte, dass er gelangweilt sei, dann sorgte ich für jede Menge Aufregung, sobald er durch meine Tür kam.

Bei dem gelangweilten Kunden setzte ich meine so genannte Multimedia-Präsentation ein. Ich trug Dessous in knalligen Farben, beispielsweise rote oder lila Strumpfhalter und Strümpfe. Ich sorgte für helles Licht im Raum, indem ich etwas Sonnenlicht durch die Vorhänge fallen ließ, und ich spielte schnelle, klassische Stücke. In den DVD-Player legte ich einen der Pornofilme ein, die ich gedreht hatte, damit er mich im Fernsehen sehen konnte, während er gleichzeitig persönlich mit mir sprach. Anstatt ihn mit einer Massage einzuschläfern, lud ich ihn ein, sich von mir vor meinem deckenhohen Wandspiegel oral befriedigen zu lassen, damit er unseren Geschlechtsakt im Spiegel und live beobachten konnte. Es versteht sich von selbst, dass dies für freudige Erregung sorgte und allergrößte Zustimmung fand.

Für den gestressten Kunden schuf ich mit gedämpftem Kerzenlicht, dem leichten Duft nach Räucherwerk, New-Age-Musik und dem sanften Plätschern mehrerer Brunnen einen beruhigenden, heilenden und behaglichen Ort, an dem er seinem Alltag entfliehen konnte. Ich begrüßte ihn an der Tür mit erfrischendem Mineralwasser und bat ihn, sich zu setzen und über die Probleme des Tages zu reden. Aber ich wartete nicht lange, bevor ich ihn aufforderte, sich für eine entspannende Massage auszuziehen. Während ich ihn mit einem Aromatherapie-Massageöl massierte, bat ich ihn, tief ein- und auszuatmen, damit er seine Anspannung verlieren konnte. An diesem Ort der Ruhe ergab sich der Sex ganz allmählich wie von selbst.

Da wir nun zu dem Teil des Buches kommen, in dem wir über sexuelle Techniken sprechen, so viel vorab: Im Idealfall sollten Ihre sexuellen Techniken ganz natürlich und beglückend aus Ihrem Innersten fließen. Rituale, der ideale Zeitpunkt und die richtige Atmosphäre sind ebenso wie die Absicht, die Sie verfolgen, von entscheidender Bedeutung, um dem Sex eine höchst erotische Dimension zu verleihen.

Wenn Sie verinnerlichen, wie tief das menschliche Bedürfnis nach Ritualen ist, wird das Ihrem Sexleben eine unerwartete Dimension hinzufügen. Die Menschen zeigen seit Beginn ihrer Geschichte eine Vorliebe für Rituale. Rituale werden als gewohnheitsmäßige Sitte oder Brauch definiert. So gesehen steht es Ihnen frei, Ihre eigenen Rituale zu schaffen. Sobald diese Rituale Bestandteil Ihres Umgangs mit Ihrem Partner geworden sind, entwickeln sie ein Eigenleben. Rituale haben die Macht, starke Gefühle hervorzurufen, weil sie uns an frühere Ereignisse und Begegnungen erinnern.

Zu einem Ritual können konkrete Gegenstände gehören. Wählen Sie ein besonderes Kissen oder einen Teppich aus, auf dem Sie nichts anderes tun, als sich zu lieben. Legen Sie sich spezielle Unterwäsche für Alltagssex und Dessousteile für ganz besondere sexuelle Ereignisse zu. Ein Lieblingsmusikstück oder Album signalisiert Ihren Sinnen, dass Sex in der Luft liegt. Ein bestimmter Duft oder parfümierte Öle nur für Ihre romantische Zweisamkeit können besonders machtvoll sein, weil unsere Erinnerung eng mit unserem Geruchssinn verbunden ist.

Wenn Sie Ihr eigenes sexuelles Ritual einrichten, dann schenken Sie auch der Reihenfolge, in der Sie die Dinge tun, Ihre Aufmerksamkeit. Vielleicht gefällt es Ihnen, erst zu duschen und sich dann von Ihrem Partner mit Ihrer Lieblingsbodylotion einreiben zu lassen. Oder Sie ziehen eine leichte Konversation vor, begleitet von Ihrem Lieblingsgetränk, während Sie einen verführerischen Slip tragen. Die Rituale selbst werden irgendwann zum Symbol für das bevorstehende Intermezzo. Durch Wiederholung und die Wahl des richtigen Zeitpunkts wächst das Potenzial dieser Rituale, uns in der Zukunft immer stärker zu erregen.

Der richtige Zeitpunkt spielt nicht nur für den Termin eine Rolle, für den wir Sex planen, sondern auch für die Art und Weise, wie wir unseren Partner verführen wollen. Timing ist der entscheidende Bestandteil sowohl von Humor als auch von Sex. Haben Sie schon einmal erlebt, wie jemand einen absolut guten Witz erzählen wollte, dabei aber das falsche Timing hatte? Der Witz ging daneben und niemand lachte. Die Worte waren dieselben, aber erst das Timing macht einen guten Witz aus. Ohne Timing sind die Worte einfach nicht lustig, egal wie oft Sie sie wiederholen. Das gilt auch für Sex. Der richtige Zeitpunkt entscheidet darüber, ob das, was wir tun, sexy ist. Wie Schauspielerinnen in alten Schwarz-Weiß-Filmen die Beine überschlugen, eine Zigarette anzündeten, durch einen Raum gingen oder mit den Wimpern klimperten, war unglaublich sexy. Aber wenn ihr Timing ein anderes gewesen wäre, hätten dieselben Handlungen nicht mehr sexy gewirkt, sondern an eine Slapstickkomödie erinnert.

Ideales Timing meint, weder zu spät noch zu früh zu agieren. Sie sollten es zeitlich punktgenau treffen. Aber woher können Sie wissen, wann oder wie lange Sie etwas tun müssen, um für Sexappeal zu sorgen? Ich habe mein Timing perfektioniert, indem ich die zuvor erwähnten alten Schwarz-Weiß-Filme anschaute. Modernen Filmen ist so etwas Feines wie Timing fremd. Die meisten Filmproduzenten wollen schnelle Action und schockierende Bilder, die die Zuschauer eher überwältigen als unterhalten. Die Filme aus den Dreißigern, Vierzigern und Fünfzigern setzten dagegen das Timing als Mittel der Faszination ein. Nehmen Sie sich doch einmal vor, einige Nachmittage mit dem Studium von Frauen wie Lauren Bacall, Katherine Hepburn und Ingrid Bergman zu verbringen.

Lauren Bacall ist besonders magnetisch in Filmen aus den vierziger Jahren wie *Haben und Nichthaben, Key Largo* und *Das unbekannte Gesicht.* Sie können auf der hervorragenden und sehr unterhaltsamen Website http://themave.com/Bacall/BBv3 ihrer Stimme lauschen und Standbilder aus den Filmen anschauen. Die sexuelle Energie zwischen Lauren Bacall und Humphrey Bogart ist eine ganz eigene Lektion in der Kunst der Verführung. Nicht nur vor der Kamera springt zwischen ihnen der Funke über, auch im echten Leben verliebten sie sich und wurden schließlich Mann und Frau. Bacalls Timing vor der Kamera und ihre rauchige Stimme sind einzigartig.

Katherine Hepburn ist ebenfalls ein besonders faszinierendes Studienobjekt für richtiges Timing, da sie Sexappeal und Humor übergangslos und auf bezaubernde Weise miteinander verband. Ihre Filmkarriere war beachtlich und ich empfehle sie vor allem in *Die Nacht vor der Hochzeit* (1940) mit Jimmy Stewart und Cary Grant. *Leoparden küsst man nicht* (1938) ist mein persönlicher Favorit, weil meiner Ansicht nach sexuelle Spannung und Humor darin so hervorragend gemischt sind, dass auf den Gefühlen der Zuschauer wie auf einem Musikinstrument gespielt wird. Die Hepburn erinnert uns daran, dass wir Sex nicht todernst nehmen müssen und wir damit ungeheuer viel Spaß haben können!

Ingrid Bergman gehörte wahrscheinlich zu den berauschendsten Frauen, die jemals auf der Leinwand zu sehen waren. Natürlich kennt man sie vor allem in ihrer Rolle an der Seite von Humphrey Bogart in *Casablanca*. Aber in ihrer fünfzigjährigen Karriere hat sie viele wundervolle Filmszenen gedreht. In Alfred Hitchcocks *Berüchtigt* (1946) zeigt die Bergman eine hohe emotionale Vielschichtigkeit, die viele Elemente hervorragenden Timings enthält. Mit ihrem Gespür für den richtigen Zeitpunkt vermochte es Ingrid Bergman, Natürlichkeit mit schwelender Sexualität zu mischen. In diesem Fall ist das Timing eher die Erlaubnis, alles geduldig mit den Augen zu sagen.

Es ist nicht leicht, das richtige Timing zu lernen. Manche meinen, man hat es oder man hat es nicht. Ich glaube allerdings, dass man lernen kann, sein Timing zu verbessern. Timing ist größtenteils Intuition. Wenn Sie ganz im Augenblick aufgehen und darauf vertrauen, dass Ihr Bauch Ihnen den Weg weisen wird, dann sind Sie in vielen Bereichen Ihres Lebens erfolgreicher, aber besonders beim Sex. Viele Menschen haben ein Problem damit, nichts zu tun. Zum guten Timing gehören jedoch auch das Warten und die kleine Pause. Atmen Sie tief durch, schalten Sie Ihr Denken ab, und gestatten Sie Ihren Gefühlen, Sie mitzureißen. Wenn Sie entspannt und eins mit Ihren Gefühlen sind, können Sie sehr viel leichter spüren, was Ihr Partner fühlt, und den Augenblick richtig deuten. Sie werden die Energie zwischen Ihnen beiden wahrnehmen, und das führt Sie zum nächsten Schritt.

Das Wichtigste, was Sie für die Perfektionierung Ihres Timings und das Entfachen sexuellen Feuers tun können, ist das Einüben dieser kurzen Pause. Lenken Sie Ihre Aufmerksamkeit weg von äußeren Stimuli und hin in Ihr Inneres; atmen Sie langsam und tief, um Ihr Denken auszuschalten. Dadurch werden Sie zentriert und können sich auf Ihr Verlangen einstimmen. Ihre Sexualität soll Ihrem tiefsten Inneren entspringen, und das macht einen Augenblick der Stille nötig. Diese kurze Pause können Sie bei allem einlegen, was Sie tun; besonders nötig aber ist sie im sexuellen Beisammensein mit Ihrem Partner. Dieser meditative Moment muss für niemand anderen sichtbar sein, und er kann weniger als dreißig Sekunden dauern.

In dieser Zeit zapfen Sie Ihr sexuelles Verlangen und Ihren persönlichen Rhythmus an. Dabei baut sich auch die Vorfreude Ihres Partners auf. Regel Nummer eins beim Timing lautet: langsam machen. Sich beim Sex zu beeilen ist, als würde man eine Gourmetessen hinunterschlingen. Sie haben dann nicht die Chance, es zu genießen. Sex ist eine Aktivität in Ihrem Terminkalender, für die Sie sich Zeit nehmen müssen, wenn sie wirklich erfüllend sein soll.

Bevor Sie für die richtige Stimmung für die Verführung sorgen können, müssen Sie sich selbst erst einmal darüber klar werden, welche Atmosphäre überhaupt herrschen soll. Sie müssen sich beim Sex nicht jedes Mal an dieselbe Atmosphäre klammern. Manchmal sind Sie in spielerischer Stimmung, und dann wieder packt Sie eine tiefe und brennende Liebe. Lernen Sie, auf diese unterschiedlichen Stimmungslagen einzugehen und spontan zu sein. Auch wenn Sie ein festes Ritual anstreben und viel Mühe darauf verwenden, die Verführung zu planen und vorzubereiten, müssen Sie ein Gleichgewicht finden und sich auch dem Fluss der Dinge überlassen können. Seien Sie nie so unflexibel, dass Sie nicht intuitiv den Augenblick erfassen und entsprechend handeln können.

So haben Sie vielleicht viel Mühe investiert, um eine enorm romantische und bedeutsame Begegnung zu schaffen, aber als Ihr Partner zu Ihnen kommt, ist er in der Laune, respektlos und spielerisch zu sein. Offensichtlich sind Ihre beiden Stimmungen nicht kompatibel. Beide auszuleben macht Spaß, und beide können sexy sein, aber sie unterscheiden sich grundlegend. Was sollen Sie also tun? Natürlich hilft es weder Ihrer noch seiner Libido, wenn Sie ärgerlich werden oder versuchen, Ihren Partner zu kontrollieren. Sie müssen einen Kompromiss zwischen Ihren beiden Stimmungen finden.

Sex muss nicht in das eine oder andere Extrem verfallen. Und wenn Sie Ihre Absichten vor Ihrem Rendezvous kommunizieren, kann sich Ihr Partner auf Ihre Gefühlslage und die Stimmung, die Sie wünschen, einstellen. Sagen Sie Ihrem Partner, ob Sie verspielt oder romantisch (oder irgendetwas dazwischen) sein wollen, *bevor* Sie sich ausziehen. Wenn Sie erst einmal nackt sind und mit dem Liebesspiel begonnen haben, sind Ihre Gefühle sehr viel verletzlicher.

Ob Sie eine leichte und frivole Atmosphäre oder ein Ambiente für tiefe, rückhaltlose Liebe anstreben, mit einer Kombination aus Beleuchtung, Musik, Düften, Ritualen und Timing gelingt es Ihnen. Wenn Sie die intensiven Gefühle tiefer Zuneigung ausleben wollen, dann wählen Sie erdige Düfte, klassische Musik, rote Rosen, Seidenlaken und schwarze Reizwäsche. Gehen Sie langsam vor, um eine Aura von Ehrfurcht zu verbreiten. Alles, was Sie tun, wird Ihrem Partner mitteilen, wie wichtig Ihnen dieser Augenblick ist.

Eine verspielte Atmosphäre lässt sich andererseits durch blumige Düfte, Lieblingssongs, Wildblumen, Baumwolllaken und weiße Spitzenunterwäsche erzielen. Ich bringe Humor ins Spiel, während ich die Räucherkerzen entzünde und meine Verführung beginne. Kleine Witze einzuflechten, ist durchaus angemessen, wenn Sie wollen, dass Ihr Sex leicht und spielerisch ist. Ich habe Humor bei unzähligen Gelegenheiten angewendet, um die sexuelle Atmosphäre mit mehr Spontaneität und einer kindlichen Verletzlichkeit zu füllen. Lachen ist eine großartige Möglichkeit, Hemmungen zu nehmen und die Alltagssorgen zu vergessen. Es bringt uns in unseren Körper zurück, und genau dort findet großartiger Sex statt!

Über das Ambiente sorgen Sie für die Atmosphäre, die Ihre Stimmung widerspiegelt, aber Ihre Absicht – wie Sie sich das Zusammensein vorstellen – führt Ihr Handeln an. Letztendlich ist es Ihre Absicht, die wundervollen Sex möglich macht. Warum ist das so? Sind Sie daran interessiert, neue orgasmische Höhen zu erklimmen? Wollen Sie sich Ihrem Partner nahe fühlen? Wünschen Sie sich mehr Freiheit und Ausgelassenheit in Ihrem Leben? Haben Sie beschlossen, die großartigste Liebhaberin der Welt zu werden? Hoffen Sie, mit Hilfe von Sex andere Probleme in Ihrem Leben zu lösen? Sind Sie sich bewusst, dass Sex eine Brücke zu einem besseren spirituellen Leben sein kann?

Wenn Sie Ihre wahren Gründe kennen, warum Sie großartigen Sex haben wollen, hilft Ihnen das sehr, Frustrationen und

Enttäuschungen zu vermeiden. Sex kann andere Probleme in Ihrem Leben nicht lösen und sollte auch nicht als Mittel eingesetzt werden, um drängenden Dingen aus dem Weg zu gehen, um die Sie sich kümmern müssen. Ein Orgasmus ist eine wunderbare Sache mit großer Heilkraft. Es ist ein absolut legitimes Ziel, sich allein aus Gründen körperlicher und mentaler Gesundheit einen Orgasmus zu wünschen. Sex hat die Macht, die Intimität zu stärken, aber nur, wenn er mit gesunder Kommunikation und Problemlösungsstrategien einhergeht.

Wenn Sie sich in Routine gefangen oder gelangweilt fühlen, kann Sex ein wunderbarer Katalysator sein, um Veränderungen in Ihrem Leben einzuläuten. Ich kenne viele Menschen, die positive Veränderungen vollzogen haben, nur weil sie sich sexuell befreien konnten. Nur wenige Frauen beabsichtigen, die großartigste Liebhaberin überhaupt zu werden; wenn Sie also zu den wenigen gehören, die diesen Punkt auf die Liste ihrer Leistungen setzen wollen, dann zolle ich Ihnen meinen Beifall. Die Welt braucht mehr Frauen wie Sie! Sex und Spiritualität haben eine lange gemeinsame Geschichte, und bestimmte sexuelle Praktiken, auf die ich in diesem Buch noch eingehe, führen Sie zu großen spirituellen Wahrheiten.

Letztendlich müssen Sie entscheiden, was Ihnen guttut und was zu Ihnen passt. Ich hoffe, die nachfolgenden Kapitel über diverse Sextechniken bieten Ihnen Anregungen, ihren sexuellen Genuss zu erhöhen. Und denken Sie vor allem anderen daran, beim Experimentieren Spaß zu haben!

15 Wie man Pornos genießen kann

Hostessen wissen, dass Männer Pornos lieben, darum setzen wir sie in unserem Beruf ein. Wir stellen Aktfotos von uns auf unsere Websites oder gehen sogar so weit, unsere eigenen Videos zu produzieren. Manche Kunden fotografieren Hostessen gerne beim Entkleiden und diejenigen von uns, die damit einverstanden sind, verlangen für gewöhnlich einen Sonderbonus dafür. Nur wenige Hostessen drehen Pornofilme mit dem Kunden in der Hauptrolle. Für dieses Privileg zahlt der Kunde dann noch mehr.

Viele Frauen mögen kein freizügiges Material, wohingegen Männer es in aller Regel genießen, ungeachtet dessen, was sie nach außen hin von Pornos zu halten vorgeben.

Möglicherweise haben Sie eine strikte Einstellung in Sachen Pornographie. Wenn Sie je pornographische Darstellungen gesehen haben, sei es in einem Herrenmagazin oder in einem Pornofilm, dann wurden Sie womöglich wütend oder es war Ihnen unangenehm. Die Pornographie folgt meist immer noch ziemlich vorhersehbaren Formeln, bei denen es um männliche Dominanz und sexuelle Nötigung geht. Anstatt zupackende Sexualität als beiderseitig angenehme Erfahrung darzustellen, scheinen sich manche Filme darauf zu konzentrieren, auf welche Weise Männer entweder ein paar Lacher auf Kosten von Frauen einstreichen können oder ein Gefühl der Macht über Frauen bekommen.

Selbst die harmlosesten von Männern produzierten Pornos sind in ihrer Sichtweise entschieden männlich. Wann hatten Sie beispielsweise das letzte Mal einen echten Orgasmus, nur weil eine warme, klebrige Substanz auf Ihren Rücken, Ihre Brust oder in Ihr Gesicht spritzte? Wenn Sie nicht gerade eine unglaubliche Vorstellungskraft besitzen, dann wette ich, dass Ihre Antwort »Nie« lautet. Und doch zeigt das Gros der handelsüblichen Pornofilme eine Frau nach der anderen, die irre Orgasmen erlebt, während irgendein Kerl auf sie ejakuliert. In Wirklichkeit finden auch nur wenige Männer, dass ihnen dies einen großartigen Orgasmus beschert.

Die meisten Männer behalten ihren Penis im Moment der Ejakulation genau da, wo er ist, um den Genuss zu maximieren – außer natürlich, sie sehen sich viele Pornos an. Dann ziehen sie ihn in letzter Sekunde heraus, damit sie sich ejakulieren sehen können. Einige wenige Frauen finden das ebenfalls erotisch. Das ist in Ordnung. Für mich war es hin und wieder auch erotisch. Aber zwischen erotisch und orgasmisch besteht ein himmelweiter Unterschied. Leider vermittelt Pornographie alles andere als die Wahrheit über die sexuelle Reaktion der Frau, und das führt zu zwei Dingen: erstens bringt sie Männern bei, wie sie entsetzlich schlechte Liebhaber werden, und zweitens beleidigt sie uns weibliche Zuschauer, weil sie unsere wahren sexuellen Bedürfnisse ignoriert. Wie auch immer, am Ende erleben Konsumenten von Pornofilmen weniger sexuelle Befriedigung.

Ich möchte Sie ermutigen, Ihren Frust oder Ihre Wut auf Herrenmagazine und Pornofilme beizubehalten und dennoch offen zu bleiben. Höchstwahrscheinlich haben Sie noch nicht alle pornographischen Darstellungen gesehen, die existieren. Darum ist es möglich, dass irgendwo jemand etwas fotografiert oder gefilmt hat, das sowohl Ihre Genitalien als auch Ihre Emotionen anspricht. Ich habe jedenfalls Pornos entdeckt, die ich mag, und ich bin zuversichtlich, dass auch Sie Pornos finden, die Ihnen gefallen, wenn Sie dem Ausprobieren eine Chance geben.

Ich empfehle Ihnen, die Pornographie auszuwählen, die sich für Ihren Kopf ebenso gut anfühlt wie für Ihren Körper. Nicht nur Männer, sondern auch Frauen sind visuelle Wesen und Sie schulden es sich, Ihr Vermögen zu sexuellem Genuss voll auszuschöpfen. Natürlich ist der Umstand, dass Ihr Partner Ihnen auf ewig dankbar sein wird, auch kein Nachteil.

Viele kluge und einfallsreiche Filmproduzenten haben mittlerweile die pornographische Landschaft verändert. Man findet eine Vielzahl von Pornos, die von Frauen oder verheirateten Paaren produziert wurden (im Anhang habe ich einige für Sie aufgelistet). Diese Videos zeigen Schauspielerinnen, deren Körper natürlicher und gesünder geformt sind als die Körper der Frauen, die wir üblicherweise mit Pornos in Verbindung bringen.

Auch das Anbahnen von Sex ist in diesen Filmen in vielerlei Hinsicht natürlicher und gesünder. Die Frauen sind sexuell eigenständiger, und es herrscht für gewöhnlich beiderseitiges Einvernehmen. Hier gibt es inzwischen auch eine große Filmauswahl, sodass Sie auf jeden Fall fündig werden, egal ob Ihre

Fantasien um Romantik und Handlung kreisen oder um viel nacktes Fleisch und Tabubrüche.

Sie sollten Ihre Suche nach den richtigen Pornos mit einem Anleitungsvideo beginnen. Obwohl diese Videos echte Sexualakte zeigen, tun sie das mit einem wissenschaftlichen Touch. Folgerichtig wird Filmmaterial mit belehrenden Kommentaren durch Ärzte oder Sexualtherapeuten unterlegt. Mein Ehemann und ich tauchen sogar in einem dieser Videos auf. Es hat Spaß gemacht, diesen Film zu drehen, und obwohl die Sexszenen von einer Kommentatorin unterbrochen werden, die im Kostüm in einem Klassenzimmer sitzt, ist die Erotik immer noch spürbar. Diese Anleitungsvideos sind zugegebenermaßen eine entschärfte Einführung in die Welt der Pornofilme und das mit voller Absicht.

Wenn Sie zu Beginn mit leichten Pornos anfangen wollen, versuchen Sie es mit den Anleitungsvideos, die das Sinclair Institute produziert. Diese englischsprachigen Videos sind im Internet unter www.bettersex.com/default.asp erhältlich. Dort finden Sie von Techniken für Oralsex bis hin zu Stellungen für Fortgeschrittene alles auf informative und erotische Weise präsentiert. Diese Videos bringen Ihnen nicht nur Bilder von Sexualakten nach Hause, sie bieten Ihnen und Ihrem Partner auch die Gelegenheit, über die Techniken Ihres Liebesspiels zu diskutieren.

Wenn es Ihnen auf viel Handlung und Romantik ankommt, suchen Sie nach den Filmen, die der Filmstar Candida Royalle produziert hat. Sie hat sich als Produzentin von Pornos, die Frauen ansprechen, einen Ruf gemacht.

Ein weiterer Vorteil von Pornos, bei denen die weibliche

Sicht betont wird, liegt darin, dass die männlichen Schauspieler in der Regel attraktiver sind als bei den üblichen Pornos. Ich gehe davon aus, dass die Männer, die Pornos produzieren, entweder von attraktiven Darstellern eingeschüchtert werden oder glauben, dass die meist männlichen Zuschauer es sind. Wie sonst lässt sich dieser Unterschied erklären? Was auch immer der Grund sein mag, wenn Sie nicht gerade auf fette, haarige, alte Männer stehen, die mit jungen Frauen mit gigantischen Brüsten Sex haben, dann stellen von Frauen produzierte Pornos eine willkommene Abwechslung für Sie dar!

Sie sollten sich auch einmal einen von Andrew Blake produzierten Porno gönnen. Besuchen Sie seine persönliche englischsprachige Website unter www.andrewblake.com und schauen Sie, ob Ihnen seine Fotos gefallen. Seine Filme zeigen ästhetische Szenen mit wunderschönen Frauen (die meisten von ihnen mit natürlichen Brüsten) und in vielerlei Hinsicht hat er seine eigene Form von erotischer Kunst entwickelt. Die Stimmung, die er schafft, ist elegant, edel und luxuriös und selbst die Hintergrundmusik spiegelt das wider. Mein einziger Kritikpunkt wäre, dass in seinen Filmen nicht genug Männer vorkommen – aber zumindest sehen die Männer, die er filmt, umwerfend aus!

Bei meiner Arbeit mit Männern habe ich im Laufe der Jahre festgestellt, dass pornographische Fotos oder Videos überaus hilfreich sind. Die meisten Männer reagieren positiv auf optische Anreize und obwohl ich viel Energie aufwende, um sicherzustellen, dass ich selbst ein optischer Anreiz bin, genieße ich es auch, die sexuelle Spannung mit anderen visuellen Stimulationen zu erhöhen. Manche Frauen werden dadurch eingeschüchtert und reagieren auf die Frauen in den Zeitschriften oder Filmen mit Eifersucht. Aber wenn Sie sich in Erinnerung rufen, dass Ihr Partner mit Ihnen in einem Raum ist, um mit Ihnen zu schlafen, dann haben diese Abbildungen keine Macht über Sie, außer der, den erotischen Tenor, den Sie vorgeben, zu verstärken.

Ich persönlich werde von sexuellen Darstellungen erregt, weil ich mich mehr auf meine Erregung als auf eventuelle Minderwertigkeitsgefühle oder Eifersucht konzentriere. Für manch andere Menschen aber kann Pornographie zum Problem werden. Manche Männer machen sich Sorgen, ihr Penis könnte nicht dieselbe Größe haben wie die der Pornodarsteller, oder sie befürchten, nicht so lange eine Erektion haben zu können, wie es den Schauspielern möglich zu sein scheint. Als Frau mit kleinen Brüsten fühle ich mich manchmal von Frauen mit großem Busen eingeschüchtert. Vielleicht haben Sie ähnliche Gefühle hinsichtlich anderer Körperteile. Der Punkt ist der, dass wir alle Augenblicke kennen, in denen wir uns nicht rundum selbstsicher fühlen, egal wer wir sind oder wie wir aussehen.

Die Darstellungen in den Medien und in der Werbung tragen sicher nicht dazu bei, dass wir uns mit uns selbst gut fühlen. Warum sollten Medien- und Werbeleute das auch bezwecken? Damit lässt sich kein Geld verdienen. Als Konsumenten sind wir für die Firmen, die uns ihre Produkte verkaufen wollen, wertvoller, wenn wir uns unsicher, minderwertig und unvollständig fühlen. Je schlechter wir uns fühlen, desto mehr Geld geben wir hoffentlich für das aus, was als magisches Heilmittel für unsere Kümmernisse angepriesen wird. Unsere Sexualität steht von allen Seiten unter Beschuss. Wir bekommen gesagt, dass unsere Hüften zu breit und unsere Brüste zu klein sind, dass unser Atem riecht und unsere Genitalien müffeln, dass wir zu viel Körperbehaarung haben, aber zu wenig Haare auf dem Kopf, und dass unsere Erektion nicht lange genug andauert. Es ist ein Wunder, dass noch immer ein paar von uns überhaupt den Mut aufbringen, Sex zu haben!

Ich möchte Sie ermutigen, diese geldbesessenen Botschaften als das zu sehen, was sie sind: eine feindselige Gehirnwäsche. So wie Sie sind, sind Sie nämlich genau richtig. Glücklicherweise fängt Schönheit in unserem Inneren an, nicht bei unserem Äußeren. Was das Äußere betrifft, hat es den Anschein, dass wir alle nur an eine einzige Art der Schönheit glauben dürfen. Obwohl die Natur in aller Fülle klarmacht, dass Schönheit und sexuelle Attraktivität in unzähligen Formen existieren, halten wir Menschen nur eine bestimmte Haarfarbe, eine bestimmte Größe und nur bestimmte sekundäre Geschlechtsmerkmale für sexy. Manche Menschen sind diesen künstlichen Schönheitsstandards dermaßen hörig, dass sie verwirrt, desorientiert und sogar frustriert sind, wenn sie jemand sexuell attraktiv finden, der diesen Normen nicht entspricht.

Es ist wirklich in Ordnung, sich eine eigene Meinung über die Schönheit zu bilden. Zur Schönheit führt nicht nur ein Weg, und es gibt mitnichten den einzig richtigen Weg. Die erotischen Darstellungen, die im Laufe der Jahrhunderte als Ideale gefeiert wurden, haben wenig gemeinsam. Alle hundert Jahre ändern die Menschen ihre Ansichten darüber, was eine Frau schön macht, und das so stark, dass eine Frau, die früher als schön gegolten hätte, heute plötzlich als hässlich eingestuft wird. Ob Sie den derzeitigen Schönheitsmaßstäben entsprechen oder nicht, ist nichts weiter als ein Zufall der Geburt. Wären Sie zu einer anderen Zeit geboren worden, hätte man Sie völlig anders wahrgenommen.

Ich empfinde eine Vielzahl von Körpern, Altern und Hautfarben als schön. Ich fühle mich wohl in mir, darum fällt es mir leichter, bei anderen großzügig zu sein. Als ich noch als Hostess arbeitete, lernte ich, dass Männer, die selbstsicher und erfolgreich waren, sich während unserer gemeinsamen Zeit viel positiver, höflicher und optimistischer verhielten. Nur Männer, die von sich selbst wenig hielten, teilten Kritik aus und waren zynisch. Sollten Sie feststellen, dass Ihr Partner nicht hinter Ihnen steht und Sie nicht respektvoll behandelt, oder gar den Fehler begeht, Sie mit Bildern aus Zeitschriften oder Filmen zu vergleichen , dann können Sie sicher sein, dass er damit nur seine eigenen Minderwertigkeitsgefühle demonstriert. Anstatt seinen Worten Macht zu verleihen und auch nur eine einzige kostbare Minute Ihres Lebens damit zu verschwenden, sich über Ihr Aussehen Gedanken zu machen, sollten Sie ihm ultimativ mitteilen, dass Sie ein solches Gerede von ihm nicht akzeptieren – niemals.

Wenn Sie beschlossen haben, Pornographie in Ihr Sexleben einzubauen, und wenn Sie ein Magazin oder ein Video gefunden haben, das Ihnen gefällt, wie können Sie es nun in Ihr Liebesspiel einbauen? Legen Sie das Magazin offen aus, damit Ihr Partner darüberstolpert. Versuchen Sie es mit dem Couchtisch, wenn Sie keine Kinder oder Hausgäste haben. Der Nachttisch neben dem Bett ist ebenfalls ein guter Ort. Der Ausdruck von Überraschung und Entzücken im Gesicht Ihres Partners, wenn er einen Porno entdeckt, den seine Frau oder Freundin gekauft hat, wird Sie entzücken. Die meisten Männer sind so von Freude überwältigt, dass es sie sprachlos macht. Es ist, als hätten Sie ihre private Welt betreten und seien zu ihrem besten Kumpel geworden.

Bei einem Pornofilm können Sie auch das Element der Überraschung einsetzen. Machen Sie es sich für einen typischen Abend vor dem Fernseher gemütlich und drücken Sie diskret den Knopf zum Abspielen des Videos oder der DVD. Nur wenige Pornofilme werden von Anfang bis Ende angeschaut – das würde dem Sinn eines Pornos zuwiderlaufen. Sollte Ihr Mann wie die meisten Männer sein, wird er wahrscheinlich seine Alltagsprobleme und die Abendnachrichten vergessen und Ihnen seine volle Aufmerksamkeit schenken!

Während ein Kunde ein Herrenmagazin durchblätterte oder einen Porno anschaute, verwickelte ich ihn gern in ein Gespräch über etwas anderes. Ich habe festgestellt, dass es eine sehr machtvolle Kombination ergibt, wenn man visuelle Stimulation mit intellektueller Stimulation paart. Während er sich also die Bilder weiblicher Genitalien betrachtete, plauderte ich über die Börse oder die Weltpolitik. Es hat etwas unglaublich Erregendes, ein Tabu zu brechen, während man so tut, als sei alles wie immer.

Beim Sex lasse ich gern einen Pornofilm im Hintergrund laufen. Anstatt den Film einfach nur anzuschauen, genieße ich es, ihn als Teil einer Multimedia-Erfahrung einzubauen. Zusammen mit den Kerzen, dem Räucherwerk, der sinnlichen Musik und der Reizwäsche bieten die Pornofilme, die ohne Ton im Hintergrund ablaufen, eine zusätzliche Stimulation. Ich finde es besonders erregend, beim Blick auf den Bildschirm zu sehen, wie jemand denselben Sexualakt vollzieht, in den ich in diesem Augenblick involviert bin. Manchmal sorge ich auch dafür, dass an der Wand neben dem Fernsehgerät ein großer Spiegel hängt, damit ich sowohl die Pornodarsteller als auch das Spiegelbild von mir und meinem Partner sehen kann. Wenn Sie jemand sind, der gern zusieht, dann ist das ein unübertrefflicher Heißmacher!

Experimentieren Sie ausgiebig, damit Sie entscheiden können, was für Sie am besten funktioniert. Geben Sie sich die Chance, über Ihre anfängliche Verlegenheit oder womöglich Verachtung hinauszukommen, und bilden Sie sich eine eigene Meinung. Das geht nur, wenn Sie tatsächlich Pornos anschauen und herausfinden, was Sie persönlich davon halten (nicht, was Sie davon halten sollen!)und wie Ihre wahren Gefühle aussehen, wenn Sie niemand verurteilt oder in Verlegenheit bringt.

Aus diesem Grund schlage ich vor, dass Sie das Material, das Sie eventuell in Ihr Sexleben einbauen wollen, zuerst ganz für sich allein anschauen. Wenn Sie es für ansprechend halten, können Sie es mit Ihrem Partner teilen. Was immer Sie auch tun, konzentrieren Sie sich ganz auf Ihr Vergnügen und Ihren Spaß. Wer weiß, vielleicht geht Ihre Leidenschaft mit Ihnen durch, während Sie Ihre pornographische Recherche betreiben. Es besteht kein Grund, warum Sie den Porno nicht ausprobieren sollten, bevor Sie ihn Ihrem Partner vorstellen. Lehnen Sie sich einfach zurück und lassen Sie Ihre Finger die Arbeit tun!

16 Wohltuende Massagen

Viele meiner Kunden kamen gereizt, nervös, ängstlich und erschöpft zu mir. Sie dachten, Sex würde alles heilen, was sie quälte. Aber zu viel Stress kann die sexuelle Funktion behindern, ganz zu schweigen vom sexuellen Genuss. Obwohl viele Männer fürchteten, Massage sei nur ein Versuch von mir, dem Geschlechtsverkehr mit ihnen aus dem Weg zu gehen, legten sie sich auf den Massagetisch und ließen sich von mir massieren. Bald schon fühlten sie sich so gut, dass sie darüber beinahe vergaßen, dass sie ja eigentlich Sex wollten. Dieses Vergessen und Abschalten waren genau das, was sie brauchten, um den Sex mehr zu genießen.

Immer wieder wandte ich eine Kombination aus Tiefenmassage und leichten Streicheleinheiten an, um die Alltagssorgen vergessen zu machen und gegen die müden Muskeln, Spannungskopfschmerzen, Gereiztheit und schlaffe Genitalien anzugehen. Im Gegensatz zu dem ersten Impuls dieser Männer war Massage tatsächlich der beste Weg zu dem Sex, nach dem sie sich sehnten. Die Atmung muss wieder voll und tief sein, anstatt so flach, wie es bei Angst automatisch der Fall ist. Massage führt nicht nur zu einem entspannteren Gesamtbefinden, alle Extremitäten werden auch wieder besser durchblutet. Und der

Blutfluss ist entscheidend für gute sexuelle Reaktionen und den dazugehörigen Genuss.

Ich konnte die sexuelle Reaktion meiner Kunden verbessern, weil mein Ansatz beim Sex ein ganzheitlicher ist. Anstatt unser Leben, unsere Persönlichkeit oder sogar unseren Körper als getrennt oder abgesondert von unserer Sexualität und unseren Genitalien zu betrachten, sehe ich zwischen all diesen Aspekten unserer Existenz eine Verbindung. Obwohl meine Kunden sich auf ihren Penis oder ihren Orgasmus konzentrieren wollten, forderte ich sie als Fachfrau auf meinem Gebiet auf, ihre Vorstellung von Sex zu erweitern und ihren ganzen Körper, ihre Stimmungslage und sogar Themen aus ihrer Vergangenheit in die Erfahrung einzubinden. Wenn ein Aspekt von uns und unserem Leben aus dem Gleichgewicht geraten ist, dann beeinträchtigt das auch unsere sexuelle Funktionsweise. Umgekehrt gilt, wenn man aufgestaute Emotionen freisetzt und angespannte Muskeln entspannt, wird der Sex gleich um vieles besser!

Sollten Sie Ihren Partner nicht zu einer Massage überreden können, dann liegt es möglicherweise daran, dass er glaubt, Sie wollten im Gegenzug von ihm massiert werden. Manche Männer lehnen eine Massage ab, weil sie einfach zu müde sind, um den Gefallen zu erwidern. In diesem Fall empfehle ich Ihnen: Verabreden Sie verschiedene Tage, an denen mal der eine, mal der andere massiert wird. Wenn Sie sich zu einer sexuell selbstsicheren Frau entwickeln, werden Sie sehr viel Befriedigung daraus ziehen, ihm Vergnügen zu gewähren. Das ähnelt der Zufriedenheit, die viele Männer verspüren, wenn Sie einer Frau Vergnügen bereiten können. Wenn Ihre beiden Terminkalender nicht gerade identisch sind, gibt es wahrscheinlich Tage, an denen Sie mehr Energie haben, um ihm eine Massage zu schenken, und Tage, an denen er mehr Energie hat und Sie massieren kann.

Ein wichtiger Bestandteil der Massage ist die Atmung. Aus mehreren Gründen flechte ich in die Massage Atemübungen ein. Da ich mich selbst häufig massieren lasse, weiß ich, dass die einzige Möglichkeit, Anspannung und Emotionen freizusetzen, darin besteht, sie durch die Massage hinauszuatmen. Meine Massagelehrer brachten mir das bei, indem sie darauf bestanden, dass ich atmete, wenn ich mich während der Massage anspannte. Schnell wurde mir klar, dass das Atmen für die Wirkung der Massage fast so wichtig ist, wie die Arbeit der Hände des Masseurs.

Ich lernte auch, wie entscheidend Atemarbeit für multiple Orgasmen beim Mann ist, und dass man mit gezielter Atemkontrolle eine vorzeitige Ejakulation verhindern kann. Meine Erfahrungen mit Yoga und Meditation lehrten mich, dass die Atemarbeit im Mittelpunkt jeder Entspannungsübung steht. Und schließlich fand ich durch mein Studium des Tantra heraus, wie wichtig das Atmen für eine heilige sexuelle Erfahrung ist.

Da lag es auf der Hand, dass ich die Atmung fest in die Begegnung mit meinen Kunden einband. Ich ermutigte sie, sich in unserer ersten Umarmung mit einem tiefen Atemzug zu entspannen. Und während ich ihre Anspannung wegmassierte, rief ich ihnen sanft und wiederholt in Erinnerung, tief zu atmen. Wenn sie zögerten, ihren flachen und angespannten Atem zu verändern, forderte ich sie auf, gemeinsam mit mir zu atmen. Das brachte sie fast immer dazu, nicht länger so unsicher und kontrollierend zu sein, sondern loszulassen und zu genießen.

Wenn die Männer später beim Sex Leistungsprobleme hatten, kehrte ich zu der Tiefenatmung zurück und fing noch einmal von vorn an. Mit meinen Massagetechniken hielt ich sie auf das körperliche Vergnügen konzentriert, lenkte ihre Aufmerksamkeit jedoch vom Penis weg. Das entspannte sie häufig so weit, dass ihre Erektion zurückkehrte und wir den Sex fortsetzen konnten.

Nicht jeder reagiert gleich auf eine bestimmte Massagetechnik. Wenn Ihr Partner Sie darauf hinweist, dass der Druck, den Sie ausüben, für seinen Geschmack zu fest ist, dann hören Sie um Himmels willen auf ihn. Wenn ich einen Mann überzeugen konnte, auch nur ein paar Minuten Tiefenmassage standzuhalten, war die Wirkung auf den nachfolgenden Sex meiner Erfahrung nach alle Mühen wert. Sämtliche Massagemethoden, die ich in diesem Kapitel anspreche, setzen mehr Druck ein, als normalerweise mit Erotik in Verbindung gebracht wird.

Besonders für Menschen, die schwer an ihren Emotionen und Alltagsbelastungen tragen, scheinen Massagetechniken als Auftakt für großartigen Sex fast notwendig. Je besser man Stress hinter sich lassen kann, desto besser werden die sexuelle Erfahrung und die Orgasmen. Aber ich möchte betonen, dass Sie vor dem Sex nicht mehr als zwanzig Minuten auf eine Massage verwenden sollten. Ansonsten sind Ihr Partner (und Sie!) viel zu entspannt und ausgelaugt für Sex. Schon eine kleine Dosis Massieren reicht weit!

Es stehen viele unterschiedliche Massagearten zur Auswahl

und einige entspannen oder erschöpfen so sehr, dass man keine Lust mehr auf Sex hat. Ich bediene mich einer Vielzahl von Massagetechniken, aber jeweils nur zehn bis zwanzig Minuten. Das bewirkt, dass sich Geist und Körper entspannen und man den Sex besser genießen kann, ohne den Körper so sehr zu entspannen, dass Sex schwierig wird.

Zu meinen Lieblingsmassagetechniken bei der Verführung eines Mannes gehören Akupressur, Reflexzonenmassage und Tiefenmassage, außerdem Atem- und Chakra-Arbeit. Die Akupressur ist eine uralte chinesische Heilmethode, die vor über fünftausend Jahren in Asien entwickelt wurde. Man drückt mit den Fingern auf bestimmte Punkte an der Oberfläche der Haut, was zu einem Energiefluss führt. Indem man auf diese Punkte Druck ausübt, kann man die Muskelanspannung lösen und die Blutzirkulation verbessern. Akupressur ist wie Akupunktur, nur ohne Nadeln!

Weil ich mich selbst schon mit verschiedenen Akupressurbehandlungen verwöhnen ließ, bin ich mit den Druckpunkten aus der Perspektive des Patienten vertraut. Ich habe Akupressur nicht studiert und das müssen Sie auch nicht, wenn Sie nur daran interessiert sind, Ihrer erotischen Welt eine neue Dimension hinzuzufügen. Wenn Sie das Studium der Akupressur aus gesundheitlichen Gründen weiterverfolgen wollen, dann ist *Das große Buch der Massagetechniken* (Bassermann 2006) ein guter Einstieg. In diesem umfassenden Ratgeber stellt David Chang mehrere Massagetechniken vor, einschließlich Akupressur und Reflexzonenmassage.

Shiatsu kommt aus Japan, ist aber eine Kombination aus frühen Akupressurtechniken, Dehnübungen und chiropraktischen Handgriffen. Shiatsu gehört zu meinen therapeutischen Lieblingsmassagen, aber dabei denke ich irgendwie nie an Sex. Meiner Meinung nach ist Shiatsu einfach zu extrem, um erfolgreich zum Liebesspiel überzuleiten. Aber ich empfehle es sehr, wenn Sie in Form bleiben und etwas für Ihre Gesundheit tun wollen.

Die Reflexzonenmassage wendet an bestimmten Punkten an Füßen, Händen und Ohren Druck an. Obwohl die Vertreter der Reflexzonenmassage glauben, dass jeder Druckpunkt an Fuß, Hand und Ohr mit einem inneren Organ korrespondiert, müssen Sie diesen Glauben nicht teilen, um die Vorzüge der Reflexzonenmassage zu genießen. Ich tue es einfach, weil es sich so gut anfühlt! Sie können spezielle Reflexzonenkarten zu Rate ziehen, um die ausgewiesenen Druckpunkte zu finden, oder Sie tun, was ich getan habe, und experimentieren einfach, bis Sie die Punkte finden, die sich für Sie und Ihren Partner am besten anfühlen. Üben Sie einige tiefe Atemzüge lang mit Ihrem Daumen oder den Fingerspitzen (nicht mit den Nägeln) Druck aus, und lassen Sie dann los. Aber seien Sie vorsichtig, wenn Sie die Füße Ihres Partners berühren. Die meisten Füße sind sehr sensibel und oft kitzelig. Eine feste Berührung funktioniert meist am besten.

Tiefenmassage setzt mehr Druck ein als sinnliche Massage. Indem Sie stärkeren Druck ausüben und tiefer kneten, können Sie Muskelanspannungen lösen, die vielleicht schon seit Jahren in Ihrem Partner stecken. Damit geht auch eine emotionale Freisetzung einher. Ich ermutigte meine Kunden immer, durch das Unbehagen hindurchzuatmen und loszulassen. Wenn sie seufzen oder sogar weinen wollten, war das auch in Ordnung. Mein Ziel war es, ihnen beim Freisetzen von negativen Gefühlen zu helfen, damit sie die positiven Gefühle des Geschlechtsakts intensiver genießen konnten. Weil ich versuchte, den ganzen Menschen anzusprechen – all seine Hoffnungen, Träume, Ängste und Frustrationen – war ich in der Lage, meine Kunden sexuell an Orte zu führen, an denen sie noch nie zuvor gewesen waren. Dieser Teil meiner Arbeit gefiel mir mehr als alles andere!

Zu guter Letzt können Sie sich mit den Chakras verbinden. Viele Menschen glauben nicht an die Existenz von Chakras. Und doch gibt es das Konzept der Chakras seit über zweieinhalbtausend Jahren. Der Begriff stammt aus dem Sanskrit und wird eng mit Yoga und Tantra verknüpft. Zufall oder nicht, die sieben Haupt-Chakras korrespondieren mit den sieben Hauptnervenknoten, die von der Wirbelsäule abgehen. Ich lernte, mich mit dem Herz-Chakra meiner Kunden zu verbinden, was mir half, mit einem völlig Fremden eine sofortige und tiefe Verbundenheit zu formen. In einer langfristigen Beziehung ist das ebenfalls nützlich, um die Intimität und die Verbundenheit zu erhöhen.

Die meisten meiner Kunden hielten mich für verrückt, wenn ich über Chakras sprach. Es klang so sehr nach New Age. Das machte die nachfolgende Demonstration nur umso lustiger. Ich legte mein Herz-Chakra auf das Herz-Chakra des Kunden und bat ihn, ein paar Minuten synchron mit mir tief zu atmen. Das Herz-Chakra sitzt in der Mitte Ihrer Brust; es gilt als »großes Chakra« und ist ein kraftvolles emotionales Zentrum. Anschließend legte ich meinen Ellbogen auf das Herz-Chakra des Kunden und bat ihn erneut, synchron mit mir tief zu atmen.

Natürlich zeigte mein Ellbogen nicht dieselbe Wirkung wie mein Herz. Das ist etwas, was die meisten von uns intuitiv wissen, ohne den Grund dafür zu kennen. Der Ellbogen bietet Ihnen nicht dasselbe Gefühl von Verbundenheit wie die Brust (Herz) und das aus einem simplen Grund. Hier sitzt einfach nicht dasselbe Energiezentrum wie in der Brust. Obwohl einige dem Ellbogen ein kleines Chakra zusprechen, lässt es sich nicht mit der Energie vergleichen, die das Herz-Chakra erzeugt! Ihre Handflächen besitzen ebenfalls ein Energienzentrum beziehungsweise Chakra. Sie fühlen mehr Verbundenheit durch die Handflächen als durch den Ellbogen. Das Chakra in den Handflächen gilt für gewöhnlich als kleines Chakra, aber manche Menschen halten das für falsch – so auch ich.

Ich möchte Sie auffordern, sich Ihre eigene Meinung zu bilden. Wiederholen Sie meine kleine Demonstration mit Ihrem Partner. Experimentieren Sie mit dem Zentrum Ihrer Brust, Ihren Handflächen und Ihrem Ellbogen. Versuchen Sie es auch mit anderen Körperteilen! Atmen Sie jedes Mal, wenn Sie ein Körperteil mit dem Ihres Partners ausrichten, ein paar Minuten tief durch, und achten Sie darauf, was Sie fühlen. Auf diese Weise werden Sie beide mit dem deutlich spürbaren und dem ganz feinen Energietransfer vertraut, der immer dann stattfindet, wenn man sich umarmt, küsst und berührt. Sich der Energie von Liebe und Sex bewusster zu werden, kann Ihr Liebesleben nur schöner machen.

Sie werden bemerkt haben, dass ich eine Vielzahl von Methoden und Traditionen anzapfe und nutze, um die Sexualität zu unterstreichen, aber ich wende nur wenig Zeit auf, um die dazugehörigen Theorien zu erklären. Ich bin ein Mensch, der

Dinge mag, mit denen sich Ergebnisse erzielen lassen. Warum sich die Ergebnisse einstellen, ist für mich weniger von Interesse. In diesem Buch will ich die Dinge mit Ihnen teilen, die für mich und für die Männer in meinem Leben gut funktioniert haben. Aber wenn Ihre Neugier geweckt wurde, können Sie diese Themen gern genauer recherchieren.

Eine typische intime Verabredung begann für mich mit der so wichtigen Herz-Chakra-Umarmung und der Tiefenatmung. Dann bat ich den Kunden, sich auszukleiden und sich mit dem Gesicht nach unten auf den Massagetisch zu legen. (Wenn Sie keinen Massagetisch haben, wählen Sie das Bett oder den Boden, je nachdem, was für Ihren Partner bequemer ist.) Ich massierte seinen Rücken und seinen Hals mit mäßigem Druck und ging dann zur Tiefenmassage jener Muskelpartien über, die am verspanntesten schienen. Meist massierte ich nur kurz seinen Hals und seinen Nacken, aber wenn es mir notwendig schien, setzte ich die Zwanzig-Minuten-Massage ein, bei der ich mich über seine Arme und Hinterbacken zu den Beinen hinunterarbeitete. Zuletzt massierte ich seine Füße und Hände. Dann ging ich zu den Druckpunkten über. Meine Lieblingsdruckpunkte bei einem Mann sind die Stelle zwischen Daumen und Zeigefinger, die Rückseite der Knöchel, der Rist am Fuß und ein Punkt, der tief in der Mitte jeder Hinterbacke liegt. Wenn Sie eine dieser Stellen treffen, werden Sie das sofort an der Reaktion Ihres Partners merken. Druckpunkte haben es in sich, darum wird Ihr Partner zweifellos zusammenzucken oder nach Luft schnappen, sobald Sie mit einem in Kontakt kommen.

Auf dem Massagetisch rief ich dem Mann immer wieder in

Erinnerung, tief zu atmen. Oft atmete ich synchron mit ihm. Nach der kräftigen Massage seiner Muskeln und Druckpunkte ging ich allmählich zu leichten erotischen Berührungen seiner Haut über. Dieser Übergang zum erotischen Streicheln war ein wichtiger Schritt, bevor ich mit dem Vorspiel begann. Ich stellte fest, dass die erotische Berührung die Nervenenden stimulierte, die ich während des Vorspiels und dann während des Geschlechtsakts ansprach. Bei dieser Art von Berührung ist leichtes Streicheln mit Fingerspitzen und Fingernägeln gemeint. Sie sollten die Haut Ihres Partners kaum berühren. Streicheln Sie den ganzen Körper vom Kopf bis zu den Zehen. Halten Sie sich an langsame, hauchzarte Berührungen und Sie werden mit zitternder Gänsehaut belohnt. Ich wartete immer auf diese körperliche Reaktion, bevor ich zum Vorspiel überging.

Dann schob ich ein Kissen unter seine Hüften und streichelte sanft die schmale Stelle zwischen seinem Rektum und seinen Hoden (das Perineum). Manchmal spielte ich mit seinen Hoden und seinem Rektum oder ich beschloss, beidem gefährlich nahe zu kommen, ohne sie wirklich zu berühren. Manchmal ist es extrem erotisch, etwas zu wollen, das niemals wirklich eintrifft, und bringt den Partner bis an den Punkt der Raserei!

Erst nach all dem erlaubte ich ihm, sich auf den Rücken zu rollen und mir seinen höchstwahrscheinlich bereits voll erigierten Penis zu präsentieren. Aber ich ignorierte seinen Penis immer noch. Wenn er nun besonders begierig darauf war, Sex zu haben, ließ ich ihn nur umso länger warten. Ich führte meine kleine Chakra-Demonstration durch oder massierte sein Gesicht und seine Kopfhaut. Der Punkt ist der, seine Aufmerksamkeit so lange wie möglich von seinem Penis abzulenken und zu einer allmählichen Verführung mit viel Vorspiel überzugehen. Das Vorspiel steht nun unmittelbar bevor. Lesen Sie einfach weiter!

17 Die Kunst des Vorspiels meistern

Zum Vorspiel gehört eine große Bandbreite an Techniken, die den Partner erregen und verführen sollen. Weil wir alle verschieden sind, kann das, was den einen heißmacht, den anderen abtörnen. Aus diesem Grund ist es so wichtig, auf die feinen Hinweise von Vergnügen, Langeweile oder sogar Unbehagen zu achten, die Ihr Partner Ihnen gibt. Wenn Sie den Gesichtsausdruck, das Atemtempo und die Seufzer Ihres Partners interpretieren können, ist Ihnen der Grad seines Verlangens jederzeit klar, auch wenn es für ihn selbst nur ein unterbewusstes Gefühl ist.

Die meisten von uns versuchen, höflich zu sein, und wenn zwei Menschen nackt sind und auf eine ekstatische Begegnung hoffen, kann es besonders schwerfallen, sich über das, was man mag und was nicht, vollkommen ehrlich zu äußern. Niemand möchte die Gefühle des Partners verletzen oder den Augenblick verderben. Dieser Mensch ist Ihnen wichtig. Sie sind glücklich, dass er Sie begehrt, und Sie wollen ihm zu Gefallen sein. Vielleicht liegt es gar nicht an ihm, vielleicht liegt es an Ihnen. Sie sind versucht, ihm einfach zu sagen, dass sich alles, was er tut, toll anfühlt. Sie sind versucht, ihn denken zu lassen, er sei ein großartiger Liebhaber und hoffen darauf, dass in einigen Minuten alles besser werden wird.

Die beiden beliebtesten Gründe für Sex sind entweder Liebe oder Spaß. Wenn Sie nicht ehrlich sagen, wie der Sex Ihnen gefällt, warum dann überhaupt Sex haben? Keiner gewinnt, wenn wir sexuelles Vergnügen oder einen Orgasmus vortäuschen. Anscheinend tun das aber ungefähr fünfzig Prozent aller Männer und Frauen, und das ist traurig. Vergnügen oder Orgasmen vorzutäuschen bringt einen keinen Schritt weiter. Und da »vortäuschen« nur ein anderer Ausdruck für »unehrlich sein« ist, fördert es auch nicht gerade die Intimität in Ihrer Beziehung. Ich weiß, wie schwer es fallen kann, ehrlich zu sein, wenn man nackt ist, aber Ehrlichkeit ist wirklich ein Muss für guten Sex.

Obwohl ich Menschen immer ermutige, ihre Hemmungen zu überwinden und auf liebevolle Weise die Wahrheit zu sagen, können Sie auch daran arbeiten, ein nicht ganz aufrichtiges Feedback Ihres Partners zu umgehen. Wenn Sie nicht ganz glauben können, dass Sie eine wunderbare Liebhaberin sind, und wenn Sie dazulernen wollen, dann halten Sie Ausschau nach körperlichen Anzeichen Ihres Partners, die Ihnen nahelegen, noch an sich zu arbeiten. Weigern Sie sich einfach, sich mit Mittelmaß zufriedenzugeben, und greifen Sie stattdessen nach den Sternen!

Die Atmung Ihres Partners kann ein sehr guter Gradmesser für seine Erregung sein, ebenso für das Tempo, mit dem sich seine sexuelle Leidenschaft aufbaut. Ihre Atmung kann die Leidenschaft Ihres Partners dazu bringen, mit Ihrer mitzuhalten, wenn Ihre sexuelle Erregung durch tiefe und vielleicht sogar hörbare Atemstöße offensichtlich wird. Auch der Gesichtsausdruck Ihres Partners gibt Hinweise auf sein Vergnügen. Sie können die Leidenschaft zwischen Ihnen beiden erhöhen, wenn

Sie ihm in die Augen schauen und Ihre sexuelle Erregung im Gesichtsausdruck zeigen.

Manchmal ist ein Liebesspiel hektisch und schnell. Dann wieder genießen die Liebenden jeden Augenblick und kommen langsam zum Kochen. Nicht bei jeder Begegnung zeigen beide Liebende das gleiche Maß an Leidenschaft, aber glücklicherweise findet man immer einen gemeinsamen Nenner, auf dem man sich treffen kann, wenn ein ähnliches Grundverlangen existiert. Achten Sie auf feine Hinweise, und finden Sie einen Rhythmus, der auf der Leidenschaft und der Stimmung des Augenblicks basiert. Wenn Ihre Leidenschaft ausgeprägter oder schneller ist als die Ihres Partners, sollten Sie langsamer machen und gleichzeitig Ihren Partner mit verschiedenen Vorspieltechniken unterstützen, Ihre Leidenschaft einzuholen.

Bitte beachten Sie, dass ich die Genitalien nicht als den ultimativen Gradmesser für die Bereitschaft zum Sex betrachte. Leider werden die Genitalien häufig noch vor unserem Kopf und unserem Herzen aktiv. Daher hält eine wahrhaft kunstfertige Liebhaberin nicht bei den Genitalien ihres Partners Ausschau nach Hinweisen und geht auch nicht davon aus, dass ein erigierter Penis die Erlaubnis darstellt, einfach auf ihn zu springen. Ein klein wenig Zurückhaltung macht sich durch tiefere Orgasmen und größere Intimität bezahlt. Und selbst wenn Ihr Partner bereit ist, zum Beischlaf oder zum Oralsex überzugehen, tun Sie sich beiden einen großen Gefallen, wenn Sie das Vorspiel verlängern. Die Zeit und Mühe, die Sie in das Vorspiel investieren, wirkt sich unmittelbar auf die Intensität des sexuellen Erlebens aus.

Manche Menschen halten das Vorspiel größtenteils für eine

Fertigkeit, die sich Männer notgedrungen aneignen müssen, um Frauen verführen zu können. Frauen üben sich normalerweise nur wenig in der Kunst des Vorspiels, weil man ihnen eingetrichtert hat, dass Männer immer bereit und willens sind, Sex zu haben und keine Aufwärmphase brauchen. Meiner Erfahrung nach ist nichts weiter von der Wahrheit entfernt. Manche Männer sind zwar zur Mechanik des Geschlechtsverkehrs ohne Vorspiel fähig, aber das heißt nicht, dass es eine erfüllende sexuelle Begegnung wird. Ich habe viele Männer mit sexuellen Erlebnissen überrascht, die ihre früheren Erfahrungen vollkommen übertrafen, einfach indem ich Vorspieltechniken anwandte. Verschiedene Varianten des Vorspiels sind mein Geheimrezept für den sexuellen Erfolg.

Der erste Schritt, die Kunst des Vorspiels zu meistern, ist der, sämtliche Klischees über Bord zu werfen, die man Ihnen über Männer, deren Körper und deren sexuelle Reaktion beigebracht hat. Männer und Frauen sind sexuell gleich gepolt. Bei sexueller Erregung werden die Brustwarzen beispielsweise bei jedem hart, nicht nur bei Frauen. Und so, wie die Brustwarzen einer Frau zu sensibel für direkte Stimulation sein können, haben manche Männer ähnliche Gefühle, wenn man ihre Brustwarzen berührt.

Doch die große Mehrheit der Männer liebt die direkte Stimulation der Brustwarzen bei Vorspiel und Sex. Fangen Sie damit an, seine Brustwarzen mit schnellen Zungenschlägen zu stimulieren. Achten Sie auf Anzeichen von Vergnügen wie Stöhnen oder Seufzen. Schauen Sie zu seinem Penis, um seine sexuelle Erregung im Auge zu behalten, während Sie verschiedene Formen des Vorspiels ausprobieren, aber berühren Sie seinen Penis nicht. Männer neigen dazu, sich beim Vergnügen ganz auf ihren Penis auszurichten, aber Sie wollen ja den gesamten Körper Ihres Partners einbeziehen, damit er den besten Orgasmus aller Zeiten erlebt!

Saugen Sie sanft an seinen Brustwarzen und beobachten Sie, wie sie sich aufrichten und steif werden. Sie können sie mit den Fingern auch zart kneifen, aber seien Sie vorsichtig: Er ist womöglich empfindlicher als Sie, wenn er es nicht gewohnt ist, dass man seine Brustwarzen berührt. Wenn Ihr Partner offen für mehr scheint, kann es auch sehr erotisch sein, mit den Zähnen an den Brustwarzen zu knabbern. Ich hatte schon Männer, die wollten, dass ich ihre Brustwarzen beiße und kneife, bis sie hart sind. Wenn Ihr Partner das eindeutig mitteilt, dann tun Sie es ruhig. Das Geheimnis des Erfolgs besteht darin, auf das nonverbale und verbale Feedback, das Ihnen Ihr Partner gibt, sensibel zu reagieren. Wenn er Ihnen sagt, was er will, müssen Sie nicht raten. Die meisten sexuellen Begegnungen bestehen jedoch aus einer Kombination aus deutlich formulierten Wünschen sowie aus Wünschen, über die nie gesprochen wird.

Sie können auch den Hals und die Ohrläppchen Ihres Partners stimulieren. Ebenso wie Frauen unterscheiden sich auch Männer darin, ob sie Lecken, Saugen, Beißen, Küssen oder eine Kombination daraus bevorzugen. Manche Männer fühlen sich regelrecht abgestoßen, wenn man die Zungenspitze in ihr Ohr schiebt, andere dagegen würden Ihnen bis ans Ende der Welt folgen, um mehr davon zu kriegen. Woher können Sie wissen, was Ihrem Partner lieber ist? Seien Sie aufmerksam. Auch wenn er kein Wort sagt, finden Sie heraus, was er mag und was nicht.

Achten Sie auf seinen Gesichtsausdruck, hören Sie auf seine Atmung und schenken Sie seiner Körpersprache Beachtung. Jede Verspannung kann ein Anzeichen dafür sein, dass Ihre Bemühungen nicht die gewünschte Wirkung haben. Natürlich kann leichte Anspannung auch ein gutes Zeichen sein. Sie müssen jedoch auf den Gesamteindruck achten. Wenn er den Atem anhält und sich mit einem gequälten Gesichtsausdruck windet, dann gefällt ihm nicht, was Sie gerade mit ihm anstellen. Atmet er jedoch tief und entspannt sich mit einem Lächeln in Ihrer Umarmung, können Sie dagegen sicher sein, dass er sich amüsiert. Meistens sind seine Hinweise natürlich subtiler und kombinieren womöglich Zeichen von Vergnügen und von Unbehagen, was sehr verwirrend für Sie sein kann. Vertrauen Sie Ihrer Intuition und achten Sie auf alle nonverbalen Zeichen Ihres Partners, dann sollten Sie einschätzen können, wo zwischen Ekstase und Ekel seine Reaktionen anzusiedeln sind.

Sollte es ihm eher zu gefallen als zu missfallen scheinen, dann machen Sie weiter. Wenn er es eher hasst als mag, dann tun Sie etwas anderes oder ändern Sie Ihre Vorgehensweise. Fällt mir beispielsweise Unbehagen auf, während ich mit der Zunge das Ohr eines Mannes umspiele, dann knabbere ich stattdessen an seinem Ohrläppchen. Ich unterbreche das Liebesspiel nicht, um ihn zu fragen: »Stimmt etwas nicht?« Und ich dränge ihn auch nicht in eine Verhörsituation mit: »Wie fühlt sich das an?«, oder: »Magst du das?« Ich stimme mein Vorspiel nur feiner ab, bis ich eine Frequenz finde, die ihn in die Erotik des Augenblicks katapultiert.

Wenn es um andere erogene Zonen geht wie die Schenkelinnenseiten und die Füße, unterscheiden sich meiner Erfahrung nach die Reaktionen der Männer enorm. Sehr haarige Männer reagieren weniger auf leichtes Kitzeln der Schenkelinnenseiten. Vielleicht kitzelt sie all das Haar den ganzen Tag und sie haben gelernt, diese Empfindung auszuschalten. Da bin ich mir nicht sicher, versuche für gewöhnlich aber, die Innenseiten der Schenkel zu erregen, selbst wenn die Behaarung dort stark ist. Ich gebe allerdings rasch auf, wenn mein Partner nicht reagiert. Männer, die jedoch nur wenig behaart sind, reagieren extrem sensibel auf leichtes Streicheln der Innenseiten ihrer Schenkel. Wenn Ihr Partner empfänglich für diese Art von Berührung scheint, fangen Sie mit den Fingerspitzen an. Streicheln Sie zart die Oberfläche der Haut von den Knien bis zur Lende und wieder zurück. Sie können auch mit den Fingernägeln experimentieren, aber ich wiederhole: Achten Sie darauf, ob Ihre Fingerspitzen oder Ihre Fingernägel die gewünschte entzückte Reaktion hervorrufen.

Füße sind ein ganz besonderer Fall. Manche Füße hassen es grundsätzlich, berührt zu werden. Andere Füße lieben Bewunderung in jeder Form. Wenn ich eines über Füße herausgefunden habe, dann das, dass die meisten Menschen extreme Reaktionen zeigen. Entweder können sie es nicht ausstehen, wenn man ihre Füße berührt, oder sie lieben es! Was die Füße angeht, gibt es nur ganz wenige mäßige Reaktionen. Es ist unwahrscheinlich, dass Ihnen Ihr Partner gemischte Botschaften in Hinblick auf seine Füße zukommen lässt. Wenn er es hasst, dort berührt zu werden, zieht er die Füße weg, ohne auch nur zu überlegen. Zieht er die Füße nicht weg, können Sie ziemlich sicher sein, dass er es genießt, wenn man seinen Füßen Aufmerksamkeit schenkt.

Auch wenn Ihr Partner zulässt, dass Sie seine Füße berühren, sollten Sie nie die Tatsache vergessen, dass er dort extrem empfindlich sein kann. Fangen Sie damit an, seine Füße zu halten, als ob es seine Hände wären. Dann können Sie ganz behutsam seine Sensitivität mit sanftem Streicheln testen. Achten Sie darauf, ihn nicht zu kitzeln. Die meisten Menschen sind an den Füßen sehr kitzelig und nur selten empfindet jemand das Kitzeln der Füße als erotisch. Andere Körperteile Ihres Partners zu kitzeln, kann als Teil des Vorspiels durchaus Spaß machen. Es löst die Anspannung und verleiht dem Augenblick Humor, solange Sie es nicht übertreiben. Aber Ihr ultimatives Ziel ist die sinnliche Erfahrung. Das erreichen Sie normalerweise nicht durch Kitzeln.

Wenn seine Füße sauber und gepflegt sind, möchten Sie vielleicht an seinen Zehen nuckeln. Das Saugen an den Zehen kann sehr sinnlich sein und wird Ihren Partner leidenschaftlich überwältigen. Aber auch das ist Geschmackssache. Betrachten Sie Ihr Liebesspiel als großes Experiment und achten Sie auf alle Dinge, auf die Ihr Partner positiv oder negativ anspricht.

Nachdem Sie Ihren Partner vom Kopf bis zu den Zehen stimuliert haben, können Sie sich allmählich seinen Genitalien nähern, aber ich möchte Sie ermuntern, langsam vorzugehen. Fahren Sie mit den Fingerspitzen über seinen Bauch, liebkosen Sie seinen Bauchnabel und streicheln Sie seine Hoden, aber halten Sie sich noch eine Weile von seinem Penis fern. Die pure Qual der Vorfreude wird sich grandios auszahlen, wenn Sie zu guter Letzt seinen Penis berühren. Ich liebe es, mich zentimeterweise zu seinem Glied vorzuarbeiten und zuzusehen, wie der Penis seinen eigenen erregten Tanz vollführt. Sie können

Wunder bewirken, wenn Sie sanft seine Hoden und die Haut direkt unter seinen Hoden streicheln. Rollen Sie ihn auf den Bauch und legen Sie ein Kissen unter seine Hüften. Das ermöglicht Ihnen leichten Zugang zur Haut zwischen seinem Rektum und seinen Hoden. Diesen Bereich nennt man Perineum und er reagiert überaus sensibel auf Berührung.

Manche Männer lassen sich am Perineum sehr lange streicheln. Es ist, als ob sie ihr Leben lang darauf gewartet hätten, dass jemand sie dort berührt. Sie strecken ihren Hintern in die Luft und biegen den Rücken in Ekstase durch. Wechseln Sie zwischen Fingerspitzen und Fingernägeln ab, und gehen Sie dann zur Zunge über. Die kombinierte Wirkung wird die meisten Männer garantiert in den Wahnsinn treiben!

Manchmal ist das der perfekte Zeitpunkt, ihn oral am Anus zu stimulieren. Drücken Sie seine Hinterbacken auseinander und fahren Sie sanft mit der Zunge über sein Rektum. Unser Rektum besitzt eine Vielzahl von überaus sensiblen Nervenenden, und das kann eine Quelle herrlicher Freuden sein. Sie können das nur wenige Minuten tun oder richtig Gefallen daran finden und länger dabei bleiben. Eines ist sicher: Wenn Sie seinen Hals, seine Ohren, seine Brustwarzen, seine Schenkel, seinen Bauch, seine Füße, seine Zehen, sein Perineum und sein Rektum erregt haben, dann wird der Erregungszustand für ihn rekordverdächtig sein!

18 Ein Kondom für den Mund

Ich bin es müde, ständig zu hören, dass Sex krank machen kann. Anscheinend dürfen wir in der Öffentlichkeit nur noch warnend über Sex reden. Nur selten ist es uns gestattet, in normalen Alltagsgesprächen zu sagen, wie viel Spaß Sex macht und wie sehr er uns gefällt. Aber Fernsehen, Radio und Zeitschriften dürfen ungestraft Informationen über sexuell übertragbare Krankheiten verbreiten. Die Krankheiten, die man sich durch Sex zuziehen kann, und die Möglichkeit einer Schwangerschaft machen den Großteil der sexuellen Erziehung in unseren Schulen aus.

Das ist die pure Ironie. Jeden Tag sterben Menschen am Essen. Obwohl schwere Nahrungsmittelallergien und Lebensmittelvergiftungen Menschen schrecklich krank machen können, zwingen wir Restaurants nicht dazu, Warnschilder über die potenziellen Gefahren von Lebensmitteln aufzuhängen. Wir gehen einfach davon aus, dass dort bestimmte Gesundheits- und Sicherheitsmaßnahmen im Umgang mit Nahrungsmitteln ergriffen werden. Die Werbung für Lebensmittel und Restaurants dreht sich nur um den Spaß am Essen!

In diesem Sinne möchte ich mich in meinem Buch auf die sexuellen Freuden konzentrieren und Sie nicht mit alten Binsenweisheiten quälen, dass Sex gefährlich sein kann. Es gibt reichlich Informationsmaterial über sexuell übertragbare Krankheiten, und ich will das hier nicht alles wiederholen. Trotzdem sollten Sie natürlich wissen, wie Sie beim Sex gesund bleiben können, um ihn auch weiterhin voll und ganz zu genießen. Aber Sie müssen wirklich keine nagenden Ängste wegen möglicher Krankheiten im Hinterkopf mit sich herumtragen, während Sie versuchen, zum Orgasmus zu kommen.

Wenn Sie in einer langfristigen monogamen Beziehung leben, glauben Sie womöglich, diese Diskussion habe nichts mit Ihnen zu tun. Das mag stimmen. Oder auch nicht. Alles hängt davon ab, wie viel Ehrlichkeit in Ihrer Beziehung herrscht. Gehen wir einmal davon aus, dass Sie sich über sexuell übertragbare Krankheiten keine Gedanken machen müssen. Ob Sie es glauben oder nicht, Sie tun sich trotzdem einen großen Gefallen, wenn Sie lernen, wie man Latex (Kondome, Handschuhe, Fingerlinge, Lecktücher) in das Liebesleben einbaut.

Ein erster Schritt zum Spaß mit Latex besteht darin, einige Produkte zu kaufen und Sie auszuprobieren, als wären sie ein neues Spielzeug. Ich empfehle Ihnen eine Auswahl an Kondomen, eine Schachtel mit Latexhandschuhen, einige Fingerlinge, zwei Lecktücher und vielleicht ein Frauenkondom.

Zweifellos wissen Sie bereits, dass Kondome Latexschutzhüllen sind, die über den erigierten Penis gestreift werden. Es gibt aber auch Kondome für Frauen, die man in die Vagina einpasst. Das kann eine attraktive Alternative für Männer sein, die es hassen, selbst Kondome zu tragen. Ein Frauenkondom verleiht manchen Frauen auch das Gefühl erhöhter Kontrolle über ihren Körper und ihre Gesundheit. Wenn Sie das Kondom benutzen, müssen Sie sich natürlich keine Sorgen machen, wie Sie ihn davon überzeugen können, eines zu tragen. Das Frauenkondom ist eine weitere Möglichkeit in Ihrem Arsenal für Safer Sex, und es kann viel Spaß machen, mit ihm zu experimentieren!

Ich empfehle Ihnen, mit Latex herumzuspielen, denn das lässt Sie Ihre Neugier und/oder Ihr Unbehagen meistern, und Sie sehen die Latexprodukte allmählich als ganz selbstverständlichen Bestandteil Ihrer sexuellen Landschaft. Probieren Sie einen Handschuh an, rollen Sie ein Kondom auf, lecken Sie an einem Lecktuch – bringen Sie Ihre Sinne ins Spiel und berühren, schmecken und riechen Sie an den Latexprodukten.

Solange Sie darauf achten, die Handschuhe, Fingerlinge oder das Lecktuch nicht zu beschädigen, schadet es ihnen nicht, wenn man mit ihnen herumspielt. Sollte jedoch eines der Latexprodukte mit Körperflüssigkeiten in Kontakt gekommen sein, müssen Sie es entsorgen. Es ist nicht zu mehrmaligem Gebrauch geeignet. Verwenden Sie es ein Mal, und werfen Sie es anschließend weg.

Ein Lecktuch ist einfach ein rechteckiges Stück Latex, das ursprünglich Zahnärzte benutzten, um den zu behandelnden Zahn vom restlichen Mundraum abzuschirmen. Jemand fand heraus, dass man dieses Tuch auch bei oral-vaginalem oder oral-analem Geschlechtsverkehr als Schutz vor Bakterien verwenden kann. Wenn Sie erst einmal den Unterschied zwischen Haut-Haut-Kontakt und Haut-Latex-Kontakt erlebt haben, werden Sie womöglich zu Ihrer Überraschung feststellen, dass Sie das Gefühl von Latex bevorzugen.

Ich persönlich finde es erregend, ein Lecktuch an meiner

Scheide zu spüren. Ich genieße auch die nackte Zunge, aber Latex ist für mich eine völlig andere Erfahrung. Es fühlt sich für mich viel intensiver an! Manche Menschen schwören darauf, dass ein oder zwei Tropfen eines Gleitmittels auf Wasserbasis auf ihren Genitalien die Wirkung des Lecktuches noch erhöht. Experimentieren Sie mit Ihrem Partner, und finden Sie heraus, was Ihnen am besten gefällt. Es gibt Lecktücher mit Geschmack, darum können Sie und Ihr Partner auch verschiedene Geschmacksrichtungen ausprobieren.

Bei gutem Sex kommt es vor, dass man nicht mehr klar denken kann, darum sollten Sie vielleicht (mit einem Stift oder Marker) eine Seite des Lecktuches kennzeichnen, damit Sie wissen, welche Seite zum Lecken und welche zum Schützen (von Vagina oder Anus) da ist.

Latexhandschuhe wurden ursprünglich von medizinischem Personal eingesetzt, um sich beim Umgang mit Körperflüssigkeiten zu schützen, aber heute tragen sie alle möglichen Menschen aus den unterschiedlichsten Gründen. Postbedienstete in einigen Ländern tragen Latexhandschuhe aus Angst vor toxischen Chemikalien in der Post, und Friseurinnen tragen sie, wenn sie Färbemittel auf die Haare ihrer Kunden auftragen. Ich verwende Latexhandschuhe, wenn ich Selbstbräuner auf meine bleichen Beine auftrage. Bestimmt werden auch Sie feststellen, wie praktisch eine Schachtel mit Latexhandschuhen ist. Und außer Ihrem Liebhaber muss niemand wissen, zu welch privaten Zwecken Sie die Handschuhe sonst noch einsetzen.

Beim Sex trage ich Latexhandschuhe, wenn ich mich vor direktem Kontakt mit Samenflüssigkeit schützen will, während ich den Penis eines Mannes mit meiner Hand stimuliere, oder wenn ich mich vor den Bakterien des Darmtraktes schützen will, sobald ich einen Finger in sein Rektum einführe. Latexhandschuhe sind auch sehr praktisch, wenn man Finger in die Vagina einführt. Sie schützen nicht nur vor Keimen, sondern umhüllen auch eingerissene oder scharfkantige Fingernägel, darum ziehen viele Menschen den zusätzlichen Komfort von Latexhandschuhen vor. Ist Ihr Partner kein Fan regelmäßiger Maniküre, kann ein Latexhandschuh eine gute Option für Ihr Sexleben sein! Früher habe ich es gehasst, wenn ein Mann einen Finger in meine Vagina schob, aber Latexhandschuhe haben meine Einstellung geändert. Der Latexhandschuh ist weich und seidig, und wenn man einige Tropfen Gleitmittel auf Wasserbasis aufträgt, gleitet er mühelos in die Vagina und schenkt wunderbare Empfindungen!

Fingerlinge ähneln Latexhandschuhen, bedecken aber nur einen Finger. Wenn Ihnen ein Latexhandschuh zu medizinisch oder steril vorkommt, ist ein Fingerling eine schöne Alternative. Da er nur einen Finger umhüllt, fällt er weniger auf. Natürlich können Sie auch auf jeden Ihrer Finger einen Fingerling schieben. Fingerlinge sind vor allem dann nützlich, wenn man rissige Fingernägel hat. Auch bei einer Schnittwunde am Finger, die Sie vor Feuchtigkeit und Keimen beim Sex schützen wollen, eignet sich nichts besser als ein Fingerling!

Packen Sie ein paar Kondome aus, sehen Sie sich die Kondome in Ruhe an, und spielen Sie mit ihnen. Aber denken Sie immer daran, wenn ein Kondom einige Stunden der Luft ausgesetzt war, trocknet es aus und bietet beim Sex keine Sicherheit mehr. »Verschwenden« Sie ruhig einige Kondome für Übungszwecke, um im Umgang mit ihnen sicherer zu werden.

Ein Kondom auf erotische Weise über einen Penis zu streifen, erfordert einiges an Übung. Wenn Sie Ihre Technik insgeheim perfektionieren wollen, kaufen Sie einen Dildo (Silikondildos eignen sich am besten, da sie die Körperwärme speichern; aber für unsere Zwecke tut es hier auch ein Gummidildo). Achten Sie darauf, einen Dildo mit einem Fuß am unteren Ende zu besorgen, damit Sie ihn auf einen Tisch stellen können. Die meisten Safer-Sex-Broschüren fordern dazu auf, das Kondom mit den Händen über den Penis zu streifen. Hostessen wissen, das ist die am wenigsten erotische Methode, darum tun die meisten von uns das nicht mit den Händen – wir legen das Kondom mit dem Mund an!

Ich habe gelernt, ein frisch ausgewickeltes Kondom in meine rechte Handfläche zu legen (da ich Rechtshänderin bin), wenn ich mich auf den Geschlechtsakt mit einem Mann vorbereitete. Manchmal versteckte ich das Kondom unter dem Kissen, wenn wir Sex im Bett haben wollten. Jedes aufgerollte Kondom hat zwei Seiten: die Seite mit der Auffangspitze (ein kleiner Nippel, um das Ejakulat aufzunehmen) und die Seite, die über den Penis gerollt wird. Ich achtete immer darauf, das Kondom so hinzulegen, dass ich es über den erigierten Penis streifen konnte, ohne es zuerst anzuschauen. Dafür musste die Seite, die man über den Penis streift, von meiner Handfläche wegzeigen. Nun musste ich meine Hand nur noch über die Spitze des Penis legen und das Kondom aufsetzen. Das ging schnell, und es gab kein langes Gerede über das Kondom.

Sobald das Kondom auf der Spitze des Penis saß, verschwendete ich keine Zeit und rollte es mit dem Mund über die gesamte Länge des Penis ab. Der ganze Vorgang war übergangslos in die Fellatio (den Oralsex) integriert. Der Mann merkte kaum, dass ein Kondom ins Spiel kam, und hatte keine Gelegenheit, zu protestieren oder das Kondom gar abzulehnen. Ich wurde so gut darin, Fellatio mit einem Kondom durchzuführen, dass mehr als ein Mann voller Entsetzen aufsprang und sich beschwerte, dass ich das Kondom vergessen hätte. Da wurde mir klar, wenn man weiß, wie es geht, müssen die meisten Männer niemals Vergnügen opfern, um ein Kondom anzulegen – zumindest nicht beim Oralsex!

Das Erfolgsgeheimnis beim Oralsex mit einem Kondom ist der Druck. Sie müssen mehr Druck mit Ihren Lippen und Ihrer Zunge ausüben, um das Weniger an Empfindung auszugleichen, das der Latexschutz mit sich bringen kann. Anstatt sich auf zarte, sinnliche Zungenschläge zu konzentrieren, müssen Sie Ihre Lippen fest um den Penis Ihres Partners schließen und kräftiger mit Ihrer Zunge zustoßen. Auch Saugen funktioniert sehr gut, da es eine andere Form von Druck ist. Wenn Sie von Anfang an so vorgehen, während Sie das Kondom über den Schaft seines Gliedes streifen, wird Ihr Partner zweifellos von angenehmen Empfindungen derart überwältigt, dass er gar nicht merkt, wie Sie ihm das Kondom überstreifen.

Manche Frauen fürchten sich davor, einen Penis tief in ihren Mund zu nehmen. Wir Frauen empfinden hier unterschiedlich auch was den Würgereflex angeht. Ich rate keiner Frau, den Penis tief in den Mund zu nehmen, nur um beim Oralsex das Vergnügen des Mannes zu erhöhen. Vielmehr lege ich Ihnen nahe, die Drucktechniken einzusetzen, die ich eben beschrieben habe. Wenn Sie das Kondom nicht mit dem Mund über seinen Penis streifen können oder wollen, dann beginnen

Sie mit dem Mund und beenden den Vorgang mit der Hand. Während Sie das Kondom mit den Händen über den Schaft abrollen, sollten Sie darauf achten, ausreichend Druck auszuüben und an der Spitze des Penis mit dem Mund zu saugen. Die Spitze des Penis ist viel empfindlicher als der Schaft, und solange Sie ihr genügend Stimulation bieten, wird Ihr Partner keine Zeit haben, sich zu wünschen, Sie würden mit Ihrem Mund tiefer gehen. Er ist viel zu sehr damit beschäftigt, die Ekstase des Augenblicks auszukosten. Es gibt noch weitaus mehr Techniken für einen fantastischen »Blowjob«, aber damit müssen Sie bis zum nächsten Kapitel warten!

Manche Frauen schlucken bei der Fellatio gern das Ejakulat, andere hassen das. Letztere sollten bei der Fellatio Kondome einsetzen, denn das macht das Schlucken unnötig. Sei es nun mangelnde Maniküre oder eine nicht ganz so leckere Samenflüssigkeit, wie Sie sehen, sind Latexbarrieren mehr als nur ein Schutz vor Schwangerschaft oder Krankheit. Latexbarrieren können auch den Genussfaktor in Ihrem Sexleben erhöhen!

19 Fellatiospiele

Oralsex ist sehr beliebt, und die Mehrheit der Männer hat ein Verlangen danach. Zweifellos liegt das auch an der Tatsache, das Oralsex sich extrem gut anfühlt und dem Mann erlaubt, nicht länger über seine sexuelle Leistung nachdenken zu müssen. Vielmehr kann er sich auf sein sexuelles Vergnügen konzentrieren. Wenn es um Oralsex geht, trifft man auf die unterschiedlichsten Einstellungen. Manche Frauen halten Oralsex für schmutzig oder ekelhaft, andere finden daran einfach kein Vergnügen. Doch viele Frauen mögen Fellatio wirklich und fühlen sich dadurch erregt. Obwohl die meisten Männer eine orale Stimulation des Penis lieben, erlauben manche Männer ihren Frauen (vor allem den Müttern ihrer Kinder) nicht, sie mit dem Mund zu befriedigen.

Offensichtlich kann Fellatio wie viele andere Sexualakte eine Bedeutung und bildliche Kraft annehmen, die das einfache körperliche Vergnügen weit übersteigt. Wenn Sie das Gefühl haben, Fellatio würde Sie auf irgendeine Weise herabsetzen, dann werden Sie es wahrscheinlich nicht tun wollen. Wenn Ihr Ehemann oder Freund denkt, es würde Sie in irgendeiner Weise herabsetzen, dann wird er es Ihnen sicher nicht gestatten. Wie auch immer, es ist ein ziemlich unglücklicher

Zustand, wenn ein gemeinsames sexuelles Vergnügen, das unser Leben bereichern und die emotionale Intimität in unserer Beziehung erhöhen kann, einem Tabu unterliegt. Sie schulden es sich selbst wie auch Ihrer Beziehung, die Art von Denken zu entlarven, die einer erfüllenden gemeinsamen Sexualität im Weg steht.

Oralsex ist auch nicht schmutziger als jede andere Art von Sex. Natürlich erhöht eine gute Körperpflege unseren Genuss bei jeder Art von Sex und das gilt vor allem für Oralsex, einfach deshalb, weil unsere Nase dabei in den Genitalien unseres Partners vergraben ist. Doch Oralsex stellt ein weniger großes Risiko für die Gesundheit dar als der Geschlechtsverkehr, weil unser Mund Verdauungssäuren enthält, die manche Keime abtöten. Lassen Sie sich davon jedoch nicht in ein falsches Gefühl der Sicherheit einlullen. Derzeit steigt die Zahl der Fälle von Gonorrhoe in der Mundhöhle, weil manche Menschen Oralsex nicht als potenzielle Gefahr für ihre Gesundheit betrachten. Der Punkt ist der, dass Sie Vorsichtsmaßnahmen ergreifen sollten, ungeachtet dessen, ob Sie den Penis in Ihren Mund, Ihre Vagina oder Ihr Rektum einführen. Es besteht jedoch keinerlei Veranlassung, Oralsex aus Ihrem Leben zu verbannen, nur weil Sie ihn für schmutzig halten. Oralsex ist ebenso sauber wie jede andere Form von Sex.

Manche Frauen lieben den Geschmack des männlichen Ejakulats, und manche Frauen können ihn einfach nicht ertragen. Das kann auch von Mann zu Mann variieren, da der Geschmack des Samens bei jedem Mann anders ausfällt. Wenn Sie den Geschmack der Samenflüssigkeit nicht mögen oder einen anderen Grund haben, das Ejakulat nicht schlucken zu wollen, muss Sie das nicht davon abhalten, sich in der Kunst der Fellatio schlauzumachen. Jetzt, da Sie wissen, wie man mit einem Kondom einen ganz erstaunlichen Blowjob hinlegen kann (Sie erinnern sich, ich habe das im letzten Kapitel ausgeführt), können Sie jedes Risiko einer unangenehmen Erfahrung einfach eliminieren. Sollten Sie den Geschmack des Ejakulats Ihres Partners nicht mögen, fängt ein Kondom es für Sie auf, sodass Sie das Ejakulat weder schmecken noch schlucken müssen. In der Zwischenzeit haben Sie einfach eine weitere heiße sexuelle Aktivität entdeckt, die Sie beide miteinander teilen können!

Als Kurtisane lernte ich, dass ich niemals etwas tun muss, was ich nicht tun will – wirklich niemals! Die Macht der Wahl gab mir die Erlaubnis, zum ersten Mal in meinem Leben Fellatio zu genießen. Weil ich nur so tief ging, wie ich wollte (und es nur so lange tat und auch nur dann, wann *ich* wollte), hatte ich nicht länger das Gefühl, dass ich mich in einem Wettbewerb über die Kontrolle im Schlafzimmer (und über meinen Körper) befand, und so konnte mich auf das sexuelle Vergnügen einlassen. Manchmal gefiel es mir besonders, die verzückten Reaktionen meines Partners zu beobachten, dann wieder gefiel mir mein eigener erotischer Anteil am Akt der Fellatio, und manchmal genoss ich es aus beiden Gründen.

Manche Frauen lieben Fellatio, weil es eine Form oralen Hochgenusses ist. Sie lecken, saugen und schlucken wie bei Ihrer Lieblingsspeise. Vielleicht erinnert es Sie an Eis in einer Waffel oder an ein anderes köstliches Dessert. Natürlich finden Frauen, die nicht so über Fellatio denken, allein die Vorstellung sonderbar, dass andere Frauen Oralsex für derart anregend halten. Trotzdem unterstreicht das nur die große Bandbreite an Wahrnehmungen und Erfahrungen, die rund um den Sex existieren.

Wenn ich eine aktive und selbstsichere Rolle bei der Fellatio einnehme, kann ich den Oralsex viel stärker genießen. Darüber hinaus kann man Fellatio in einer Vielzahl von Positionen durchführen und manche gefallen Ihnen sicher besser als andere. Achten Sie auf Ihre Gefühle in den jeweiligen Positionen, dann finden Sie leicht heraus, was für Sie funktioniert und was nicht.

Fellatio ist etwas, dem man an den unterschiedlichsten Orten bequem nachgehen kann. Ich empfand es als frech und lustig, meinem Partner im Büro, im Auto, in Toiletten (es gibt Länder, in denen der Sex in öffentlichen Toiletten verboten ist) oder im Wald beim Campen mit einem Blowjob zu verwöhnen. Da der Mann bei der Fellatio sitzen, stehen oder liegen kann, ist so gut wie jede Örtlichkeit geeignet.

Manche Filme zeigen Fellatio, während der Mann einen Wagen lenkt. Ich empfehle das natürlich nicht, da es nicht nur Ihre, sondern auch die Sicherheit anderer Straßenverkehrsteilnehmer aufs Spiel setzt. Wenn Sie gern Sex in einem Auto haben, dann parken Sie in einem Parkhaus und schalten Sie den Motor aus. Das garantiert nicht nur Ihre Sicherheit, Sie stellen sich darüber hinaus auch nicht öffentlich zur Schau. Sex an öffentlichen Orten ist nämlich nicht überall erlaubt, also seien Sie vorsichtig.

Bei der beliebtesten Position für Fellatio liegt der Mann auf dem Rücken und die Frau kniet über seinen Genitalien. Das ist wahrscheinlich die bequemste Stellung für den Mann, da er sich nur hinlegen und entspannen muss und die gute Zeit genießen darf. Wenn Sie oben sind, bietet Ihnen das auch viel Manövrierraum. Viele Männer lieben den Anblick, wie ihr Penis in den Mund ihrer Partnerin und wieder heraus gleitet, und das erregt sie sexuell gleich noch viel mehr.

Sie und Ihr Partner können einander in der so genannten Position 69 auch gegenseitig stimulieren. Wie schon zuvor erwähnt, haben Sie bei der 69er Position Ihren Mund auf den Genitalien Ihres Partners, während sein Mund auf Ihren Genitalien ruht. Sie nehmen buchstäblich die Position der Sechs und der Neun in der Zahl 69 ein. Manche Menschen lieben diese Stellung, weil beide Sexpartner gleichzeitig Vergnügen spenden und empfangen können. Andere finden es ablenkend, gleichzeitig oral zu befriedigen und oral befriedigt zu werden; für sie ist es sinnvoller, sich abzuwechseln, damit sie sich darauf konzentrieren können, was sie tun oder fühlen. Bei der 69 können Sie sich abwechseln, wer oben und wer unten ist, oder Sie liegen beide nebeneinander.

Bei der Fellatio habe ich persönlich es am liebsten, wenn der Mann steht. Ich bitte ihn, sich seitlich vor einem Ganzkörperspiegel reglos aufzustellen. Sofort spüren die meisten Männer eine Welle der Erregung und fragen sich, wozu der Spiegel da ist und warum sie still stehen müssen. Ich habe noch nie einen Mann getroffen, der dieser Bitte nicht nachgekommen ist. Falls Ihr Partner es noch nicht ist, können Sie ihn nun vollends entkleiden. Beginnen Sie mit den Knöpfen seines Hemdes, gehen Sie über zu seinem Gürtel und seiner Hose, und hören Sie mit Schuhen und Socken auf. Wenn er Ihnen helfen will, untersagen Sie es ihm. Es ist viel erotischer, ausgezogen zu werden, als sich selbst auszuziehen.

Nachdem Ihr Partner nackt ist, sollten Sie sich seinem Hals und seinen Brustwarzen widmen, bevor Sie mit dem Mund zu seinem Penis übergehen. Wenn Sie ein Kondom benutzen, legen Sie es ihm mit dem Mund an. Ob mit oder ohne Kondom, wenn Sie ihn oral befriedigen, stimulieren Sie weiterhin seine Brustwarzen mit Ihren Fingern, während Sie seinen Körper entlanggleiten. Wenn er sich im Spiegel sieht, nackt und mit einer Erektion, während Sie seinen Penis im Mund haben, wird er denken, er sei im Paradies gelandet.

Es gibt aber noch viel zu tun, damit es für ihn der beste Oralsex wird, den er je hatte! Zwischen seinen Hoden und seinem Anus befindet sich eine schmale Stelle Haut, die man Perineum nennt. Ich habe sie bereits erwähnt. Sie reagiert unglaublich sensibel auf Berührung und kann die angenehme Wirkung jeder Stimulation des Penis noch erhöhen. Experimentieren Sie, indem Sie das Perineum anfangs sanft mit den Fingerspitzen und dann mit den Fingernägeln streicheln. Für die meisten Männer fühlt es sich auch gut an, wenn man das Perineum vorsichtig drückt. Dieser Bereich ist Sitz eines Chakras (eines meditativen Energiezentrums) und eines Druckpunkts (in der Akupressur). Dort befindet sich auch die Basis des Penis. Die Haut selbst reagiert sensibel auf Berührung. Ob Sie das Perineum nur leicht streicheln oder etwas Druck ausüben, achten Sie stets darauf, ob es auch wirklich die Zustimmung Ihres Partners findet.

Und vergessen Sie nicht, auch seine Hoden zu stimulieren. Sie können daran lecken, sie einzeln in Ihren Mund saugen oder sie mit Fingerspitzen und Fingernägeln streicheln. Hoden sind sensibel, also gehen Sie behutsam vor. Jeder Mann besitzt eine andere Schmerz- beziehungsweise Vergnügungsschwelle, also achten Sie auf seine nonverbalen Hinweise: Wenn Ihr Partner sich anspannt oder entzieht, kann das Missfallen andeuten, wenn er schwer atmet und sich in die Stimulation hineinbewegt, sagt Ihnen das, dass er sich wohl fühlt.

Da nicht alle Männer gleich sind, sollten Sie nie davon ausgehen, dass Sie wüssten, was Ihr jeweiliger Partner mag und was nicht. Ich habe festgestellt, dass manche Männer eine leichte Berührung bevorzugen, andere möchten grob angefasst werden. Der eine liebt es, wenn man die Spitze seines Penis sanft leckt, der andere findet das viel zu zart. Wieder ein anderer möchte, dass man seinen Penis fest und mit viel Druck von Mund und Zunge behandelt. Die meisten Männer sind besonders sensibel im oberen Teil des Penis, aber sie wollen dennoch, dass man die gesamte Länge ihres Penis stimuliert.

Wenn Sie den Penis nicht tief in Ihren Mund einführen wollen, können Sie mit der Hand den Schaft fassen, während Sie mit dem Mund am Kopf des Penis saugen. Es hat noch einen zusätzlichen Nutzen, den Schaft des Penis bei der Fellatio mit der Hand zu halten: Wenn sein Penis aus irgendeinem Grund nicht so steif ist, wie Sie es gern hätten, dann korrigiert es in den meisten Fällen das Problem, wenn Sie den Schaft des Penis fest umfassen. Das wirkt wie ein Penisring (ein kleiner Ring, der um den Penisschaft gelegt wird). Es hält das Blut im Penis und fördert dessen Reaktionsfähigkeit. Ihre warme Hand ist dafür zweifelsohne noch erotischer!

Manche Männer bevorzugen eine bestimmte Seite des Penis. Das Frenulum (ein dünner Hautstreifen auf der Krone des erigierten Penis, die vom Bauch des Mannes wegzeigt) ist für die meisten Männer eine Lieblingsstelle. Sie können das Frenulum bei der Fellatio leicht mit Ihrer Zunge erreichen, weil es dann direkt vor Ihnen liegt. Für gewöhnlich setze ich sanfte Zungenschläge ein, da dass Frenulum sensibler ist als andere Teile des Penis.

Ich habe gelernt, meinen Mund und meine Hände bei der Fellatio gleichzeitig zu benutzen. Ich wechsle zwischen leichten und festen, tiefen und oberflächlichen, schnellen und langsamen Bewegungen mit Zunge und Mund ab. Dabei habe ich eine Hand auf dem Perineum des Mannes und die andere an seiner Brustwarze. Oder ich lege einen Finger auf sein Perineum, während ich seine Hoden fest in meiner anderen Hand halte. Das Grundprinzip lautet, so viele Empfindungen zu bieten, dass es ihn einfach umhaut! Neben all diesen wunderbaren erogenen Zonen – dem Frenulum, dem Perineum, den Hoden, dem Penisschaft und den Brustwarzen – gibt es noch einen extrem kraftvollen Teil des männlichen Körpers, den Sie bei der Fellatio stimulieren können. Im 22. Kapitel erzähle ich Ihnen mehr über diese fortgeschrittene Technik für die perfekte Fellatio. Lesen Sie also weiter!

20 Multiple Orgasmen beim Mann

Wurde Ihnen beigebracht, dass nur Frauen multiple Orgasmen haben können? Ich bin hier, um Ihnen zu sagen, dass das gelogen ist. Männer *können* ebenso wie Frauen multiple Orgasmen erleben und tun es auch. Die meisten Männer erreichen das, wenn Sie beim Orgasmus *nicht* ejakulieren. Beim letzten Orgasmus haben Sie dann eine Ejakulation oder auch nicht. Ein Mann, der gelernt hat, multiple Orgasmen zu haben – und es erfordert bei den meisten Männern wirklich einige Übung –, verlagert sein sexuelles Bewusstsein und seinen Spaß am Sex auf eine völlig neue Ebene. Woher ich das weiß? Ich habe es mehrmals mit eigenen Augen gesehen.

Ungeachtet dessen, was Ärzte in Büchern ganz Unterschiedliches sagen, ist Erfahrung aus erster Hand manchmal die beste Informationsquelle. Ich habe schon sehr viele Männer in den Fängen sexueller Ekstase erlebt. Wenn ich es nicht selbst gesehen hätte, hätte ich womöglich nie geglaubt, dass multiple Orgasmen beim Mann möglich sind. Wir wissen alle, dass sich ein Mann von einem Orgasmus manchmal schneller erholt und somit mehrere Orgasmen in einer Nacht haben kann. Aber bei multiplen Orgasmen geht es um eine Reihe von Orgasmen ohne Ruhe- oder Erholungsphase zwischen den einzelnen Orgasmen.

Um multiple Orgasmen zu erlernen, muss der Mann wissen, wie er seinen Pubococcygeus-Muskel, kurz PC-Muskel (siehe 8. Kapitel), zusammen mit der Atemkontrolle einsetzen kann. Selbstverständlich muss Ihr Partner sich aktiv dafür interessieren, wenn er es je erlernen soll. Aber Sie können ihn anspornen, indem Sie ihm sagen, dass es körperlich möglich ist, und indem Sie ihm zeigen, wie er mehr darüber lernen kann (da bietet dieses Kapitel einen guten Einstieg).

Warum sollte es Sie interessieren, ob er multiple Orgasmen haben kann oder nicht? Nun ja, technisch gesehen mag es für Ihr sexuelles Vergnügen nicht viel ausmachen. Aber Zeugin zu werden, wie Ihr Partner diesen Genuss erlebt, kann Ihnen sehr viel Freude bereiten. Außerdem stecken Männer, die diese Fähigkeit entwickelt haben, mehr Anstrengung in den Sex, was bedeutet, dass er sein Liebesspiel ebenfalls weiterentwickeln wird. Wenn er es schafft, Orgasmen ohne Ejakulation zu haben, kann er seine Erektion länger halten und das ist für die meisten Frauen natürlich sehr verlockend.

Sie werden viel Spaß haben, wenn Sie mit der Fähigkeit Ihres Partners zu multiplen Orgasmen experimentieren. Es erstaunt mich immer wieder, wie unterschiedlich Männer sind. Ich kannte Männer, die ohne Erektion ejakulieren konnten, Männer, die ohne Orgasmus ejakulieren konnten, Männer, die ihre Erektion über mehrere Orgasmen hinweg aufrechterhalten konnten, und Männer, die während mehrerer Ejakulationen hart blieben. Es hilft, wenn Sie Ejakulation und Orgasmus als getrennte Vorgänge betrachten. Obwohl sie häufig gleichzeitig auftreten, sind sie nicht dasselbe. Unter Ejakulation versteht man den Ausstoß von Samen beim Mann und einer samenähnlichen Flüssigkeit bei der Frau. Ein Orgasmus kann sowohl beim Mann als auch bei der Frau getrennt und unabhängig von der Ejakulation auftreten. (Über die weibliche Ejakulation sprechen wir ausführlich im 23. Kapitel.)

Männer, die bereits wussten, wie man multiple Orgasmen erreicht, haben mir alles darüber beigebracht. Ich nahm, was ich von ihnen lernte, fügte einige technische Informationen aus Büchern, Videos und von Websites hinzu und übertrug das Gelernte auf andere Männer. Es hat mir viel Spaß gemacht, Männern multiple Orgasmen beizubringen. Die meisten Männer glauben, sie seien körperlich nicht dafür ausgestattet, darum ist es eine überwältigende Überraschung für sie, wenn sie das Gegenteil herausfinden. Mir gefällt es, die Überbringerin guter Nachrichten zu sein, und ich gab mein Wissen über multiple Orgasmen an meine Kunden weiter. Ich möchte Sie ermutigen, in Ihrer eigenen Beziehung zur erotischen Expertin zu werden und die Initiative zu ergreifen, um neue Wege zum Vergnügen zu finden, wann immer Sie dazu Gelegenheit haben. Wenn Sie Interesse und Bereitschaft zeigen, Ihrem Partner zuzusehen, während er übt, ist das eine weitere Möglichkeit für Sie beide, Ihr sexuelles Erleben zu teilen.

Multiple Orgasmen bei Männern laufen nie identisch ab. Obwohl es Autoren gibt, die behaupten, ihre Methode zu multiplen Orgasmen beim Mann sei der einzig richtige Weg, hat mich meine Erfahrung gelehrt, dass jeder Mann anders auf bestimmte Techniken anspricht. Mir fiel auch auf, dass ziemlich viele Männer multiple Orgasmen hatten und es gar nicht wussten. Da man diesen Männern beigebracht hatte, dass Ejakulation und Orgasmus ein und dasselbe seien, waren sie verwirrt, wenn sie einen Orgasmus spürten, aber keinen Samen sahen. Die typische Reaktion lautete: »Ich dachte, ich sei gekommen, aber offenbar nicht.« Ich denke, Sie sollten Ihrem Bauchgefühl trauen. Wenn Sie glauben, dass Sie einen Orgasmus hatten, dann hatten Sie auch einen.

Männer, die bewusst multiple Orgasmen verfolgen, setzen für gewöhnlich eine Kombination aus Atemkontrolle, PC-Muskeleinsatz, Stimme und wiederholter Stimulation und Stimulationspause ein, bevor die Ejakulation eintritt. Ich kenne auch einige Männer, die multiple Orgasmen mit oder ohne Erektion erzielen, indem sie einen Vibrator an den Schaft ihres Penis halten. Wie Sie im 22. Kapitel herausfinden werden, sind auch Männer zu erderschütternden inneren Orgasmen fähig (einzeln oder mehrfach), wenn sie anal stimuliert werden. Im 21. Kapitel spreche ich über Orgasmen durch tantrisches Atmen ohne genitale Stimulation. Es gibt auch multiple tantrische Orgasmen. Wie Sie sehen, gibt es für das sexuelle Vergnügen des Mannes keine Grenzen. Männer haben dafür dasselbe Vermögen wie Frauen.

Wenn Ihr Partner noch keine multiplen Orgasmen kennt und beschließt, dass er gern welche hätte, können Sie die nachfolgenden Techniken mit ihm einüben. Zuerst muss er mit seinem PC-Muskel vertraut werden. Den PC-Muskel findet der Mann, ebenso wie die Frau, am besten dadurch, dass er den Urinfluss anhält und dann wieder einsetzen lässt. Nachdem man mit dem PC-Muskel vertraut ist, kann man ihn überall zusammenpressen und entspannen, am Schreibtisch oder im Auto im Pendelverkehr. Das ist eine wunderbare Übung für Männer und Frauen und bewirkt kräftigere Erektionen, eine erhöhte Kontrolle über die Ejakulation, eine engere Scheide und intensivere Orgasmen.

Wenn ein Mann seinen PC-Muskel zu beherrschen gelernt hat, kann er diese Fähigkeit beim Masturbieren einsetzen. Sobald er spürt, dass er kurz vor dem Ejakulieren steht, sollte er mit dem Masturbieren aufhören, seinen PC-Muskel anspannen, tief einatmen, den Atem ungefähr zehn Sekunden lang halten und anschließend weitermasturbieren. Wenn diese Technik bei ihm funktioniert, wird er zum Orgasmus kommen, während er die Ejakulation aufschiebt. Danach kann er sich weiter stimulieren (oder Sie helfen ihm dabei), bis er den nächsten Orgasmus erlebt. Sobald er diese Technik beherrscht, kann er sie beim Sex mit Ihnen einsetzen. Sie werden dadurch länger Sex haben und das Vergnügen multipler Orgasmen miteinander teilen.

Für diese Methode kommt es darauf an, den Atem anzuhalten. Bei einigen Männern funktioniert das. Andere atmen durch ihren Orgasmus hindurch, anstatt den Atem anzuhalten. Atemtechnik und Stimme können die Masturbation in eine Meditation verwandeln und Körper und Geist mit einbeziehen, nicht nur die Genitalien. Die sexuelle Energie lässt sich durch einen speziellen Stimmeinsatz neu ausrichten. Manche sprechen von »Hinausschreien« oder den »inneren Schlüsselklang finden«.

Techniken für multiple Orgasmen beim Mann, die mit Klang arbeiten, ähneln dem tantrischen Sex, weil man die Atmung gezielt einsetzt und sich dem Sex eher meditativ beziehungsweise spirituell nähert. Manche Menschen vergleichen das Hinausschreien beziehungsweise den inneren Schlüsselklang mit einem Meditationsmantra (Worten und/oder Geräuschen, die wiederholt werden). Sie erfahren mehr über die Schlüsselklangtechnik, die von Jack Johnston entwickelt wurde, auf der englischsprachigen Hör-CD *Male Multiple Orgasm: Step-by-Step*.

Als ich das erste Mal miterlebte, wie ein Mann mehrfach zum Orgasmus kam, überraschte es mich ein wenig, wie viel Lärm er dabei machte. Viele Männer durchleben ihre Orgasmen sehr leise. Wir neigen sogar dazu, Schreien oder andere laute Geräusche nur mit dem weiblichen Orgasmus in Verbindung zu bringen. Aber die Männer, die die Fähigkeit zu multiplen Orgasmen erlernt haben, scheinen durch einen ungehemmten Genuss ihres sexuellen Höhepunkts geeint. Sie atmen schwer, schnappen nach Luft, brüllen, stöhnen und schreien sogar. Nach der anfänglichen Überraschung werden Sie dieses laute Bekunden der Erregung bei Ihrem Partner sehr sexy finden.

Die Techniken, mit denen Männer multiple Orgasmen erzielen, sind sehr verschieden. Was bei dem einen Mann funktioniert, muss bei dem anderen noch lange nicht funktionieren. Aus diesem Grund ist es so wichtig, auf der Suche nach größerem sexuellem Vergnügen offen für Experimente zu bleiben. Probieren Sie alles aus, bis Sie die Technik finden, die für Sie und Ihren Partner am besten klappt.

21 Tantra haucht dem Sex neues Leben ein

Ich habe bereits erwähnt, wie wichtig eine tiefe Atmung für eine umfassende sexuelle Erfahrung ist. Jedes Mal, wenn Sie den Atem anhalten oder flach atmen, haben Sie keinen Zugang zur ganzen Bandbreite der Sinnlichkeit, zu der Ihr Körper fähig ist. Erst die tiefe Atmung verfeinert Ihr sexuelles Erleben. Bewusstes Atmen – was einfach bedeutet, sich auf die Atmung zu konzentrieren –, hilft darüber hinaus, Ihre Energie und Ihre Konzentration vom Kopf in den Körper zu lenken.

In diesem Kapitel befassen wir uns mit tantrischem Sex. Tantra setzt Atemtechniken ein, um die Intimität zu steigern und die Zahl der Orgasmen zu erhöhen. Es ist ein spiritueller Weg, der die Verbindung und Ganzheitlichkeit von Sex und Geist, von Geist und Fleisch anerkennt. Die Atmung wird zum zentralen Moment, denn im Akt des Atmens vereinen wir den Geist mit dem Fleisch. In westlichen Kulturen wurde besonders jener Aspekt des Tantra bekannt, der mit der sexuellen Praxis zu tun hat. Aber bei Tantra geht es nicht nur um Sex. Tantra fordert uns auf, loszulassen und zu spüren, dass wir eins mit allem sind. Das klingt wahrscheinlich exotisch und für den Durchschnittsmenschen nicht machbar. Aber möglicherweise praktizieren Sie bereits einige Tantratechniken, ohne es zu wissen.

Tantrischer Sex vereint körperlichen Sex mit spiritueller Erleuchtung. Obwohl manche sagen, das ließe sich am besten im Kontext einer langfristigen monogamen Beziehung erreichen, kann ich die Tatsache bezeugen, dass Tantra das Potenzial besitzt, jede sexuelle Begegnung in ein spirituell durchsetztes Erlebnis zu verwandeln. Wenn man Elemente aus der Meditation in die sexuelle Praxis einflicht, erkennt man mit der Zeit die verwandelnde Kraft, die dem Sex innewohnt. Mit Tantra-Sex baute ich extrem bedeutsame und emotional intensive Verbindungen zu meinen Kunden auf. Darum weiß ich aus erster Hand, dass Sie immer Raum für eine heilige sexuelle Begegnung schaffen können, gleichgültig, mit wem Sie zusammen sind – Sie müssen es nur wollen. Dabei muss Ihr Partner nicht einmal von Tantra oder anderen spirituell-sexuellen Übungen überzeugt sein oder darin Erfahrung haben; Sie können den Sex dennoch in eine erleuchtende Vereinigung verwandeln.

Ich erlebte tantrischen Sex das erste Mal bewusst in einem Kurs mit dem Titel »Feueratem-Orgasmus«. Er wurde von einer sehr kenntnisreichen Tantra-Priesterin namens Jwala abgehalten. Ich und mehr als zwanzig weitere Frauen lagen vollständig angezogen auf dem Boden eines großen, nur schwach beleuchteten Raumes. Unsere Knie waren angewinkelt und unsere Fußsohlen berührten den Boden. Unsere Hände lagen neben dem Körper und zu keiner Zeit berührten wir uns selbst oder einander. Jwala wies uns an, unseren PC-Muskel (der Pubococcygeus-Muskel, siehe auch 8. Kapitel) anzuspannen, während wir durch die Nase einatmeten. Nach einem langen Atemzug und einem festen Zusammenziehen unseres PC-Muskels sollten wir gleichzeitig ausatmen und uns entspannen.

Anfangs schien es ein wenig komisch. Aber innerhalb weniger Minuten genoss ich das Rhythmische und Meditative dieser Übung. Es fühlte sich für mich jedoch in keiner Weise sexuell an.

Eine Frau nach der anderen gab plötzlich orgasmische Geräusche von sich. Weil ich persönlich mich nur ein wenig schwindelig fühlte, dachte ich, sie würden es vortäuschen. Als der ganze Raum mit Stöhnen und ekstatischen Schreien erfüllt war, wusste ich, es musste sich um einen Fall von Massenhysterie handeln. Wie konnte sich jemand vollkommen angezogen und mit den Händen auf dem Boden so gut fühlen? Mir kam die Idee lächerlich vor. Aber im Herzen bin ich Wissenschaftlerin, also machte ich mit der Übung weiter. Ich atmete, kontrahierte den PC-Muskel und dachte dabei die ganze Zeit, was für ein Haufen Unsinn diese Veranstaltung doch sei.

Nach ungefähr zwanzig Minuten, als alle anderen im Raum sich bereits im Paradies glaubten und von Freude und Erregung durchdrungen waren, wollte ich nur noch aufhören. Ich dachte, ich würde der Lehrerin einfach vorlügen, wie toll es war, würde mich bedanken und dann so schnell wie möglich verschwinden. Während ich meinen Fluchtplan aus dieser zunehmend unangenehmen Situation durchging, atmete mein Körper weiter, kontrahierte den PC-Muskel und entspannte sich. Plötzlich verspürte ich eine Welle der Energie, die ich nur als elektrisch beschreiben kann. Sie begann am unteren Ende meiner Wirbelsäule und schoss nach oben und aus meinem Scheitel hinaus. Die Welle war heiß wie Feuer. Und in diesem Moment fühlte ich mich eins mit dem Universum und meiner Vorstellung von Gott.

Meine Genitalien fühlten gar nichts. Das war eine völlig neue Art von Sex, die ich zu Beginn nur schwer verstehen konnte. Eine Friedlichkeit und Freude überkam mich und ich begann eine andere Dimension der Sexualität zu erahnen. Mir wurde klar, dass unsere derzeitigen Definitionen zu eng sind, um alles zu umfassen, was Sex ausmacht. Sex ist der kreative Funke, der das Leben hervorbringt, er ist eine Pforte zu Freude und Einssein. Meiner Meinung nach ist Sex auch ein Durchgang zum Göttlichen.

Danach belegte ich noch weitere Tantra-Kurse. Ich erfuhr, wie die Atmung alle Aspekte des Lebens beeinflussen kann, nicht nur den Sex. Ich lernte, mich mit Hilfe meines Atems mit meiner Intuition und mit den Herzen anderer zu verbinden. Das war für mich als Hostess sehr wertvoll. Das Erste, was ich von da an tat, wenn ich einen neuen Kunden traf, war, ihn zu umarmen. Und während ich ihn umarmte, atmete ich tief und richtete mein Herz-Chakra mit seinem aus (siehe 16. Kapitel). Es dauerte nur ein paar Sekunden, dann hatte ich die Energie des Mannes ermittelt. War er nett oder hatte er Angst? War er warmherzig oder distanziert? War er offen für Intimität oder auf der Hut und kontrollierend?

Es mag unglaublich klingen, dass man all das aus einer einfachen Umarmung schließen kann. Aber wahrscheinlich haben Sie das in Ihrem Leben bereits erlebt. Wenn Sie das nächste Mal jemanden umarmen, atmen Sie eine Minute in die Umarmung und spüren Sie den Fluss der Energie. Diese Energie war immer da und zweifellos hatten Sie zu dieser Information auf irgendeiner Ebene bereits Zugang. Ich möchte Sie auffordern, sich dieser normalen, alltäglichen Erfahrung bewusst zu werden. Wenn Sie sich der Energie zwischen Ihnen und anderen bewusster werden, können Sie Situationen zweifellos besser einschätzen.

Unser Gehirn erreichen sehr viel mehr Informationen, als uns bewusst ist. So geben beispielsweise Körpersprache und Geruch sehr viele Informationen über andere preis; doch wir konzentrieren uns in der Regel ausschließlich auf das, was unser Gegenüber sagt und wie er handelt. Dennoch erreichen auch die feineren Hinweise unser Gehirn und häufig treffen wir Entscheidungen auf der Basis einer Kombination aus all diesen Informationsquellen. Als ich lernte, mich in meine Atmung zu entspannen, half mir das, mich von Vorurteilen und Ängsten zu befreien, sodass ich die Energie meines Gegenübers mit offenem Herzen und offenem Geist fühlte. Das haben wir alle hin und wieder schon getan. Tantra hat mir nur beigebracht, es willentlich und regelmäßig zu tun, indem ich mich bewusst auf meine Atmung konzentriere.

Darüber hinaus hat mich meine Kenntnis des tantrischen Atmens befähigt, Einfluss auf den psychischen Zustand meiner Kunden zu nehmen. Indem ich sie ermutigte, in die Umarmung, in die Massage und in die sexuelle Berührung hineinzuatmen, reduzierten sie ihre Ängste, ihre Anspannung und ihren Stress. Da Sex am besten ist, wenn wir loslassen und nicht mehr denken, ist tantrisches Atmen eine wunderbare Möglichkeit, unsere Aufmerksamkeit neu auszurichten und uns eine vollere, sexuelle Erfahrung zu erlauben.

Tantra kann dem Sex mit einem anderen Menschen eine spirituelle Dimension hinzufügen. Es vertieft die Verbindung, während es gleichzeitig intensivere Gefühle freisetzt. Für viele heißt das, dass sie sexuell auch besser funktionieren. Tantrisches Atmen kann außerdem die sexuelle Erfahrung verlängern und ebenso die Orgasmen. Wenn Sie und Ihr Partner beim Sex tantrische Atemtechniken einsetzen, werden Ihre Bindung und Ihre erotische Erfahrung neue Höhen und Bedeutungsebenen erreichen und Sie werden Rekorde in der sexuellen Leistung brechen. Wichtiger noch, Tantra hilft Ihnen, Ihrem Liebesspiel eine spirituelle Dimension zu verleihen, und schafft so größere sexuelle Ganzheit.

Eine Einweisung in die Kunst des Tantra würde den Rahmen dieses Buches sprengen, darum empfehle ich Ihnen, einen oder zwei Kurse zu belegen und herauszufinden, ob Tantra eine Saite in Ihnen zum Klingen bringt. Wenn ich nur ein Buch gelesen hätte, dann hätte ich mich von der Kraft des Tantra niemals überzeugen können. Tantra ist wirklich etwas, das man erlebt haben muss, um es schätzen zu können, und darüber zu sprechen, führt nur zu mehr Fragen als Antworten. Sie können Ihre Reise online bei www.tantramassage-verband.de beginnen. Diese Website enthält eine interessante Link-Sammlung rund um Tantra. Oder Sie besuchen den Tantra-Shop im Internet unter www.tantra-vision.de. Wer weiß, vielleicht beschließen Sie, ein Video oder eine DVD zu bestellen. Ich empfehle Ihnen, Tantra in Aktion zu sehen, bevor Sie entscheiden, ob es etwas für Sie ist oder nicht. Wenn ich das nicht selbst getan hätte, würde ich heute noch denken, es sei alles ausgemachter Blödsinn. Und ich hätte mich damit um ein extrem reiches Sexualleben gebracht.

22 Prostata-Vergnügen für ihn

Männliche Kunden bitten darum, lassen Andeutungen fallen oder hoffen manchmal nur still und leise darauf: Analstimulation wird so oft angefragt, dass Hostessen wirklich nicht davon ausgehen dürfen, sie könnten ihrem Beruf nachgehen, ohne Analstimulation anzubieten. Natürlich wissen Hostessen das nicht, wenn sie in den Beruf einsteigen. Das sagt uns niemand vorher, darum lernen wir es bei der Arbeit.

Wenn sich mehrere Hostessen treffen, wendet sich die Unterhaltung unweigerlich dieser speziellen männlichen Besessenheit zu. Wir flüstern beim Mittagessen davon. Wir machen Witze darüber. Wir beziehen uns darauf in Kürzeln. Wir lachen und kichern mit wissendem Lächeln. Ich glaube, viele von uns überrascht die Häufigkeit, mit der man uns um irgendeine Art von Analstimulation bittet. Die meisten Hostessen sind sich darin einig, dass es der am meisten nachgefragte Sexualakt ist und in der Beliebtheit gleich nach dem Blowjob kommt.

Analstimulation kann viele Formen annehmen. Anilingus, Prostatamassage, Spiele mit einem Analstöpsel und das Einführen eines Umschnalldildos sind Formen von Analsex, mit der eine Frau ihren Partner verwöhnen kann. Wenn Sie diese Techniken nicht kennen oder nicht wissen, wie man sie im Einzelnen durchführt, dann lesen Sie einfach weiter, denn ich beschreibe sie in diesem Kapitel noch ausführlich.

Eine Analstimulation kann sich enorm auszahlen. Für Männer ist sie häufig die einzige Möglichkeit, einen Orgasmus zu erleben, der so intensiv und ganzkörperlich ausfällt wie die Orgasmen, die sie im Laufe der Jahre bei ihren Partnerinnen gesehen haben. Viele Männer sind eifersüchtig auf das orgasmische Potenzial der Frauen und sehnen sich danach, ein sexuelles Vergnügen zu erleben, das innerlich und überwältigend ist. Mit den Jahren habe ich tausende männlicher Orgasmen gesehen und manche von ihnen konnten kaum mit einem Niesen mithalten. Andererseits erlebte ich mit, wie Männer bei der analen Penetration vollkommen von ihren verzückten Empfindungen mitgerissen wurden. Tränen der Freude sind keine Voraussetzung, kommen aber bei Männern, die zum ersten Mal einen anal stimulierten Orgasmus erleben, nicht eben selten vor.

Über die Mechanik der analen Stimulation herrschen widersprüchliche Ansichten. Alle sind sich darin einig, dass der Schließmuskel, der den Eingang des Anus bewacht, voll sensibler Nervenenden ist, die unglaublich angenehme Empfindungen erzeugen können, wenn man sie sanft streichelt oder leckt. Aber was die Freuden der Penetration angeht, so bezeichnen manche die Stelle, die sich für Männer am besten anfühlt, als Prostata, andere als G-Punkt.

Die meisten Ärzte glauben nicht einmal an den weiblichen G-Punkt und sie werden unter gar keinen Umständen die Existenz eines männlichen G-Punktes einräumen. Es ist jedoch eine gesicherte medizinische Tatsache, dass alle Männer eine

Vorsteherdrüse beziehungsweise Prostata besitzen. Die Prostata produziert Spermien und Samenflüssigkeit. Der weibliche G-Punkt gilt als Entsprechung der Prostata, weil er eine Flüssigkeit produziert, die der männlichen Samenflüssigkeit chemisch ähnelt.

Als Sexarbeiterin mit mehr praktischer Erfahrung als die meisten dieser Laborkittel-Menschen kann ich Ihnen versichern, dass es vollkommen egal ist, wie Sie die Stelle bezeichnen. Die Stimulation dieses Punktes (G oder sonstwie) führt beim Mann zu einem intensiven inneren Orgasmus, der für gewöhnlich von einer Ejakulation begleitet wird. Es gibt natürlich Ausnahmen, aber fast alle Männer empfinden etwas, wenn man ihren G-Punkt stimuliert. Manche Männer mögen die Empfindung nicht, weil sie zu intensiv ist. Aber für die meisten ist sie eine Quelle des Vergnügens. Ich halte den G-Punkt für ein Stück erektilen Gewebes, das bei Männern und Frauen ähnlich platziert ist – beim Mann vor der Prostata und bei der Frau vor der Paraurethraldrüse (auch Skene-Drüse genannt). Die Nähe dieser Drüsen zum Anus könnte erklären, warum die anale Stimulation für gewöhnlich zur Ejakulation führt.

Dennoch beharrt die derzeitige medizinische Literatur darauf, dass die Analpenetration beim Mann Druck auf die Prostata ausübe und alles sexuelle Vergnügen nur von der Prostatadrüse komme. Natürlich ist es im Grunde egal, ob man es der Prostata oder dem G-Punkt zuschreibt, wichtig ist, dass es sich sehr gut anfühlt und guttut!

Es gibt Risiken, die mit analen Spielen verbunden sind, und Sie müssen sich dieser Risiken bewusst sein, bevor Sie mit irgendeiner Art von Analsex experimentieren. Beim Sex ist es immer wichtig, auf Nummer sicher zu gehen, aber doppelt wichtig ist es beim Analsex. Das Infektionsrisiko für AIDS und andere sexuell übertragbare Krankheiten ist beim Analverkehr viel höher, weil sich am Ausgang des Darms viele winzige Blutgefäße befinden. Diese Blutgefäße können leicht aufbrechen und Krankheitserreger eindringen, ohne dass man dabei Blut sieht.

Das offensichtlichere Risiko sind die Bakterien im Darm und im Rektalbereich. Diese Bakterien können zu Infektionen und anderen Krankheiten führen, wenn sie in Kontakt mit Vagina, Harnröhre, offenen Wunden, Mund oder Lebensmitteln kommen. Am sichersten beugt man vor, indem man Latexhandschuhe trägt und ein Kondom über alle Spielzeuge streift, die in den Anus eingeführt werden. Ich ziehe stets Kondome auf meinen Dildo, egal welche Körperöffnung ich mit ihm stimuliere. Ich wasche den Dildo nach jedem Gebrauch, aber ein Kondom bietet einen weiteren Schutzschild vor Krankheiten.

Sie können sich selbst bei oral-analem Kontakt wie Anilingus schützen, indem Sie ein Lecktuch verwenden (dieses kleine Latexviereck, das Zahnärzte bei ihrer Arbeit benutzen). Latexhandschuhe und Kondome lassen sich ebenfalls aufschneiden und wie ein Mundschutz verwenden.

Wenn Sie einen Dildo verwenden wollen, dann müssen Sie einen auswählen, der speziell für die Analstimulation entworfen wurde. Dildos für die Vagina sind für viele Anfänger normalerweise zu groß, um im Anus Vergnügen zu bereiten, und wichtiger noch, sie besitzen keine Standfläche. Analstöpsel (Butt Plugs) haben ein verbreitertes Ende, damit sie nicht ins Rektum gezogen werden können. Es gibt nichts Peinlicheres als einen Besuch in der Notaufnahme, um sich etwas aus dem Rektum entfernen zu lassen.

Da der Dickdarm bis zu neun Meter lang wird, können sich Gegenstände, die darin verloren gehen, bis in den Verdauungstrakt hocharbeiten und zu lebensbedrohlichen Verstopfungen führen. Es sind schon Menschen gestorben, weil sie unpassende Gegenstände als anales Sexspielzeug verwendet haben, also achten Sie darauf, sich zu informieren und mit der angemessenen Vorsicht vorzugehen.

Gleitmittel sind wichtig bei jedem Analspiel. Das Rektum wird auf natürliche Weise nicht befeuchtet, gleichgültig, wie groß die sexuelle Erregung ist. Darum muss man für künstliche Befeuchtung sorgen. Wenn Sie irgendeine Art von Latex einsetzen wollen, wozu auch Kondome gehören, muss das Gleitmittel auf Wasserbasis hergestellt sein. Jedes Gleitmittel auf Öl- oder Petroleumbasis zersetzt das Latex, das daraufhin weniger oder sogar gar keinen Schutz mehr bietet.

Darüber hinaus ist das Rektum dafür gedacht, Nährstoffe aufnehmen, darum leistet es einen hervorragenden Job, wenn es darum geht, Gleitmittel zu absorbieren. Sie müssen also regelmäßig für Nachschub sorgen. Wenn Sie den Anus feucht halten, vermindern Sie das Risiko mikroskopisch kleiner Risse, die beim Analverkehr auftreten können. Auf diese Weise halten Sie die Gefahr einer Krankheitsübertragung klein. Außerdem fühlt es sich einfach besser an, wenn Sie großzügig Gleitmittel verwenden.

Sie sind jetzt so weit, mit den Analspielen zu beginnen. Sie sollten mit Ihren Fingern anfangen, denn das bietet Ihnen wertvolle Informationen bezüglich der Vorlieben Ihres Partners – Informationen, die Sie für andere Spiele verwenden können. Nichts ist so persönlich oder bietet so viel greifbares Feedback, wie wenn Sie Ihren Finger in sein Rektum einführen. Sie werden spüren, wie Ihr Partner sich anspannt, entspannt, atmet, den Muskel kontrahiert und schließlich zum Orgasmus kommt. Diese intime Erfahrung kann sowohl für Sie als auch für ihn emotional sehr bewegend sein.

Das Penetrieren eines anderen Menschen erfordert von uns, verantwortlich und einfühlsam vorzugehen. Es ist ein Akt des Vertrauens und der Verletzlichkeit auf Seiten der Person, die uns die Penetration erlaubt. Aus diesem Grund kann diese Art der sexuellen Intimität einer Beziehung eine besonders tiefe und bedeutsame Dimension hinzufügen.

Mit der Zeit werden Sie herausfinden, was für Sie und Ihren Partner funktioniert, aber anfangs sollten Sie meinen Vorschlägen folgen, um Ihren Partner auf die anale Penetration einzustimmen. Anilingus meint, mit der Zunge den äußeren Rand des Anus zu lecken. Anilingus ist eine schöne Möglichkeit für den Einstieg, weil eine Zunge weniger bedrohlich wirkt als ein Finger oder ein Spielzeug. Ich habe niemals einen Kunden ohne Latexschutz oral am Anus stimuliert. Meinen Ehemann schon, und das fand ich auch ziemlich erotisch, solange er frisch geduscht war. Anilingus ist ganz einfach. Drücken Sie die Hinterbacken Ihres Partners auseinander und lecken Sie sanft seinen Anus. Wenn ihm die Empfindung zu gefallen scheint, können Sie mit kräftigeren Zungenschlägen experimentieren und Ihre Zunge auch tiefer in sein Rektum einführen. Natürlich steht es Ihnen völlig frei, ob Sie Ihre Zunge einführen wollen oder nicht. Wenn Ihnen beiden eine tiefere Penetration gefällt, ist das ein guter Zeitpunkt, um mit den Fingerspielen zu beginnen.

Ich mag es, den Mann auf den Rücken zu legen, mit angewinkelten Knien und leicht gespreizten Beinen. Dabei breite ich ein Handtuch unter seinem Po aus, um die Laken zu schützen. Wenn ich den Latexhandschuh über meine rechte Hand streife (der Handschuh schützt uns beide nicht nur vor Krankheiten, er schützt auch sein Rektum vor meinen Fingernägeln), dann lächele ich und mache einen kleinen Witz, beispielsweise: »Dr. Monet eilt zu Hilfe«, was überhaupt nicht komisch ist, aber dennoch ein Kichern hervorruft, weil der Mann angespannt und nervös ist. Lachen entspannt den Schließmuskel, darum bereite ich ihn gern mit einem schlüpfrigen Witz auf das Kommende vor.

Anschließend gebe ich großzügig Gleitmittel auf meinen Zeigefinger und reibe es sanft um seinen Anus und auf sein Perineum. Das fühlt sich für den Mann wunderbar an und entspannt ihn weiter. Für gewöhnlich versucht er, zu erahnen, wann ich meinen Finger einführen werde, und ich versuche, so lange am Eingang zu verweilen, bis ich ihn in einem unbedachten Moment überrasche. Dann führe ich langsam und vorsichtig meine Fingerspitze ungefähr einen Zentimeter in sein Rektum ein. Der Schließmuskel schließt sich um meinen Finger. Wenn ich verharre und nicht weiter eindringe, könnte sein Körper denken, dass der Darm entleert werden soll, und es kommt Ihrem Partner weniger wie Sex vor. Also dringe ich ein wenig tiefer ein und spüre, wie sich der zweite Schließmuskel um meinen Finger spannt. Dieser Muskel kann nicht bewusst entspannt werden, sollte also der Mann auch nur den geringsten Schmerz fühlen und anzeigen, dass er aufhören will, dann ziehe ich meinen Finger eine Weile heraus und spiele wieder mit dem äußeren Rand seines Rektums.

Sie dürfen nur dann weitermachen, wenn Ihr Partner erkennen lässt, dass er immer noch interessiert ist. Hat er zu viel Angst, wird der zweite Schließmuskel so eng, dass die Penetration für die meisten Menschen mit großen Schmerzen verbunden ist. Dann ist es besser zu warten, bis er irgendwann entspannter und für die Idee aufgeschlossen ist, als das Risiko einzugehen, ihm für alle Zeiten die Neugier an Analspielen zu nehmen. Wenn Ihr Partner Sie wissen lässt, dass er eine tiefere Penetration wünscht, können Sie Ihren Zeigefinger ganz einführen. Achten Sie darauf, die Hand in Richtung seines Bauches zu wölben, so dass Ihr Finger seinen G-Punkt beziehungsweise seine Prostata berührt.

Krümmen Sie Ihren Zeigefinger nun ganz langsam in eine »Komm her«-Bewegung. Sie werden dabei eine Vertiefung in der Wand seines Rektums spüren, die beinahe genau dort ist, wo Ihr Zeigefinger endet, wenn Sie ihn vollkommen eingeführt haben. Meiner Erfahrung nach wird dieser Bereich steifer oder größer, je mehr ich damit spiele, darum nenne ich ihn gern den männlichen G-Punkt.

Experimentieren Sie mit leichtem Streicheln, aber auch mit etwas mehr Druck. Fordern Sie Ihren Partner auf, Sie wissen zu lassen, welche Bewegung und welcher Druck sich für ihn am besten anfühlen. Sie können ihn auf diese Weise ohne irgendwelche anderen sexuellen Techniken stimulieren oder Sie fügen andere Sexspielchen hinzu, um die Erfahrung zu intensivieren.

Während der Prostatamassage oder jeder anderen Form von Analsex können Sie beispielsweise das Perineum massieren, was den Genuss unglaublich steigert! Das Perineum befindet sich bei beiden Geschlechtern zwischen dem Anus und den Genitalien. Es ist sehr empfindlich und gilt in der östlichen Meditation und Medizin als Sitz eines Chakras sowie als Akupressurpunkt. Wie Sie bereits bemerkt haben, beziehe ich das Perineum in alle möglichen sexuellen Aktivitäten ein.

Es gibt auch Prostatamassagegeräte, die das Perineum stimulieren, während sie gleichzeitig die Prostata massieren. Im Internet unter www.keuschheit-cb.de finden Sie mehrere Modelle zum Bestellen. Aber Sie müssen sich keine speziellen Hilfsmittel zulegen, um das Perineum Ihres Partners zu stimulieren. Berühren Sie diesen Bereich einfach mit Ihren Fingern. Variieren Sie den Druck von leichtem Kitzeln bis hin zu fester Massage, und achten Sie in seinem Gesicht, seiner Körpersprache, seiner Atmung und seiner Erektion auf Feedback. Sie werden rasch herausfinden, welche Art von Berührung Ihr Partner vorzieht. Diese Art des Feedbacks kann Ihnen bisweilen genauere Informationen liefern, als wenn Sie Ihren Partner fragen, wie er sich fühlt oder was er will. Den meisten Männern fällt es schon schwer, sich unter normalen Umständen genau über Persönliches mitzuteilen, aber sie sind doppelt gehemmt, wenn es um Sex geht. Die sexuelle Reaktion aber weist normalerweise den Weg zur sexuellen Befriedigung.

Oft setze ich noch mindestens eine weitere sexuelle Technik ein, während ich die Prostata massiere. So entspannt der Mann sich noch mehr. Während sich also mein rechter Zeigefinger immer noch in seinem Anus befindet, errege ich mit dem Mund oder mit meiner linken Hand seine Brustwarzen, massiere sein Perineum oder stimuliere seinen Penis.

Wenn mindestens zwei erogene Zonen gleichzeitig stimuliert werden, kommen die meisten Männer ziemlich schnell zum Orgasmus. Sollten Sie den Prozess verlangsamen wollen, halten Sie einfach Ihren Zeigefinger einige Herzschläge lang still, während Sie an seiner Prostata bleiben. Wenn Sie dann die Stimulation dieses Bereichs wieder aufnehmen, wird der Orgasmus umso befriedigender ausfallen. Sobald Ihr Partner zum Höhepunkt kommt, werden Sie spüren, wie ihn Wellen des Verzückens durchlaufen. Ziehen Sie Ihren Finger während seines Höhepunkts nicht heraus, auch nicht gleich danach. Bleiben Sie in ihm, und halten oder trösten Sie ihn, wenn das angemessen scheint.

Wie schon zuvor erwähnt, brechen viele Männer in Tränen aus oder fühlen eine tiefe Regung, wenn sie einen inneren Orgasmus erleben, insbesondere dann, wenn es ihr erster ist. Versuchen Sie, Ihren Partner so zu behandeln, wie Sie in einem solchen Augenblick behandelt werden wollen. Wenn Sie plötzlich Ihren Finger aus ihm herausziehen, riskieren Sie, dass er sich verlassen oder leer fühlt. Sie werden dann auch die Macht und Intensität seines Höhepunkts verpassen. Für mich war das immer ein heiliger sexueller Moment, bei dem ich ganz und gar gegenwärtig sein wollte.

Wenn Sie beschließen, noch weiter zu experimentieren, können Sie als nächsten Schritt zu Analspielzeug übergehen. Als erstes Analspielzeug sollten Sie einen kleinen Analstöpsel wählen. Sie haben noch genug Zeit, um sich zu den größeren Spielzeugen hochzuarbeiten, wenn Sie das möchten. Möglicherweise wollen Sie relativ rasch einen Strap-On (Dildogeschirr) ausprobieren. Strap-Ons sind in letzter Zeit ziemlich beliebt geworden.

Am besten kaufen Sie den Strap-on gemeinsam als Paar. Wie die meisten Männer wird auch Ihr Partner den Dildo aussuchen wollen, um darauf zu achten, dass er nicht zu groß oder zu klein ist, je nach seinem Geschmack. Und Sie wollen bestimmt dafür sorgen, dass der Strap-On Ihren Vorstellungen entspricht und er Ihnen auch passt. Testen Sie das Gerät, bevor Sie es mit nach Hause nehmen. Der Dildo muss fest ins Geschirr passen, damit er bei einem leidenschaftlichen Liebesspiel nicht herausfällt. Und vergessen Sie nicht, tüchtig Gleitmittel zu kaufen. Sie brauchen für einen Strap-On mehr als für den Finger, weil die Oberfläche eines Dildos größer ist als die Oberfläche Ihres Fingers.

Ein Strap-On bietet Ihnen die Gelegenheit, die Geschlechterrollen umzukehren und herauszufinden, wie es sich anfühlt, einen Penis zu haben. Anders als ein echter Penis ermöglicht Ihnen der Dildo allerdings keine körperlichen Empfindungen, aber Sie können einen Strap-On-Gurt mit einer Halterung für einen Vibrator kaufen, der Ihre Klitoris stimuliert. Gurte gibt es in verschiedenen Variationen. Ich habe online (bei www.goodvibes.com) einen gefunden, der wie ein Korsett aussieht!

Sie können auch viel Spaß haben, wenn Sie mit Ihrem neuen Spielzeug verschiedene Stellungen ausprobieren. Ihr Partner kann dabei auf Ihnen sitzen. Sie können von hinten in ihn eindringen oder Ihr Partner ruht auf dem Rücken und legt seine Beine über Ihre Schultern. Wenn ihm die Umkehr der Geschlechterrollen gefällt, können Sie sogar so tun, als ob er

Ihnen ein Blowjob gibt. Ich hatte mehr als einen heterosexuellen Kunden, der diese Art von Fantasiespiel wirklich genoss. Für andere Männer dagegen ist das ein echter Abtörner, also müssen Sie – wie bei allen sexuellen Dingen – individuell abklären, was gefällt. Was der eine heiß findet, lässt den anderen eben kalt.

Denken Sie immer daran, langsam vorzugehen und einfühlsam auf das Feedback Ihres Partners zu reagieren. Ich habe mich gelegentlich von dem, was ich tat, so sehr mitreißen lassen, dass ich die feinen Hinweise meines Partners über sein Vergnügen übersah. Es ist doppelt wichtig, aufmerksam zu sein, wenn man gewissermaßen auf dem Fahrersitz Platz genommen hat. Je nach den individuellen Vorlieben Ihres Partners und sogar seiner Stimmung mag er es manchmal sanft und langsam, manchmal schnell und heftig und manchmal irgendwo dazwischen. Das gilt auch für die Tiefe der Penetration. Manche Männer mögen nur eine leichte Penetration, andere wollen es so tief wie möglich. Halten Sie die Kommunikationskanäle stets offen, damit Sie beide eine gute Zeit verleben.

Manche Männer fürchten sich vor analem Vergnügen. Sie befürchten, wenn ihnen Anilingus oder eine Penetration des Rektums gefällt, würde das heißen, dass sie schwul sind. Im Allgemeinen sind das dieselben armen Kerle, die zu paranoid sind, um ihrem Körper den Genuss zu erlauben, der durch eine Stimulierung der Brustwarzen entsteht. Diese starre, eingeschränkte Art Sexualität bringt es auch mit sich, dass nur sehr schwache Orgasmen erreicht werden. Ein kaum wahrnehmbares Seufzen oder Stöhnen, schon ist alles vorbei.

Glücklicherweise sind die meisten Männer viel zu genussorientiert, um sich zu sorgen, ob die Sexualpolizei ihr Treiben für angemessen hält oder nicht. Wenn es sich gut anfühlt … tu es! Der beeindruckendste männliche Orgasmus, den ich je miterlebt habe, war die Folge analer Stimulation. Der männliche Körper reagiert dabei in seiner Gesamtheit. Wellen des Vergnügens pulsieren nach einigen sehr kraftvollen Kontraktionen im rektalen Bereich durch den ganzen Körper. Obwohl auch manche Frauen eine anale Stimulation genießen, scheint mir, dass Männer hieran noch mehr Vergnügen haben als Frauen. Es ist eine wunderbare Gelegenheit für Männer, einen inneren Orgasmus zu erleben, der dem ähnelt, was manche Frauen vaginal empfinden. Mir taten Männer immer leid, weil ich dachte, sie hätten nicht so viele erogene Zonen wie Frauen. Die Erfahrung hat mich gelehrt, dass Männer ebenso viele erogene Zonen besitzen; manchmal brauchen sie einfach nur die Erlaubnis, sie auch zu genießen.

Wenn meine Kunden nicht um eine anale Stimulation baten, führte ich sie oft selbst in das Thema ein, indem ich sie fragte, ob sie denn gar nicht neugierig seien. Die meisten brachten ihre Bedenken zum Ausdruck, dass es wehtun könnte, darum schlug ich vor, dass wir nur mit einem leichtem Streicheln des Anus anfingen. Wenn sie das als angenehm empfanden (und bei den meisten war das der Fall!), fragte ich sie, ob es ihnen recht sei, wenn ich meinen Finger nur ein winziges bisschen einführte. Für gewöhnlich siegte an diesem Punkt die Neugier über die Angst. Manche Männer liebten die Empfindung, einige andere fanden, dass es nichts für sie war. Wer es als angenehm empfand, brachte für gewöhnlich zu unserem nächsten

Treffen eine Vielzahl von Analstöpseln mit. Beim dritten Termin gingen wir meistens einen Strap-On einkaufen, der dem Geschmack des Kunden entsprach.

Wenn Sie den männlichen G-Punkt also noch nicht gefunden haben und die Orgasmen Ihres Partners ihn nicht stärker durchrütteln als ein Nieser, dann sollten Sie es einmal mit analer Stimulation probieren. Das ist nicht nur für den damit beglückten Mann erotisch, meiner Meinung nach ist es auch ein toller sexueller Spaß für die Frau, die in ihren Partner eindringt.

23 Die weibliche Ejakulation und die Isis-Hocke

Es hat den Anschein, als würden wir Menschen fast schon gewohnheitsmäßig vergessen, was unsere Vorfahren über Sex wussten. Also müssen wir sexuelle Wahrheiten immer wieder von Neuem entdecken. Im Laufe der Jahre gab es große Kontroversen über den weiblichen Orgasmus. Anfangs hieß es, der vaginale Orgasmus sei der einzig gesunde Orgasmus für eine Frau, wohingegen der klitorale Orgasmus als Hinweis auf eine kindliche und verkümmerte sexuelle Entwicklung galt. Diese groteske Einstellung war in den Köpfen mancher Ärzte dermaßen fest verankert, dass Klitorektomien durchgeführt wurden. Mit anderen Worten: Um Frauen vom sexuellen Vergnügen durch die Klitoris abzuhalten, wurde ihnen die Klitoris operativ entfernt.

Nachdem wir Frauen unser Recht auf eine klitorale Stimulation behauptet hatten, schlugen wir die andere Richtung ein und erklärten, dass es so etwas wie einen vaginalen Orgasmus nicht gebe; alle Orgasmen hätten ihren Ursprung in der Klitoris.

Heute sind sich die meisten Experten einig, dass die Mehrheit der Frauen klitorale Orgasmen erlebt, aber mindestens einige Frauen auch vaginale Orgasmen kennen. Manche Frauen bekommen sogar einen Orgasmus, wenn man ihren Gebärmutterhals stimuliert.

Es gibt aber immer noch Auseinandersetzungen über den G-Punkt (G ist die Abkürzung für Grafenberg) und die weibliche Ejakulation. Ist das weibliche Ejakulat wirklich eine besondere Flüssigkeit oder handelt es sich einfach um Urin? Sollte man Frauen erlauben, das Ejakulieren zu genießen? Oder sind diese Frauen schlichtweg inkontinent und bedürfen einer Behandlung? Existiert der G-Punkt tatsächlich, oder ist er nur ein Mythos? Die einzige Frage, die sich mir in diesem Zusammenhang stellt, lautet, warum wir so viel Energie darauf verwenden, zu analysieren und zu kritisieren, wie Frauen zum Höhepunkt kommen? Ist es nicht weitaus wichtiger, dass Frauen Vergnügen empfinden, egal welcher Teil ihrer Körpers dieses Vergnügen liefert?

Für die Akten: Die Forschung hat die Existenz des weiblichen Ejakulats bestätigt. Es wurde analysiert und dabei stellte man fest, dass es größere Mengen an Glukose und eines Enzyms namens *prostataspezifische saure Phosphatase* (PAP) enthält, die für die männliche Samenflüssigkeit charakteristisch ist. Es scheint keine Einigkeit zu herrschen, woher diese Flüssigkeit kommt: Einige Wissenschaftler verweisen diesbezüglich auf den G-Punkt, andere auf die Paraurethraldrüsen. Natürlich sprechen manche Ärzte immer noch von Urin und es gibt Forschungsergebnisse, die auch diese Behauptung stützen.

Ich finde, es kommt in Ihrem Sexleben nicht darauf an, woher das weibliche Ejakulat stammt oder aus welchen chemischen Komponenten es besteht. Wenn Sie als Frau ejakulieren, dann steht Ihnen einfach eine weitere Möglichkeit zu sexuellem Genuss und Erfüllung zur Verfügung. Wenn Sie nicht ejakulieren, dann können Sie es sich beibringen. Oder Sie können es lassen. Die Entscheidung liegt ganz bei Ihnen.

Ich bin eine Frau, die ejakuliert, und ich kann Ihnen versichern, dass es mir einen Orgasmus bereitet, der sich von einem vaginalen Orgasmus deutlich unterscheidet. Ich stimuliere allerdings nicht meinen G-Punkt, um zu ejakulieren. Ich habe einen G-Punkt und ich weiß auch genau, wo er sitzt, aber es verschafft mir keinen Genuss, ihn zu stimulieren. Wenn ich ejakulieren will, stimuliere ich meine Klitoris. Mein Ejakulat fühlt sich für gewöhnlich ölig an und riecht ein wenig nach Walnüssen. Manchmal ist auch Urin damit vermengt. Ich weiß das, weil ich das Ammoniak riechen kann. Wen kümmert das? Ob ich nichts als weibliches Ejakulat ausstoße oder eine Mischung aus Ejakulat und Urin, ich fühle mich wunderbar! Ich sorge nur dafür, dass ein Handtuch unter mir liegt, damit die Laken nicht feucht werden, dann lasse ich der Natur ihren Lauf.

Meine klitoralen Orgasmen sind eher genital, wohingegen meine vaginalen Orgasmen Ganzkörperorgasmen sind, die mich bis an den Rand der Ohnmacht führen können. Andererseits sind auch meine klitoralen Orgasmen ungeheuer intensiv. Ich kombiniere die klitorale und vaginale Stimulation, füge nach Lust und Laune anale Stimulation hinzu und verstärke meine Erregung, indem ich meine Brustwarzen stimuliere oder tantrische Atemübungen einsetze, um den Sex spiritueller zu machen.

Der Punkt ist der, dass es viele Wege zum sexuellen Verzücken gibt und wir keine Hierarchie aufbauen müssen, um festzulegen, welcher Orgasmus der beste ist. Sie sind alle gut. Wir müssen das sexuelle Potenzial von Männern und Frauen auch nicht begrenzen, indem wir die Erfahrungswerte ihrer Körper für nutzlos erklären. Ärzte und Wissenschaftler lesen viele Bücher und führen zahlreiche Untersuchungen durch, aber das ist nicht dasselbe, wie tatsächlich Sex zu haben. Ich hatte viel Sex und ich konnte feststellen, dass alles eben Genannte zutrifft.

Ein wichtiger Teil meiner sexuellen Ausbildung war der Unterricht in antiker Tempelprostitution. Hier lernte ich, stolz auf meinen weiblichen Körper zu sein, und die Übungseinheiten erfüllten mich mit einem positiven Blick auf das Leben, auf die Männer und auf den Sex. Insbesondere eine Technik mit dem Namen *Isis-Hocke* half mir, meinen Blickwinkel zu verändern. In meiner Vorstellung verwandelten sich meine weiblichen Genitalien in einen machtvollen Muskel, der bei Gebrauch immer stärker wurde.

Der Kurs in antiker Tempelprostitution wurde von Cosi Fabian in San Francisco gehalten, und sie eröffnete mir eine völlig neue Wirklichkeit. Cosi Fabian vermittelte ihren Schülerinnen die uralte Kunst der Prostitution und der transpersonalen Liebe. Ihre Schülerinnen waren nicht unbedingt Prostituierte und sie legte ihnen auch nicht nahe, Prostituierte zu werden. Sie lehrte etwas viel tiefer Gehendes: Sex ist eine heilende Kraft und die Genitalien der Frau sind heilig.

Cosi Fabian zeigte uns die Isis-Hocke, bei der die Frau auf dem Penis des Mannes kauert, während er auf dem Rücken liegt. Anstatt in einer überlegenen Position zu knien, bleibt die Frau auf ihren Fußsohlen in der Hocke und bewegt sich mit Hilfe ihrer Schenkelmuskulatur auf dem Penis auf und ab. Das verleiht der Frau eine herrliche Kontrolle über den Rhythmus, die Geschwindigkeit, die Tiefe und die Richtung des Geschlechtsverkehrs. In dieser Stellung ist es für die Frau auch leichter, ihren PC-Muskel zu kontrahieren. Außerdem fühlt es sich unglaublich machtvoll an.

Wenn eine Frau auf Knien über dem Mann sitzt, kann sie nicht dieselben tiefen und kraftvollen Bewegungen durchführen, als wenn sie auf den Fußsohlen kauert. Frauen haben starke Schenkelmuskeln und es ist sinnvoll, von ihnen Gebrauch zu machen, um beim sexuellen Verkehr eine selbstsichere und kraftvolle Rolle einzunehmen. Der Mann profitiert ebenfalls, weil er erlebt, wie Geschlechtsverkehr an ihm vollzogen wird. Das ist für die meisten Männer eine extrem erotische Erfahrung. Ich halte die Isis-Hocke für höchst befriedigend, nicht zuletzt weil sie Frauen so gut zum Orgasmus führt.

Sowohl Frauen als auch Männer sind zu einer Vielzahl von orgasmischen Reaktionen fähig. Die Orgasmen unterscheiden sich je nach Art der Stimulation, aber sie passen sich auch unserer Stimmungslage an. Manchmal ist ein bestimmter Körperteil einbezogen, und manchmal entsteht ein Orgasmus sogar ohne körperlichen Kontakt. Die sexuelle Reaktion unterscheidet sich von Mensch zu Mensch und von Augenblick zu Augenblick. Unsere Körper sind auf erstaunliche Weise dafür ausgerüstet, uns Vergnügen und Freude zu schenken.

Ich empfehle Ihnen, sich in aller Ruhe mit Ihrem Körper und Ihren sexuellen Reaktionen vertraut zu machen, wenn Sie das nicht bereits getan haben. Nichts verbessert den Sex mit Ihrem Partner mehr als Masturbation. Die Selbstbefriedigung ist der wirkungsvollste und sicherlich schönste Weg für Sie, die Reaktionen Ihres Körpers kennen zu lernen und herauszufinden, was Sie mögen und was nicht. Wenn Sie mit Ihrer Sexualität vertraut sind, fällt es Ihnen viel leichter, Ihrem Partner Ihre Sehnsüchte und Bedürfnisse mitzuteilen.

Fangen Sie am besten mit Ihren Fingern an. Ein Spiegel ist ebenfalls hilfreich. Indem Sie Ihre Genitalien studieren, lernen Sie sie besser kennen und vielleicht verlieben Sie sich auch in deren Aussehen. Meiner Erfahrung nach hilft es, sich zu entspannen und den Sex mit dem Partner intensiver zu genießen, wenn man das Aussehen der eigenen Genitalien schätzt, anstatt kostbare Zeit damit zu verschwenden, sich unsicher zu fühlen.

Ihre Finger geben Ihnen ein unmittelbares Feedback über Ihre sexuelle Reaktion, weil Sie fühlen können, wie sich Ihre Klitoris aufrichtet. Sie nehmen wahr, wie Ihre Scheide feucht wird, Sie können sogar spüren, wie sich Ihre Schamlippen mit Blut füllen, größer und flacher werden und sich teilen. Mit Ihren Fingern können Sie Ihre Klitoris mit unterschiedlichem Druck und wechselnder Geschwindigkeit stimulieren. Sie können einen oder mehrere Finger in Ihre Vagina einführen und spüren, wie sie in Bewegung gerät. Üben Sie, Ihren PC-Muskel zu kontrahieren, während Sie mit den Fingern in Ihrer Scheide sind, damit Sie merken, wie kraftvoll dieser Muskel ist.

Wenn Sie neugierig sind oder den Wunsch danach verspüren, können Sie anschließend zu Sexspielzeug greifen. Experimentieren Sie mit diversen Hilfsmitteln, beispielsweise einem Dildo, einem Vibrator und vielleicht einem Analstöpsel (wichtige Tipps zum Analspiel siehe 22. Kapitel). Vielleicht entdecken Sie ein Lieblingsspielzeug und beschließen, es von nun an immer einzusetzen. Oder Sie genießen das Abenteuer, gelegentlich etwas Neues auszuprobieren. Geben Sie sich die Erlaubnis, mehr Genuss in Ihr Leben zu bringen. Das kann Ihre Einstellung zum Leben nur verbessern!

24 Lektionen der Liebe für ihn

Einen Großteil meiner Zeit als Hostess verbrachte ich damit, Männer über den weiblichen Körper aufzuklären. Die meisten von uns hatten im Laufe ihrer Erziehung auch Sexualunterricht, aber trotz Diagrammen und Übersichtstafeln wissen wir nur sehr wenig darüber, wie unsere Körper funktionieren. Es gibt wirklich keinen Ersatz für die praktische Ausbildung.

Angenommen, Sie haben sich mit Ihrem eigenen Körper vertraut gemacht, dann können Sie Ihr Wissen jetzt an Ihren Partner weitergeben. Nehmen Sie den Handspiegel zu Hilfe, damit Sie sehen können, was Sie tun, und laden Ihren Partner ein. Ich strahle meine Genitalien meist mit einer Leselampe an, damit man sie besser sehen kann. Auch wenn Ihr Anliegen in dieser Situation ein wissenschaftliches sein mag, gibt es keinen Grund, warum es letzten Endes nicht zu sexuellen Aktivitäten führen sollte. Manchmal ist ein Nebeneinander intellektueller und erotischer Stimulation genau das Richtige!

Viele meiner Kunden wünschten sich dies, wenn Sie mich für meine Zeit bezahlten. Als ich einem Mann das erste Mal eine praktische Lektion in Sachen weiblicher Anatomie erteilte, war ich sicher, die Lektion sei rein informativ. Ich bezweifelte, dass die Situation sexuell aufgeladen sein könnte. Ich legte mich mit angewinkelten Beinen auf meinen Massagetisch, in derselben Stellung, die eine Frau für eine gynäkologische Untersuchung einnimmt. An Sex dachte ich dabei überhaupt nicht. Ich leuchtete mit einer Leselampe direkt auf meine Scheide, damit mein Schüler gut sehen konnte, während ich in aller Ausführlichkeit erklärte, was er da sah: »Das ist die Klitoris, das ist die Vagina, das sind die Schamlippen …«

Zu meiner Überraschung erregte ihn das sehr. Ich hatte bisher gedacht, dass ich mich sexy geben müsse, indem ich nackt posierte oder anzüglich redete. Ich hielt es wirklich nicht für attraktiv, wenn ich ausgestreckt auf einem Massagetisch lag. Aber ich irrte mich. Damals ahnte ich noch nicht, dass ich diese Unterrichtseinheit in den kommenden Jahren noch viele Male als Teil des Vorspiels wiederholen und immer Begeisterung ernten würde!

Seither bin ich zu dem Schluss gelangt, dass das Selbstvertrauen, das nötig ist, um bei Tageslicht vollkommen nackt dazuliegen, an sich schon sexy ist. Wenn man dem noch die Selbstsicherheit einer Frau hinzufügt, die bei vollem Licht ihre Beine spreizt und ihre Genitalien zeigt, dann hat man in der Tat eine sehr potente Voraussetzung für sexuelle Erregung geschaffen. Aber belassen Sie es nicht dabei. Beweisen Sie jetzt die ultimative sexuelle Kühnheit und Autorität indem Sie 1.) über Ihre Genitalien sprechen, als seien sie ein interessantes und anregendes Gesprächsthema, und 2.) bestimmte Handlungen einfordern, die Sie erfreuen und Ihnen Vergnügen schenken. Was in der Welt könnte erotischer sein als das?

Fangen Sie damit an, dass Sie Ihren Partner bitten, die unterschiedlichen Teile Ihrer Genitalien mit Ihnen gemeinsam zu berühren. Zeigen Sie ihm, wo sich Ihre Klitoris befindet und welche Art von Berührung Sie bevorzugen: vorn, an der Seite, schnell, langsam, zart oder kräftig. Drücken Sie die äußeren Schamlippen auseinander und achten Sie darauf, dass Ihr Partner die inneren Schamlippen bemerkt, wenn sie nicht ohnehin über die äußeren hinausragen. Stellen Sie jedenfalls sicher, ihm zu zeigen, dass Sie zwei Arten von Schamlippen besitzen. Ich fand heraus, dass viele Männer sich dieser biologischen Tatsache nicht bewusst und an dieser Entdeckung sehr interessiert waren.

Lassen Sie ihn nur dann einen Finger in Ihre Scheide einführen, wenn Sie das wirklich schön finden. Und sagen Sie ihm genau, wie tief er gehen soll, wie viele Finger er einsetzen darf, ob Sie wollen, dass er die Finger einführt und dann verharrt, ob er seine Finger bewegen soll und wenn ja, wie er sie bewegen soll – vor und zurück, seitwärts, ruckartig oder streichelnd und in welcher Geschwindigkeit. Vergessen Sie nicht, dass er einen Latexhandschuh tragen muss, wenn Sie sich auch nur die geringsten Gedanken über schlecht manikürte Fingernägel machen. Halten Sie Gleitmittel bereit, falls Sie etwas davon benötigen.

Jetzt können Sie beide einen Teil Ihres Körpers erforschen, der etwas schwerer zugänglich ist. Obwohl ich viele Frauen kenne, die ihren G-Punkt gern mit den eigenen Fingern stimulieren, war das für mich nie sonderlich interessant. Ich ziehe es vor, wenn mein Partner das macht. Auch wenn Sie Ihren G-Punkt mühelos finden, kann es ein sehr erotischer Augenblick sein, wenn Ihr Partner danach sucht. Diesen Moment sollten Sie nicht verpassen.

Auf diese Weise können Sie Ihrem Partner beibringen, Ihren G-Punkt zu stimulieren: Legen Sie sich mit leicht angewinkelten Beinen auf den Rücken. Fordern Sie Ihren Partner auf, seinen Zeigefinger drei bis fünf Zentimeter tief in Ihre Scheide einzuführen. Seine Handfläche sollte dabei nach oben zeigen, damit seine Fingerspitze mühelos mit dem oberen Teil Ihrer Vagina (der Seite, die zu Ihrem Bauch zeigt) in Berührung kommt. Wenn er in Ihnen ist, bitten Sie ihn, mit dem Zeigefinger eine »Komm her«-Bewegung zu machen. Mit geringfügigen Anpassungen, wenn überhaupt, kommt er dabei mit dem Teil Ihrer Vagina in Kontakt, der sich für Sie besonders empfindsam anfühlt. Massiert er diese Stelle mit seinem Finger, wird sie härter. Das liegt daran, dass sie erektiles Gewebe enthält, wie man es auch im Penis findet. Das ist der berüchtigte G-Punkt.

Wenn Sie als Frau ejakulieren, dann haben Sie in diesem Moment wahrscheinlich das Gefühl, als müssten Sie urinieren. Wenn dem so ist, entspannen Sie sich einfach und lassen Sie der Natur ihren Lauf. Womöglich scheiden Sie Ejakulat, Urin oder eine Mischung aus beidem aus. Machen Sie sich keine Gedanken, woraus die Flüssigkeit besteht, lassen Sie einfach los und genießen Sie die Wellen des Vergnügens. Wenn Sie nicht ejakulieren, dann kann Ihnen die Stimulierung Ihres G-Punktes dennoch gefallen. Oder auch nicht. Und selbst wenn Sie ejakulieren, mögen Sie vielleicht das Gefühl nicht, das sich mit der Stimulation Ihres G-Punkts einstellt. Ich ejakuliere und ich weiß genau, wo mein G-Punkt ist, aber es gefällt mir nicht besonders, wenn er längere Zeit mit dem Finger oder etwas anderem stimuliert wird. Einige Sekunden reichen mir. Ich ejakuliere aufgrund der Stimulation meiner Klitoris. Manche Frauen lieben es dagegen sehr, wenn ihr G-Punkt mit Fingern, Dildo oder Penis stimuliert wird.

Es gibt kein richtig oder falsch, wenn es darum geht, erregt zu werden. Wir sind alle verschieden und wir sollten unseren unterschiedlichen sexuellen Geschmack respektieren. Machen Sie sich also keine Sorgen. Wenn Ihnen das Gefühl nicht gefällt, hören Sie damit auf (oder bitten Sie Ihren Partner, damit aufzuhören). Dieses Experiment hat zwei Ziele: 1.) Sie erfahren mehr über Ihren Körper und Ihre sexuellen Reaktionen. 2.) Sie lernen eine neue Art des Vorspiels mit Ihrem Partner kennen.

Zweifellos ist Ihr Partner mittlerweile erregt und versucht, die Dinge voranzutreiben. Lassen Sie sich von ihm nicht dazu drängen, zum Cunnilingus überzugehen. Wenn Sie über seine Technik etwas zu sagen haben, es Ihnen bislang aber zu peinlich war, dann ist jetzt der richtige Zeitpunkt gekommen. Nur wenige Frauen stimmen darin überein, was einen perfekten Cunnilingus ausmacht. Und das sollten Sie Ihrem Partner auch klarmachen, damit er sich nicht unsicher fühlt oder dumm vorkommt. Versichern Sie ihm, dass keine zwei Frauen gleich sind und er folglich gar nicht wissen kann, wie es Ihnen gefällt. Teilen Sie ihm mit, dass Sie genau aus diesem Grund die Gelegenheit ergreifen wollen, um ihm Ihre Vorlieben mitzuteilen.

Sagen Sie ihm nicht einfach nur, was Ihnen gefällt. Lassen Sie es ihn einüben. Mit anderen Worten, erlauben Sie ihm nicht, seine Aufmerksamkeit von Ihren Genitalien abzuwenden, indem er Sie anschaut. Er soll zuhören und dabei gleichzeitig versuchen, Ihre Anweisungen durchzuführen. Also bitten Sie ihn,

Sie oral zu befriedigen und geben Sie ihm sanftes, aber eindeutiges Feedback zu seinem Tun. »Ich mag es ein wenig härter.« »Nimm die Zunge, weniger die Lippen.« »Es würde sich für mich besser anfühlen, wenn du deinen Finger in mich steckst, während du meine Klitoris leckst.« »Kannst du auch meinen Anus lecken?« Das sind Beispiele von eindeutigen Anweisungen, die Sie ihm geben können. Sie müssen nicht »bitte« sagen und Sie müssen Ihre Sätze auch nicht in Frageform an ihn richten, obwohl das natürlich in Ordnung ist.

Denken Sie immer daran, dass schlichte, konkrete Aussagen am leichtesten zu verstehen sind. Sie helfen außerdem, sich auf das sexuelle Tun zu konzentrieren, anstatt sich Gedanken über die Kommunikationsetikette zu machen. Anfangs neigte ich dazu, mich umständlich auszudrücken oder mich zu entschuldigen, wenn ich um etwas bat, das mir sexuell gefiel. Selbst bei Kunden, die sexuelle Anweisungen erbeten hatten, stellte ich fest, dass ich nur Zeit und Energie verschwendete, wenn ich mein Feedback mit Lob umhüllte.

Schließlich entdeckte ich, dass all das unnötig war. Schlichte und konkrete Anweisungen versteht man am besten und die meisten Männer begrüßen dies. Es gibt jedoch eine wichtige Ausnahme zu dieser Regel.

Wenn Sie beide sich für Geschlechtsverkehr entscheiden, nachdem er Sie zu Ihrer Zufriedenheit oral befriedigt hat, dann sollten Sie die Klassenzimmernummer lassen und sich ganz der Leidenschaft des Augenblicks hingeben. Ich habe festgestellt, dass ein wenig Feedback beim Geschlechtsverkehr vollkommen ausreicht. Allerdings ziehe ich es vor, einem Mann erst dann ein Feedback über seine Künste als Liebhaber zu geben, wenn wir gerade nicht das geringste Interesse an gemeinsamem Sex haben. Bei diesem Thema reagieren Männer nämlich besonders sensibel, vielleicht, weil so viele Männer mehr oder minder stark unter Leistungsdruck leiden. Es ist besser, eine getrennte Unterhaltung darüber zu führen, wie Sie den Geschlechtsverkehr gern hätten, anstatt während des Aktes konstruktive Kritik anzubringen. Ansonsten könnte Ihr Timing zu einer unerwünschten Nebenwirkung führen: einer Schiffbruch erleidenden Erektion.

Da Sie natürlich wollen, dass Ihr Feedback beziehungsweise Ihre konstruktive Kritik zu besserem Sex für Sie beide führt, sollten Sie darauf achten, dass Sie Ihre Intuition einsetzen und die nonverbalen Hinweise Ihres Partners berücksichtigen, wenn Sie mit ihm über Ihre sexuellen Sehnsüchte sprechen. Geht er auch nur ein wenig in die Defensive, sollten Sie einen besseren Zeitpunkt abwarten, einen anderen Ort suchen oder eine andere Herangehensweise wählen. Verlieren Sie Ihre Ziele nicht aus den Augen, aber wählen Sie die Form der Übermittlung, die zu den besten Ergebnissen führt. Glücklicherweise arbeitet die Neugier zu Ihren Gunsten, darum wird Ihr Partner wahrscheinlich nicht viel Ermutigung brauchen, um auf Ihre Anregungen einzugehen, solange er zu Multitasking in der Lage ist: Ihre Genitalien anzuschauen und mit ihnen zu spielen, während er auf Ihr Feedback hört!

Humor ist auch hier ein guter Begleiter, da Sie ein Thema ansprechen, das beleidigend oder bedrohlich sein kann. Ebenso hilfreich ist etwas Aufmunterung. Wir alle wollen uns sicher und geliebt fühlen und das gilt vor allem dann, wenn jemand, der uns wichtig ist, uns sagt, wie wir im Bett besser sein können.

Aber achten Sie darauf, es nicht zu übertreiben. Niemand mag es, gönnerhaft behandelt zu werden. Unechtes Lob schmerzt mehr als eine negative Wahrheit. Vielleicht hatte ich deshalb so viel Erfolg mit der Klassenzimmer-Methode: Sie ist weder verurteilend noch herablassend.

25 Die Kontrolle behalten

Ich war schockiert und erstaunt, wie viele meiner Kunden sich danach sehnten, auf irgendeine Weise dominiert zu werden. Weil ich ursprünglich gedacht hatte, man würde mich bezahlen, um anderen gefällig zu sein, war mir nie der Gedanke gekommen, dass sich die Mehrheit der Männer nach einer Frau sehnt, die Macht über sie hat. Wenn ein Mann in seinem Alltagsleben und seinem Beruf extrem mächtig war, wollte er, dass ich ihm eine Pause von dieser Rolle verschaffte. Fühlte sich jedoch ein Mann in seinem normalen Leben dominiert, dann hatte er kaum ein Interesse daran, auch noch im Schlafzimmer unterwürfig zu sein. Dennoch hegte auch er ein *gewisses* Interesse daran, die sexuelle Kontrolle aufzugeben.

Obwohl ich einen Zusammenhang entdeckte zwischen den Berufen meiner Kunden und dem *Maß*, in dem sie mich baten, sie und unsere sexuellen Aktivitäten zu dirigieren, ist der männliche Wunsch nach weiblicher Dominanz auch unabhängig davon ein extrem häufiges Phänomen. Ich kam zu dem Schluss, dass ein Mann ungeachtet seiner Stellung im Leben Sex immer als etwas erlebt, was Frauen von ihm entweder akzeptieren oder ablehnen. Die meisten Männer sind der Führungsrolle in ihren Beziehungen zu Frauen müde und sehnen sich nach einer Abwechslung. Obwohl es gravierende Unterschiede gibt, wie stark oder schwach der Wunsch nach Unterwürfigkeit ausgeprägt ist, so ist es doch ein ziemlich universelles Verlangen unter Männern.

Eine Frau kann die Kontrolle auf unterschiedlichste Weise übernehmen, von den Verführungstechniken, die ich im 13. Kapitel vorgestellt habe, bis hin zu Sexspielen wie dem Einsatz von Fesseln oder sogar leichten Schlägen. Manche Männer wünschten sich, dass ich ihre Handgelenke sanft mit meinen Nylonstrümpfen an die Bettpfosten band und mich dann an ihnen »verlustierte«. Andere sehnten sich danach, mit Handschellen gefesselt zu werden und eine Augenbinde zu tragen, bevor ich mit Oralsex begann. Manche Männer wollten gefesselt werden, anschließend musste ich ihnen den sexuellen Zugang zu meinem Körper oder ihrem eigenen verbieten. Trotz gegenteiliger Proteste lieben Männer es, auf spielerische Weise gequält, verhöhnt und sexuell frustriert zu werden. Es ist tatsächlich so, denn mir wurde sehr viel Geld dafür bezahlt.

Diese Fantasien und Spielchen gehen auch eng mit dem Wunsch nach Anbetung des weiblichen Körpers einher. Viele Männer, die diesen Wunsch äußerten, genossen es, wenn ich ihnen sagte, wie sie mir zu Gefallen sein konnten. Ich kritisierte plump ihr Liebesspiel und bestand darauf, dass sie für mich perfekt funktionierten. Ich bestand auch darauf, dass sie sich ausschließlich auf mein Vergnügen konzentrierten und ihre Hände niemals zu ihren eigenen Genitalien wandern durften.

Sexuelle Frustration kann durchaus das sexuelle Verlangen anfachen. Wenn Sie Ihrem Partner erlauben, Sie nackt zu sehen (aber hinauszögern, dass er Sie berührt), oder wenn Sie den Geschlechtsverkehr initiieren (und ihn warnen, dass er erst zum Orgasmus kommen darf, wenn Sie es ihm erlauben), können Sie Lust und Kraft des Orgasmus für Sie beide steigern. Das ist eine ganz einfache Wahrheit, die Sie an sich selbst erfahren können, wenn Sie masturbieren. Wenn Sie sich den Orgasmus zum erstmöglichen Zeitpunkt erlauben, finden Sie einen Genuss, der nichts ist im Vergleich zu dem kraftvollen Orgasmus, den Sie erleben, wenn Sie länger masturbieren. Auf gewisse Weise frustrieren Sie sich sexuell, damit Sie am Ende noch mehr belohnt werden. Dasselbe trifft auch auf den Sex mit einem Partner zu.

Wenn Sie mit Kontrolle experimentieren, sollten Sie ein paar Dinge beachten. Zum einen liegt ein Teil des Reizes in der Illusion, dass Ihr Partner sich Ihnen widersetzt. Ich weiß noch, wie sehr es mich erregte, als ein Mitstudent mich umwarb und mich verführen wollte, und ich Gleichgültigkeit und leichten Widerstand vortäuschte. Ich spreche hier auf gar keinen Fall von einem Vergewaltigungsszenario, bei dem Sie klargestellt haben, dass Sie keinen Sex wollen, aber der Typ beschließt, Ihr »Nein« sei ein »Ja«. Ich spreche von gegenseitigem Verlangen, das durch kleine Machtspiele angefacht wird. Manchmal handelt es sich um etwas so Unschuldiges wie Fangen und Kitzeln. Erst wird der eine verfolgt, dann der andere.

Sexspiele ähneln im Grunde anderen Spielen, aber anstatt um den Sieg spielen Sie um größere und bessere Orgasmen und eine tiefere Intimität mit Ihrem Partner. Ich möchte Sie ermutigen, Ihrem Partner gegenüber die dominante Rolle einzunehmen. Gönnen Sie ihm eine Pause davon, den Sex initiieren und dirigieren zu müssen und die Last Ihrer gelegentlichen Abweisungen zu tragen (falls Ihre Beziehung auf diesen typischen Geschlechterrollen basieren sollte). Aber es macht natürlich auch Spaß, die passive Rolle einzunehmen und sich von ihm dominieren zu lassen.

Wenn es Ihnen hilft, dann stellen Sie sich Sex wie Fangen vor. Zuerst jagt der eine den anderen, dann wird der Spieß umgedreht. »Du bist daran!« Beim Spielen tauscht man an irgendeinem Punkt im Spiel seine Rolle mit dem Partner, aber nicht immer. Manche von uns mögen es, im Spiel immer der Böse oder der Gute zu sein und das ist auch in Ordnung, solange die bevorzugte Rolle Ihres Partners die Ihre ergänzt.

Einige Spiele entstehen spontan, aber wenn wir jemand in ein neues Spiel einweisen, nehmen wir uns normalerweise die Zeit, die Regeln zu besprechen. Insbesondere wenn die Regeln des Spieles kompliziert sind, müssen wir die Einzelheiten durchgehen, bevor wir mit dem Spiel beginnen. Beim Sex ist das nicht anders. Wenn Sie Ihren Partner überraschen wollen, indem Sie seine Handgelenke mit einem Seidenschal an das Bett binden und anschließend die Isis-Hocke (siehe 23. Kapitel) an ihm ausprobieren, dann müssen Sie das vorher nicht unbedingt groß mit ihm diskutieren. Falls er jedoch Anzeichen erkennen lässt, dass es ihm unangenehm ist, hören Sie sofort auf.

Sollten Sie aber beabsichtigen, Ihren Partner in die Kunst von Handschellen und Augenbinde einzuführen, müssen Sie das zuerst mit ihm abklären. Sie wollen doch sicherstellen, dass er das Spiel genauso erotisch findet wie Sie. Wenn Sie das Element der Überraschung besonders genießen, können Sie Ihren Wunsch lange vorher mit ihm besprechen und ihm ankündigen, dass Sie ihn irgendwann überrumpeln werden. Solange er Ihre Liebe für Überraschungen teilt, steht dem Spaß daraufhin nichts mehr im Wege.

Man weiß nie, welche Phobien oder Notfälle (Muskelkrämpfe, volle Blase, Migräne) sich urplötzlich einstellen können, daher müssen Sie wissen, wann Sie aufzuhören haben. Teil der Faszination ist die Illusion des Widerstandes, darum reicht es nicht, wenn Ihr Partner einfach »Aufhören!« ruft. Der halbe Spaß liegt darin, wenn er so tut, als wolle er etwas nicht, und darum fleht, dass Sie aufhören. »Nein« oder »Aufhören!« müssen in diesem Kontext durch sichere Wörter ersetzt werden. Manche Menschen verwenden eine Farbe als sicheres Wort. Rot bedeutet in den meisten Ländern im Straßenverkehr »Stopp«. Manche Leute sagen deshalb »rot«, wenn sie wollen, dass das Spiel aufhört. Vielleicht finden Sie und Ihr Partner ein anderes Wort, das eine besondere Bedeutung für Sie hat. Es kommt nur darauf an, dass Sie beide einhundertprozentig verstanden haben, mit welchem Wort dem Spiel umgehend ein Ende bereitet werden kann.

Was ist, wenn Ihrem Partner Ihre Vorstellung von einem Sexspiel nicht gefällt? Dann verhandeln Sie mit ihm. Finden Sie heraus, was ihm an dem Szenario, das Sie vorgeschlagen haben, nicht behagt, und stellen Sie fest, ob Sie beide etwas anderes finden, das auch ihm Spaß machen würde. Vielleicht hat er ein Problem damit, wenn er nichts sehen kann, und will deshalb keine Augenbinde tragen. Möglicherweise wäre er mit einem durchsichtigen Schal einverstanden, der wie eine Augenbinde aussieht, aber durch den er noch etwas sehen kann. Würde das Ihre Fantasie von einer Augenbinde befriedigen? Wenn ja, dann haben Sie eine Lösung. Wenn nicht, verhandeln Sie weiter. Vielleicht ist Ihnen die Augenbinde gar nicht so wichtig. Wenn er zulässt, dass Sie ihn mit Handschellen an einen Stuhl fesseln, könnte das die Situation für Sie womöglich noch erregender machen, und Sie würden die Augenbinde vielleicht gar nicht vermissen.

Entscheidend ist, über die Dinge zu sprechen, die Sie beide faszinieren oder abstoßen. Es gibt keinen Grund, sich für Ihre Gefühle zu schämen oder die Gefühle Ihres Partners zu verurteilen. Es ist eine Gelegenheit für Sie beide, mehr übereinander und über sich selbst zu lernen. Hinsichtlich unserer Gefühle gibt es kein richtig oder falsch. Und weil Sie sich bereits zueinander hingezogen fühlen, ist die Chance groß, dass Sie Kompromisse finden werden, die für Sie beide funktionieren, solange Sie nicht in die Defensive gehen oder Ihren Partner angreifen.

Das ist manchmal leichter gesagt als getan. Wir sind in einer Welt aufgewachsen, die Sex für etwas Negatives hält, und darum fühlen sich die meisten von uns in die Verteidigung gedrängt, bevor wir auch nur begonnen haben, mit unseren Partnern zu verhandeln und unsere Wünsche offenzulegen. Die größten Schlachten werden also in Ihrem Kopf ausgefochten. Sie müssen sich mit Ihrer eigenen Sexualität gut fühlen und eine neutrale Haltung zu sexuellen Themen einnehmen. Erst dann können Sie erfolgreich über das verhandeln, was Sie sich als Sexspiel vorstellen. Das ist eines der besonderen Geschenke, die ich meinen Kunden machen konnte, etwas, das alle Hostessen ihren Kunden schenken: einen Raum, an dem man angenommen und nicht verurteilt wird und an dem man ein authentisches sexuelles Wesen sein kann.

Sie können einen solchen Raum für Ihren Partner schaffen, indem sie ihn zuerst selbst für sich in Anspruch nehmen. Weigern Sie sich, der Versuchung nachzugeben und sich schuldig zu fühlen oder zu schämen. Bekräftigen Sie, dass Sex ein natürlicher, gesunder und sehr wichtiger Aspekt des Lebens ist. Fürchten Sie sich nicht vor Ihren Fantasien, Ihren Sehnsüchten und Ihrer Ekstase. Wenn Sie sich selbst mit Respekt und Würde behandeln, fällt es Ihnen leicht, diese Höflichkeit auch anderen zu erweisen. Und denken Sie daran, dass kein Mensch besser oder schlechter ist als der andere, nur eben anders. Es ist gut, dass wir unterschiedlich sind, ansonsten wäre das Leben ziemlich langweilig. Feiern Sie also Ihre Unterschiede, und suchen Sie gleichzeitig nach einer gemeinsamen Basis, dann sind Sie auf dem besten Weg, gemeinsam eine neue sexuelle Landkarte anzulegen und neue Territorien zu erforschen!

26 Rollenspiele

Männer lieben Rollenspiele. Als Hostess lernte ich einige Männer kennen, die derart detaillierte Fantasien hatten, dass sie mir tatsächlich ein geschriebenes Drehbuch überreichten! Ihre Anweisungen drehten sich jedoch meistens darum, was ich anziehen, sagen oder tun sollte, damit sie irgendeine Art von Machtdynamik ausspielen konnten.

Manchmal mimte ich die verzweifelte Sekretärin, die ihren Arbeitgeber um eine Gehaltserhöhung anfleht. Unweigerlich schlug ich dann Sex vor, um meinen Chef zum Umdenken zu bewegen. Dann wieder hatte der Kunde im wahren Leben eine Chefin und seine Fantasie bestand darin, dass sie ihn sexuell belästigte und drohte, ihn zu entlassen, wenn er ihr keinen kolossalen Orgasmus verschaffte.

Manche Fantasien waren eindeutig Projektionen aus dem richtigen Leben. Im sexuellen Rollenspiel fanden diese Männer eine absolut sichere Möglichkeit, ihre Fantasien auszuleben. Wieder andere Fantasien hatten wenig mit den tatsächlichen Lebensumständen des Mannes zu tun, sondern waren etwas, was er in einem Film gesehen oder in einem Buch gelesen hatte. Seine Vorstellungskraft war entfacht worden, und nun wollte er die Szene nachspielen, die ihn erregt hatte.

Manche Männer schlugen Fantasien vor, denen ich mich verweigerte. Ich verurteilte sie nicht als pervers oder falsch. Ich wusste einfach, dass ich diesen Männern bei ihrem Rollenspiel nicht helfen konnte. Ihre Fantasien machten mich wütend oder ängstlich, und darum konnte ich ihre Fantasien nicht für sie umsetzen.

Vielleicht finden Sie einige Fantasien Ihres Partners beleidigend oder ekelhaft. Sie sollten nie bei einem Fantasiespiel mitmachen, das Ihnen Unbehagen bereitet. Lassen Sie sich zum Beispiel niemals von jemandem fesseln oder sonst wie dominieren, wenn Sie ihm nicht bedingungslos vertrauen. Als Hostess spielte ich nie bei einer Kundenfantasie mit, wenn mich das auf irgendeine Weise gefährdet hätte. Solange Sie diese Vorsichtsmaßnahme berücksichtigen, können Sie die erotischen Fantasien Ihres Verstandes frei erforschen. Schließlich ist das Gehirn das größte Sexualorgan, das wir Menschen haben.

Sie und Ihr Partner können viele Fantasien miteinander teilen, ohne dass einer von Ihnen etwas tun muss, bei dem ihm nicht wohl ist. Sie können zum Beispiel vor dem Rollenspiel die genauen Regeln aufstellen. Ich möchte noch einmal betonen, wie überaus wichtig es ist, ein sicheres Wort zu vereinbaren. Wenn es bei der Fantasie Ihres Partners darum geht, dass jemand »Nein!« sagt, dann dürfen Sie ein echtes »Nein!« nicht mit einem vorgetäuschten »Nein!« verwechseln. Ein anderes Wort (zum Beispiel die Farbe »Rot«) kann mögliche Verwirrungen in der Hitze des Gefechts vermeiden. Und wenn Sie sich auf bestimmte Regeln geeinigt haben, dann spielen Sie auf jeden Fall nach diesen Regeln. Tun Sie das nicht, riskieren Sie, das Vertrauen Ihres Partners zu verlieren, und er wird vielleicht nie wieder mit Ihnen spielen.

Da es um puren Spaß geht, macht es auch nichts aus, ein paar Fantasien auszuprobieren, die Ihnen anfangs vielleicht dumm oder wenig erotisch vorkommen. Sie könnten zu Ihrer Überraschung herausfinden, dass Sie das Rollenspiel doch mehr genießen, als Sie es erwartet hätten.

Manche Männer haben Fantasien, die sich um erzwungenen oder eingeschränkten Sex drehen. Ich wurde sehr oft um solche Rollenspiele gebeten. Es ging darum, den Mann auf das Bett zu werfen und dann seine Hände und Füße an die Bettpfosten zu fesseln. Ich ließ dem betreffenden Mann immer die Wahl, ob ich Nylonstrümpfe, ein Seil oder Handschellen verwenden sollte. Auf diese Weise konnte ich einschätzen, wie extrem seine Fantasie war, wenn er nicht ganz offen darüber sprach. Ich stellte fest, dass viele Männer, die Vergewaltigungsfantasien hegten, sich zumindest ein wenig dafür schämten und nicht wirklich offen darüber sprechen konnten. Stattdessen flüsterten sie nur: »Ich will, dass du mir Vergnügen verschaffst.«

Wenn er die Nylonstrümpfe wählte, wusste ich, dass es ihm um eine etwas sanftere und romantischere Vergewaltigungsfantasie ging. Ich behielt bei dem Rollenspiel eine spielerische Einstellung bei. Das Seil bedeutete, dass es ihm mit der Fantasie ernster war, und er wollte, dass ich zumindest ein wenig hart oder fordernd vorging. Wenn er sich für die Handschellen entschied, war er wahrscheinlich für eine Fantasie bereit, die so nah an die Realität herankam, wie es eine Fantasie nur kann. In allen drei Fällen waren meine Handlungen sehr ähnlich, aber meine Einstellung und meine Energie unterschieden sich. Ich stellte fest, dass Einstellung und Energie im Grunde die Schlüsselelemente für jedes Rollenspiel sind. Es kann spielerisch und humorvoll oder sehr ernst ablaufen. Alles hängt davon ab, was Sie und Ihren Partner antörnt, und selbst das kann von einem Tag zum nächsten verschieden sein. Darum ist es am besten, wenn man von vornherein weiß, in welcher Stimmung der Partner ist und ob Sie beide gerade auf derselben Energieebene sind. Sie wollen doch, dass Ihr Rollenspiel für Sie beide heiß wird und dass Sie es immer und immer wieder spielen wollen. Darum ist es so wichtig, Annahmen und Mutmaßungen zu vermeiden und zweifelsfrei herauszufinden, wie die Wünsche Ihres Partners in diesem speziellen Moment aussehen. Was letzte Woche funktionierte, mag heute einfach nicht das Richtige sein.

Abgesehen von der Art der Fantasie, die Sie für ein Rollenspiel wählen, sind auch Ihre Worte von großer Bedeutung. Es besteht beispielsweise ein großer Unterschied zwischen »Du bist ein unartiger Junge« und »Sei still, Sklave!«. Ersteres ist spielerisch, Letzteres eine ernsthafte Fantasie. Manche Menschen reden gern schmutzig und hören auch gern Obszönitäten. Andere finden das extrem anstößig. Es hilft natürlich, wenn Sie diesbezüglich die Vorlieben Ihres Partners kennen. Ich konnte das aber auch ziemlich gut einschätzen, wenn ich einfach die Mimik, die Körpersprache und die Atmung meines Kunden aufmerksam beobachtete. Seine Erektion war ebenfalls ein ziemlich guter Indikator, wenn auch kein narrensicherer.

Nachdem ich den Mann also mit den Fesseln seiner Wahl bewegungsunfähig gemacht hatte, spielte ich für gewöhnlich mit seinen Brustwarzen und seinem Penis, um ihn durch dieses Necken angenehm zu quälen. Dann stellte ich mich über ihn, damit er meine Vulva sehen konnte, bevor ich mich auf sein Gesicht setzte und von ihm Cunnilingus verlangte. Nachdem er seine Aufgabe zu meiner Zufriedenheit erfüllt hatte, sorgte ich dafür, dass sein Penis so hart war, wie ich es wollte. Ich nahm entweder meine Hände oder meinen Mund zu Hilfe. Anschließend setzte ich mich in der Isis-Hocke auf seinen Penis (siehe 23. Kapitel zur Isis-Hocke).

Die meisten Männer waren nun derart erregt, dass sie fast sofort zum Orgasmus kamen. Darum ist die Isis-Hocke immer dann keine so gute Idee, wenn Sie den Orgasmus Ihres Partners zu Ihrem eigenen Vergnügen etwas länger hinauszögern möchten. Wenn Sie nicht wollen, dass er ejakuliert, können Sie das verhindern, indem Sie einfach verharren, während er in Ihnen ist, oder ganz von seinem Penis steigen. Da es sich in meinem Fall um die Vergewaltigungsfantasie des Kunden handelte, lag mein Ziel natürlich darin, seine Fantasie umzusetzen, indem ich ihm den ultimativen Orgasmus verschaffte, sobald er den Drang danach verspürte! Meistens hatte ich meinen Orgasmus schon, während er »gezwungen« wurde, mir Vergnügen zu bereiten.

Der Anzahl und Vielfalt der Rollenspiele, die Sie und Ihr Partner ausspielen können, werden nur von Ihrer Vorstellungskraft Grenzen gesetzt. Manche Menschen ziehen gern Kostüme an und verkleiden sich, wie sie es als Kinder getan haben. Sie können die unartige Krankenschwester oder der unanständige Arzt sein. Vielleicht möchten Sie, dass Ihr Partner einen Tanga unter seinem Anzug trägt und für Sie strippt. Manche Frauen nehmen Bauchtanzunterricht, damit sie privat für ihren Partner tanzen können. Natürlich können Sie auch eine sehr komplizierte Szene mit Dialog schreiben, als ob Sie einen Film drehen würden.

27 Exhibitionismus als Aphrodisiakum

Törnt sexy Unterwäsche Sie an? Falls ja, lassen Sie sich einmal von Ihrem Partner in Reizwäsche oder auch nackt fotografieren. Wenn Sie diese Vorstellung anspricht, dann gefällt es Ihnen eventuell auch, Ihren Camcorder herauszuholen und Exhibitionismus für Fortgeschrittene zu üben!

Mir ist klar, dass für viele Frauen die Grenze dann erreicht ist, wenn es darum geht, Privatpornos zu drehen. Einige Frauen sind einfach zu unsicher hinsichtlich ihres Körpers oder wie sie beim Sex aussehen. Andere haben moralische Einwände gegen diese Vorstellung. Wieder andere finden, dass ihr Liebesspiel billig wird, wenn man es filmisch festhält. Wir haben alle ein Recht auf unsere Überzeugungen, und wenn Sie diesbezüglich eine feste Meinung haben, dann haben Sie auch das Recht, für sich selbst dort eine Grenze zu ziehen. Tun Sie niemals etwas, was Sie nicht wollen, vor allem nicht beim Sex. Wenn Sie bei diesem Thema jedoch unentschlossen sind – fasziniert, aber zögerlich –, dann finden Sie in diesem Kapitel einige Tipps, wie Sie herausfinden können, ob Videoaufnahmen etwas für Sie sind.

Als ich mich zum ersten Mal nackt im Video sah, war ich unglaublich erleichtert. Die körperlichen Mängel, die ich mir eingebildet hatte, waren in Wirklichkeit gar nicht so schlimm.

Meine Eigenwahrnehmung spiegelte einfach nicht die Tatsachen wider. Ich sah viel erotischer aus, als ich es vermutet hatte. Das soll nicht heißen, dass ich absolut glücklich mit allem war, was ich da sah. Ich hatte zwei Fettröllchen am Bauch, die ich sofort loszuwerden gelobte. Aber der Gesamteindruck baute mein Selbstwertgefühl auf und steigerte meinen Genuss am Sex. Ich konnte einige meiner Unsicherheiten ablegen.

Darüber hinaus entdeckte ich, wie sehr ich es liebte, meinen eigenen Porno zu drehen. Wenn ich vor laufender Kamera Sex haben konnte, erregte mich das ungeheuer. Einige meiner besten Orgasmen hatte ich vor der Kamera. Und ich kann die sexuelle Hitze des Augenblicks jederzeit neu erleben, wenn ich den Film nach der Fertigstellung anschaue. Dabei bin ich nie allein. Ich ziehe es vor, meinen Porno mit einem Partner anzuschauen. Dieser Akt des Exhibitionismus macht mich heiß. Wenn ich meinen Partner sehe, der mir zusieht, erregt mich das wahnsinnig.

Ich sollte an dieser Stelle vermutlich festhalten, dass Exhibitionismus auf beiderseitigem Einverständnis beruhen muss, wenn Sie ihn zum Bestandteil Ihres Sexlebens machen wollen. Sich ahnungslosen Fremden nackt zu zeigen, ist ein Vergehen und kann rechtliche Folgen nach sich ziehen. Wenn Sie mit Exhibitionismus experimentieren wollen, dann sorgen Sie dafür, dass Ihr Publikum seine Einwilligung gegeben hat.

Zu Beginn Ihrer exhibitionistischen Experimente empfehle ich Reizwäsche. Als kleine Mädchen haben die meisten von uns Verkleiden gespielt; sich in Dessous zu hüllen, unterscheidet sich davon gar nicht so sehr. Natürlich müssen Sie jetzt nicht mehr so tun, als hätten Sie den Körper einer erwachsenen Frau. Sie haben ihn bereits. Und Sie müssen sich auch keine Sorgen machen, ob Sie zu sexy aussehen. Ehrlich gesagt, je erotischer und offensichtlicher, desto besser!

Sie sollten allein vor einem Ganzkörperspiegel beginnen. Auf diese Weise haben Sie die Möglichkeit herauszufinden, welche Reizwäsche Ihnen am besten steht. Sie können auch einige sexy Posen vor dem Spiegel üben. Wissen Sie noch, wie Sie das als kleines Mädchen getan haben? Was immer Sie auch tun, tun Sie es mit Spaß an der Sache. Lernen Sie Ihre weiblichen Attribute schätzen, und es wird sich auf die Art wie Sie gehen, reden und auftreten auswirken.

Wenn Sie sich allein wohl und sicher fühlen, sind Sie bereit für Ihren großen Auftritt. Bitten Sie Ihren Partner um ein heißes Sexdate! Fordern Sie ihn auf, den Raum mit Kerzen und Musik vorzubereiten, während Sie in Ihr Dessous schlüpfen. Machen Sie sich darauf gefasst, dass Ihrem Partner der Mund offen stehen bleibt, sobald Sie den Raum betreten. Gleichgültig, wie oft er Sie schon nackt gesehen hat, die meisten Männer reagieren auf ihre Partnerin in Dessous, als ob sie Sie zum ersten Mal sehen würden. Denken Sie immer daran, dass es einen kleinen Prozentsatz von Männern gibt, die sich nichts aus Reizwäsche machen. Wenn Ihr Partner zu diesen seltenen Exemplaren gehört, dann bitten Sie ihn einfach, Sie so schnell wie möglich aus der Reizwäsche zu schälen! Ungeachtet seiner Einstellung zu Dessous wird er wissen, dass Sie sich viel Mühe gegeben haben, um sich ihm auf besondere Weise zu präsentieren. Und die Reizwäsche hat den zusätzlichen Effekt, dass sie Ihr Selbstvertrauen stärkt. Diese beiden Faktoren können die sexuelle Hitze zwischen Ihnen ungemein schüren.

Ich habe während meiner Zeit als Hostess so viele Dessous getragen, dass ich mich darin absolut wohlfühle. Allerdings kann ich mich an einen Fall erinnern, als ein bestimmter Kunde eine ungewöhnliche Bitte in Sachen Reizwäsche äußerte. Er bat mich, nur in Push-up-BH, Strumpfhaltern, Strümpfen und klassischen Pumps auf seinem Hotelzimmer mit ihm zu speisen. Er trug seine Militäruniform. Während er also voll bekleidet dasaß, trug ich nichts als Reizwäsche, aß und unterhielt mich mit ihm. Ich muss zugeben, das schuf eine Menge sexueller Spannung. Ich glaube, der Umstand, dass einer von uns vollkommen bekleidet war, während der andere fast nackt war, und dazu die Tatsache, dass wir etwas taten, wobei die meisten Menschen angezogen sind – essen und über Tagespolitik plaudern –, schuf eine erotische Hitze. Vielleicht möchten Sie mit Ihrem Partner einmal etwas Ähnliches ausprobieren.

Viele Männer lieben es, mit ihrer Lebensgefährtin Reizwäsche zu kaufen. Manchen Männern aber ist es einfach auch peinlich. Sollte Ihr Mann zur ersten Kategorie gehören, dann könnte das eine weitere Möglichkeit sein, Ihrem Liebesleben mehr Würze zu verleihen. Ich wurde im Laufe der Jahre buchstäblich mit Reizwäsche und Accessoires überschüttet: Ensembles aus BH und Höschen, Strumpfhalter und Strümpfe, Spitzen-Teddys, Strumpfhosen, Leder-Bikinis, schenkelhohe Stiefel, klassische rote Pumps, Bodysuits, Satinhandschuhe, hautenge sexy T-Shirts und Latex-Korsetts!

Ein Mann ist mir besonders in Erinnerung geblieben. Er kam nie mit leeren Händen. Jedes Mal, wenn wir uns trafen, brachte er mir etwas zum Anziehen mit: Unterwäsche, Schuhe, Kleider, Röcke, Blusen, Schals. Er liebte das ganze Prozedere:

mich in einem bestimmten Ensemble vor seinem inneren Auge zu sehen, die Dinge zu kaufen, mir die Kleider zu schenken und zuzusehen, wie ich jedes Outfit für ihn anprobierte. Ich nahm die Sachen mit in meinen begehbaren Kleiderschrank, zog mich um und inszenierte dann nur für ihn meinen großen Auftritt. Wenn ich in meinen neuen Sachen durch den Raum schritt, betrachtete er jede meiner Kurven mit einem Gefühl der Befriedigung. Bevor ich dann in das nächste Outfit wechselte, neckte ich ihn, indem ich mich auf seinen Schoß setzte und ihm erlaubte, mit den Händen durch die Stoffe hindurch meinen ganzen Körper zu streicheln.

Wenn ich das zweite oder dritte Ensemble vorführte, änderte ich meine Taktik und legte einen Striptease für ihn hin. Ich trug sexy Unterwäsche unter einem Kleid oder einen Minirock mit einer durchsichtigen Bluse. Erst knöpfte ich langsam und verführerisch meine Bluse auf oder forderte ihn auf, den Reißverschluss meines Kleides zu öffnen. Dabei erlaubte ich ihm keinen weiteren Hautkontakt. Daraufhin schritt ich selbstsicher durch das Zimmer, während ich einen BH-Träger über die Schulter schob. Meine Finger fanden ihren Weg unter den BH zu meiner Brustwarze. Ich massierte sie, während ich andächtig die Augen schloss.

Dann wandte ich ihm den Rücken zu und ließ das Kleid oder die Bluse langsam zu Boden gleiten. Wenn ich noch einen Rock trug, zog ich den Reißverschluss selbst auf, während ich ihm immer noch den Rücken zukehrte, und ließ dann auch den Rock zu Boden gleiten. Ich beugte mich leicht nach vorn, rieb meinen Hintern mit beiden Händen und schlug spielerisch auf eine Hinterbacke. Dann drehte ich mich um, warf ihm einen verführerisch-arroganten Blick zu und richtete meine Aufmerksamkeit wieder auf mich. Meine Hand wanderte unter meinen Tanga und zu meiner Klitoris. Ich gab mich nur einen kurzen Augenblick den angenehmen Gefühlen hin, dann zog ich mich weiter aus.

Ich drehte dem Mann den Rücken zu, während ich meinen BH öffnete und ihn zu Boden fallen ließ. Dann drehte ich mich zu dem Mann um und streichelte meine Brüste. Anschließend spielte ich an meinem Tanga. Zuerst zog ich ihn zu mir hoch, sodass meine Schamlippen sichtbar wurden, dann zur Seite, damit er meine Scheide sehen konnte. Wenn ich den Tanga von einer Seite auf die andere zog, erregte mich das nur umso mehr. Dann glitt ich aus dem Tanga und stand mit nichts weiter da als halterlosen Strümpfen und hochhackigen Schuhen! Ich muss Ihnen nicht erst sagen, was als Nächstes geschah. Aber wenn Sie nicht sicher sind, was geschah, schlage ich vor, dass Sie Ihrem Partner eine ähnliche Vorstellung liefern!

Wenn es Ihren Partner erregt, Sie in Reizwäsche zu sehen, können Sie ihn bitten, Sie darin zu fotografieren. Nehmen Sie eine Polaroid- oder eine Digitalkamera, damit Sie keinen Film brauchen und somit Ihre Privatsphäre wahren können. Mit vielen Digitalkameras kann man Fotos schießen, aber auch kurze Videos drehen. Experimentieren Sie mit beidem, wenn Sie die Gelegenheit dazu haben. Entspannen Sie sich und stellen Sie stolz Ihre Vorzüge zur Schau. Jetzt ist ein guter Zeitpunkt, um unartig zu sein und die Hemmungen Ihres Alltagslebens abzulegen. Sie können mit Ihren Beinen, Ihrem Dekolletee und Ihrem Hintern punkten. Wenn Sie sich besonders mutig fühlen, können Sie sogar ein wenig »rosa Fleisch« zeigen, indem

Sie Ihr Höschen oder Ihren Stringtanga zu Seite schieben und Ihre Scheide präsentieren.

Manche Paare richten die Kamera ausschließlich auf die Frau, andere wechseln sich ab und machen von sich beiden erotische Aufnahmen. Wenn Ihr Mann für diese Idee offen ist, werden Sie es vielleicht auch erotisch finden, selbst hinter der Kamera zu stehen. Es kann viel Spaß machen, Ihren Partner zu dirigieren, während er Ihr privates Model spielt. Sie können ihn bitten, sein Hemd auszuziehen und mit seinen Brustwarzen zu spielen. Dann soll er sich seines Slips entledigen und masturbieren, während Sie Fotos seiner wachsenden Erektion schießen.

Nachdem Sie beide mit Reizwäsche und gegenseitigen Nacktfotos experimentiert haben, möchten Sie vielleicht etwas Fortgeschritteneres probieren. Haben Sie sich je gefragt, wie Sie aussehen, wenn Sie Sex haben? Jetzt ist die Zeit gekommen, es herauszufinden! Sich selbst beim Sex zu filmen, erfordert ein wenig Erfahrung. Ich bin sicher, Sie haben viele Privatvideos von Geburtstagen und Familienfeiern gesehen, wo das Licht so schrecklich war, dass die Gesichter aller bleich wie Laken waren? Das kann bei einem privaten Porno auch passieren, nur dass das schlechte Licht die Haut an Ihrem ganzen Körper bleich aussehen lässt!

Ich empfehle Ihnen, dass Sie zuerst filmerisch experimentieren, ohne dabei Sex zu haben. Filmen Sie zunächst einmal, um eine Vorstellung von Hintergrund und Beleuchtung zu bekommen und experimentieren Sie, wie Ihre Haut unter diesen Bedingungen aussieht. Wenn Sie eine gute Kamera haben, können Sie sie zweifellos so programmieren, dass sie die nötigen Anpassungen vornimmt. Ansonsten müssen Sie in die richtige Beleuchtung investieren. Denken Sie immer daran, dass professionelle Ausleuchtung Karrieren in Film, Fernsehen und Modelgeschäft macht und zerstört. Ausleuchtung ist eine Wissenschaft für sich, die eine umfassende Ausbildung sowie jahrelange Erfahrung benötigt, um wirklich meisterliche Ergebnisse zu erzielen.

Erwarten Sie also nicht, dass Ihr Film auf Anhieb professionell wirkt. Der Charme eines Amateurpornos liegt ja gerade in der schlechteren Beleuchtung und dem schlechteren Ton. Aber Sie sollten schon dafür sorgen, dass Ihre Ergebnisse nicht so unprofessionell sind, dass es keinen Spaß macht, sie anzuschauen. Wenn Sie mit den technischen Aspekten des Filmens experimentieren, bevor Sie tatsächlich Sex vor der Kamera haben, werden Sie sich auch nicht fragen müssen, ob die Videos nur deshalb so schlecht sind, weil Sie darin die Hauptrolle spielen. Diese Angst kommt häufig vor, und Sie können sie überwinden, indem Sie sich mit Ihrer Filmausrüstung vertraut machen.

Ein weiterer wichtiger Punkt für Privatfilme ist die Position der Kamera. Experimentieren Sie mit Stativ und Zoom, um sicherzugehen, dass sich die Kamera in der bestmöglichen Position befindet, um die Action einzufangen und Sie in der richtigen Perspektive zu zeigen. Manche Winkel sind weniger schmeichelhaft als andere. Investieren Sie Zeit ins Ausprobieren, bis Sie den besten Winkel gefunden haben.

Es hilft auch, die Amateurpornos anderer Paare anzuschauen. Einige Paare stellen Ihre privaten Pornos oder Fotos aus ihrem Schlafzimmer gern ins Internet. Wenn Sie nichtkommerzielle, privat produzierte Pornos anschauen wollen, gehen Sie auf die Websites der Paare, die unter Janes Guide (www.janesguide.com) aufgelistet sind. Man findet auch viele Amateurpornos im Internet, aber seien Sie vorsichtig, dass Sie keine professionell produzierten Filme kaufen, die nur das Etikett »Amateurporno« tragen.

Als Amateurpornos auf den Markt kamen, wurden sie über Nacht zur Sensation, weil Paare andere Paare bei echtem Sex sehen wollen und keine Schauspieler, die Sex vortäuschen. Leider haben viele Produktionsfirmen versucht, aus dem Amateurmarkt Gewinn zu schlagen, indem sie ihre eigenen Filme als Amateurfilme anpriesen. Aber die beiden Sorten Film darf man nicht verwechseln. Das eine ist echt und das andere augenscheinlich gespielt. Wenn Sie absolut sichergehen wollen, suchen Sie nach kostenlosen Amateurpornos im Internet. Das führt Sie zu selbst gedrehten Filmen von Paaren wie Ihnen, die es einfach nur genießen, ihren Exhibitionismus ins Internet zu stellen. Wer weiß, vielleicht kommen Sie auf neue Ideen, wie Sie Ihre eigenen Erotikfotos oder -filme gestalten wollen.

Mein Ehemann und ich hatten die Gelegenheit, für den *Playboy TV-Kanal* beim Sex gefilmt zu werden. Der ganze Film dauerte bei der Ausstrahlung nur etwa zehn Minuten. Die Herstellung dauerte jedoch zweieinhalb Tage! Eine Schlafzimmerszene benötigte einen ganzen Tag, weil die Leute vom *Playboy TV-Kanal* stundenlang das Licht einstellten. Als sie fertig waren, sah es so aus, als ob der Mond in unser Schlafzimmer schien und sich romantisch an der Decke spiegelte. Tatsächlich aber gab es gar kein Mondlicht; sie hatten vor dem Fenster Lampen installiert und benutzten Filter, um das Licht an die

Decke zu werfen. Kerzenlicht im Raum sorgte für eine romantische Stimmung und Weichzeichner-Linsen schufen eine verträumte Atmosphäre. Alles war perfekt und das sah man dem Endergebnis auch an.

Sie können nicht erwarten, dass Ihre Fotos oder Ihre Filme so wirken, als hätten sie die stundenlange aufwändige Ausleuchtung und Expertise erfahren, wie das bei professionellen Fotos und Filmen der Fall ist. Bekommen Sie ein Gefühl dafür, was mit Ihrer Foto- und Videoausrüstung möglich ist, und haben Sie dann einfach Spaß!

Je nachdem, wie schwierig es für Sie ist, die technische Seite in den Griff zu bekommen, müssen Sie vielleicht an einem anderen Tag drehen. Auf gewisse Weise kann das ein Segen sein, weil Sie mehr Zeit haben, sich für die Idee zu erwärmen. Ich finde, die Suche nach Problemlösungen kann Lampenfieber recht gut lindern. Wenn Sie bereit sind, den Sprung vor die Kamera zu wagen, müssen Sie Ihren Kopf ausschalten und sich auf die sexuelle Hitze des Gefechts einlassen können. Das ist einer der Gründe, warum ich darauf bestehe, dass Sie die technischen Fragen vorab lösen, weil nichts enttäuschender ist, als sich heiß und sexy zu fühlen und dann wird nichts davon in Ihrem Film eingefangen!

Idealerweise haben Sie Kamera, Beleuchtung und Hintergrund zu Ihrer Zufriedenheit arrangiert, dann müssen Sie nur noch die Kamera einschalten und davortreten. Filmen Sie kurze Abschnitte Ihres Liebesspiels und legen Sie dann eine Pause ein, um sich selbst dabei zuzusehen. Jedes Mal, wenn Sie pausieren, um sich zuzusehen, steigt hoffentlich Ihre Erregung und die nächste Szene fällt noch heißer aus. Natürlich können

Sie die Kamera auch einfach ignorieren, Ihr Liebesspiel von Anfang bis Ende spielen und den Film später anschauen, um sich für neuen Sex aufzuheizen.

Bleiben Sie beim Experimentieren offen für sich ständig ändernde Wahrnehmungen und Gefühle. Sie können nur dann herausfinden, was Sie wirklich mögen, wenn Sie neue Dinge mit offener Einstellung ausprobieren. Sich die Erlaubnis zum Experimentieren zu geben, bedeutet aber auch, dass Sie wissen, wie Sie mit einem gescheiterten Experiment umgehen müssen. Wenn Sie feststellen, dass die Dinge, die ich in diesem Buch vorschlage, nichts für Sie sind, dann haken Sie sie einfach als interessante Information ab, und gehen Sie zum nächsten Kapitel über.

Worauf warten Sie noch? Kaufen Sie sich brandneue sexy Dessous (Sie haben es verdient), und warten Sie ab, was sich daraus entwickelt!

28 Wenn Ihr Partner ein wenig Hilfe braucht

Erektionsstörungen sind aufgrund der Viagra-Werbung in unser aller Bewusstsein gedrungen. Worüber man sich früher nur flüsternd unterhielt, wenn man es überhaupt erwähnte, bietet jetzt reichlich Stoff für Scherze im Freundeskreis. Aber Impotenz ist für den Betroffenen und seine Partnerin nicht zum Lachen. Man schätzt, dass allein in den Vereinigten Staaten dreißig Millionen Männer an Impotenz leiden. In Deutschland schwanken die Zahlen stark von einer Million bis hoch zu acht Millionen Männern; Dunkelziffer unbekannt. Die Chance, dass Sie irgendwann in Ihrem Leben damit zu tun bekommen, ist daher ziemlich groß.

Während meiner Zeit als Hostess traf ich regelmäßig auf männliche Impotenz. Ich bin sogar davon überzeugt, dass dies einer der Hauptgründe ist, warum Männer zu Hostessen gehen. Häufig hoffen die Betroffenen, dass eine Professionelle weiß, wie sie ihre Impotenz überwinden können. Sie glauben, dass die Hostess spezielle Tricks kennt, um sie wieder zu ihrem alten sexuellen Selbst zu machen. So einfach ist das natürlich nicht. Viele Faktoren können zu Erektionsstörungen beitragen. Und herauszufinden, welche Faktoren bei einem bestimmten Mann zur sexuellen Leistungsstörung führen, ist keine einfache Aufgabe. Viele Männer kennen gelegentliche Erektionsstörungen, ohne dass es ihr Sexleben groß beeinflussen würde. Bei Männern aller Altersstufen kommt es immer wieder vor, dass sie Schwankungen in der Zuverlässigkeit ihrer Erektion erleben. Leider konzentrieren sich einige arme Seelen auf diese vereinzelten Vorfälle und führen auf diese Weise weitere Episoden herbei. Impotenz wird gewissermaßen zu einer sich selbst erfüllenden Prophezeiung. Je mehr der Mann über das eine Mal krampfhaft nachdenkt, bei dem er keine Erektion bekommen konnte, desto wahrscheinlicher wird er es in Zukunft wieder mit Erektionsstörungen zu tun bekommen. Angst hemmt den Blutfluss, der nötig ist, um eine Erektion aufrechtzuerhalten. Je besorgter ein Mann ist, desto wahrscheinlicher ist es, dass sein Penis nicht erigiert. Das Zauberwort für Männer mit Erektionsstörungen lautet: entspannen!

Häufig setzte ich Humor ein, um einen Kunden so weit zu entspannen, dass sein Penis erigieren konnte. Ich brachte ihn dazu, sich auf mein sexuelles Vergnügen zu konzentrieren, während ich für seines sorgte. Wenn er zu irgendeinem Zeitpunkt versuchte, seinen Penis unter seine Kontrolle zu bringen, tadelte ich ihn und sagte: »Das geht dich nichts an – überlass ihn mir!« Es machte sehr viel Spaß, dem Mann zu zeigen, dass sein Penis funktionierte, wenn er in den richtigen Händen war.

Aber nicht alle Männer leiden nur wegen der Nerven unter Erektionsstörungen. Angenommen, seine Probleme gründen nicht allein auf seinen Emotionen, dann braucht er medizinische Hilfe, um wieder ein befriedigendes Sexleben führen zu können. Impotenz kann von körperlichen, emotionalen und psychischen Faktoren herrühren. Depressionen, Stress, Angst, Erschöpfung, Krankheit und Verletzungen können eine niederschmetternde Wirkung auf die Libido und die sexuelle Funktionstüchtigkeit haben.

Als Hostess begegnete ich Impotenz meistens als Folge von Alkoholmissbrauch, Nikotingenuss und Leistungsdruck. Die Tragödie ist die, dass all das selbst verschuldet ist. Eine gesunde Lebensweise ohne Süchte ist das beste Mittel gegen Impotenz. Wenn jemand süchtig nach Alkohol, Zigaretten oder anderen Substanzen ist, können Sie gar nichts dagegen tun. Die Betroffenen müssen sich ändern wollen, und das geschieht für gewöhnlich erst, wenn etwas Ernstes passiert und ihnen zeigt, welchen Preis sie für ihre Sucht zu zahlen haben.

Viele der Männer, die mir begegneten, litten unter dem irrigen Eindruck, dass ihr Penis aufgehört hätte, richtig zu funktionieren. Sie klagten, dass sie keine Erektion bekommen oder halten könnten. Ich fragte stets, ob sie noch masturbierten (das »noch« eliminiert den Impuls, dieses Privatvergnügen zu leugnen, wenn Sie einfach davon ausgehen, dass es eine Tatsache ist). Für gewöhnlich lautete die Antwort »Ja« und dann fragte ich, ob sie beim Masturbieren hart bleiben konnten, bis sie ejakulierten. Wenn sie diese Frage mit einem »Ja« beantworteten, wies ich sie darauf hin, dass ihr Penis offenbar tadellos funktionierte. Dann konnten wir unsere Aufmerksamkeit den Umständen zuwenden, die einen ansonsten gesunden Penis dazu brachten, schüchtern einzuknicken.

Natürlich beeinträchtigt viele Männer eine Kombination aus körperlichen und psychischen Faktoren. Ich gehe immer erst die möglichen psychischen Punkte an, denn selbst wenn sich herausstellt, dass die Probleme überwiegend körperlicher Natur sind, haben die meisten Männer als Folge davon viele negative Gefühle über sich und den Sex entwickelt. Menschen müssen in Ihrer Ganzheit wahrgenommen werden, nicht als Ansammlung von Körperteilen. Nirgends ist das wichtiger als im Hinblick auf die Sexualität.

Viele Männer verlieren ihre Erektion im Augenblick der Penetration, was eher psychisch begründet ist. Ich ermutigte die Männer, sich einzugestehen, wann genau sie ihre Erektion gewöhnlich verlieren, und mögliche Gründe dafür zu suchen. Ich ging die Angelegenheit immer ganz locker an und motivierte die Männer, auch einmal darüber zu lachen. Manchmal trat ich für ihren Penis ein und brachte sie dazu, die Dinge aus »seiner« Sicht zu sehen. Vielleicht erschreckten »ihn« die Genitalien einer neuen Partnerin einfach zu Tode. Oder vielleicht hatte die Erwartungshaltung, dass »er« hart bleiben muss, bis seine Partnerin rundum befriedigt ist, den Sex zu einer mühsamen und freudlosen Aufgabe gemacht anstatt zu einem Ereignis, dem man begeistert entgegensehen konnte.

Ich erhob keinerlei Schuldzuweisungen, sondern brachte Humor ins Spiel. So wurde es vielen Männern möglich, sich wieder auf die angenehmen und sorgenfreien Aspekte des Liebesspiels einzulassen. Ich achtete darauf, mich auf sexuelle Freuden zu konzentrieren und nicht auf den Geschlechtsakt und das Konzept von Leistung. Meiner Meinung nach würden sowohl Männer als auch Frauen ungeheuer profitieren, wenn sie jeden Gedanken daran, dass Sex etwas ist, was man korrekt und nach festen Schemen durchführen muss, beiseiteschieben könnten. Das Leistungsdenken in unserer Gesellschaft hat mittlerweile auch unsere Schlafzimmer erobert und bei vielen Menschen zu angstinduzierten Sexualstörungen geführt.

Durch die Lektüre dieses Buches oder weil Sie es ohnehin schon wussten, haben Sie hoffentlich einen weiter gefassten Begriff von Sex, sodass Sie und Ihr Partner sich abgesehen vom reinen Geschlechtsverkehr auch anderen sexuellen Freuden zuwenden können, falls Ihr Partner unter Erektionsstörungen leiden sollte und Sie dennoch Ihre Verbundenheit und Intimität aufrechterhalten wollen. Selbst unter idealen Umständen ist Sex nur selten immer gleich. Manchmal ist er aufregender als üblich. Manchmal sind die Orgasmen riesig und überwältigend, dann wieder einfach nur ausreichend. Versuchen Sie nicht, sich auf ein bestimmtes Ergebnis zu versteifen, und lernen Sie, den Weg zu genießen, den Sie zu Ihrer sexuellen Verbundenheit einschlagen. Denn: Der Weg ist schon der halbe Spaß!

Dennoch können Sie Techniken einsetzen, um unter gewissen Umständen einer Erektion nachzuhelfen. Ich habe mit unterschiedlichen Männern unterschiedliche Erfolge erzielt, aber die Ergebnisse hingen in erster Linie vom Gesundheitszustand des Mannes ab. Beispielsweise hatte ich keinen Erfolg, wenn Kreislaufprobleme durch Diabetes vorlagen. Diabetes ist eine schwere Krankheit und spielt der männlichen Erektion übel mit. Sollte Ihr Partner unter Diabetes leiden, müssen Sie seinen Arzt um Hilfe bitten, damit Ihr Partner wieder eine Erektion bekommen kann. Ich hatte einen diabeteskranken Kunden mit steinharten Erektionen. Er verwendete eine Pumpe, die ihm sein Arzt verschrieben hatte. Das Ergebnis hätte selbst einem Teenager die Schamesröte ins Gesicht getrieben!

Ich hatte auch nicht viel Glück, wenn die Durchblutungsstörungen im Penis vom Alkohol herrührten. Besonders für Alkoholiker im fortgeschritteneren Stadium der Krankheit sind Erektionen schier unmöglich. Wenn Ihr Partner Alkoholprobleme hat, dann ist die Sache eine Nummer zu groß für Sie. Besorgen Sie ihm Hilfe, falls er bereit ist, gegen seine Sucht anzugehen.

Aber nehmen wir einmal an, dass Ihr Partner an keiner dieser schweren Krankheiten leidet und er trotzdem Erektionsstörungen hat. Seien Sie nicht todernst, sondern bringen Sie, wie ich schon sagte, Humor mit ein. Konzentrieren Sie sich darauf, den geringsten Hinweis auf Leistungsängste aus der Gleichung zu verbannen. Das schaffen Sie, indem Sie darauf bestehen, dass er Sie mit den Händen und der Zunge befriedigt. Versuchen Sie ihm zu befehlen, nicht steif zu werden (umgekehrte Psychologie funktioniert nicht nur bei Kindern, es kann auch beim Penis eines Mannes zum Erfolg führen). Bitten Sie ihn dann, sich Ihren fähigen Händen anzuvertrauen und den Rest Ihnen zu überlassen.

Fangen Sie damit an, dass Sie den Schaft seines Penis in die Hand nehmen, während Sie mit der anderen Hand vorsichtig seine Eichel streicheln. Nehmen Sie die Eichel auch in den Mund, aber lassen Sie immer eine Hand am Penisschaft. Im Grunde setzen Sie diese Hand als Penisring ein (ein kleiner Ring aus Gummi oder einem anderen Material, der an der Basis eines schlaffen Penis platziert wird). Dieser Ring hält das Blut im Penis zurück, und die Erektion wird somit ausgeprägter. Sie können dies ebenso mit Ihrer Hand erzielen, und der Grund, warum ich vorzugsweise mit der Hand arbeite, ist der, dass der Leistungsdruck dadurch verringert wird. Ich habe zu viele Männer mit Erektionsproblemen erlebt, die von einem Penisring nur enttäuscht wurden. Das Blutflussproblem zu behandeln, ohne nicht auch auf den Verstand und die Emotionen des Mannes einzugehen, bringt meiner Erfahrung nach keine beeindruckenden Ergebnisse. Selbst wenn ich einen Penisring einsetze, fange ich mit meiner warmen, freundlichen Hand an.

Mit der einen Hand halte ich also das Blut im Penis und mit der anderen und dem Mund biete ich zeitgleich vielfältige Stimulation. Während ich seinen Penisschaft festhalte und mit dem Mund an seinem Peniskopf sauge, streichele ich mit der freien Hand den Schaft, stimuliere seine Hoden, berühre sein Perineum oder führe einen Finger in sein Rektum ein. Ich vergesse auch nie, seine Brustwarzen zu stimulieren.

Es geht darum, so viel Stimulation zu bieten, dass Ihr Partner aufhört, zu denken und sich Sorgen zu machen, und sich einfach seinen Empfindungen hingibt. Bei manchen Männern funktioniert das. Für andere ist es zu viel Stimulation, um steif zu werden oder einen Orgasmus zu bekommen. Bei diesen Männern empfehle ich, langsam mit der Stimulation zu wechseln, die Sie mit der freien Hand bieten, bis Ihnen auffällt, welche Form der Stimulation zur größten Erregung führt. Bleiben Sie dann bei dieser Form der sexuellen Stimulation, und perfektionieren Sie Druck und Geschwindigkeit. Achten Sie wieder darauf, was den Blutfluss in seinen Penis zu erhöhen scheint. Ist es die langsame, sanfte Stimulation oder die starke, schnelle?

Die Kür erfordert dennoch beide Hände und Ihren Mund.

Aber anstatt zwischen den erogenen Zonen zu wechseln, konzentrieren Sie sich nur auf drei: die Eichel, den Penisschaft und diese andere Stelle, die ihn wirklich heißmacht. Denken Sie nur an all den Spaß, den Sie haben werden, während Sie versuchen, diese geheimnisvolle dritte Stelle zu finden!

Seien Sie bitte nicht enttäuscht, wenn diese Techniken nicht zu den gewünschten Ergebnissen führen. Ich weigere mich nicht nur, bei dem Leistungsstreben anderer mitzuspielen, ich setze mich selbst auch nicht der Peitsche des Leistungsdrucks aus. Selbst wenn Männer mir viel Geld zahlten, um ihnen die Erfahrung eines Höhepunkts zu ermöglichen, litt ich nicht unter schlaflosen Nächten, wenn mir das nicht gelang. Erstens war mir immer klar, dass es gesundheitliche Probleme geben mochte, die mir nicht bekannt waren. Zweitens rief ich mir in Erinnerung, dass ich wirklich nicht jedem eine Erektion oder einen Orgasmus verschaffen kann, ich kann es nur wahrscheinlicher machen. Jeder von uns ist für seine eigene sexuelle Reaktion und Erfüllung verantwortlich. Und schließlich geht es beim Sex um mehr als um Erektionen und Orgasmen. Meine Aufgabe ist es, dafür zu sorgen, dass keiner, mit dem ich arbeite, das je vergisst.

Obwohl am häufigsten über Impotenz bei Männern gesprochen wird, können auch Frauen unter Störungen der Sexualfunktion leiden. Das Vorhaben, Viagra für die Frau auf dem Markt einzuführen, wurde jedoch nach wissenschaftlichen Untersuchungen mit unzureichendem Ergebnis aufgegeben. Dagegen sind Studien mit Testosteronpflastern positiv verlaufen. Testosteronpflaster haben sich als wirksam erwiesen, um bei Frauen das sexuelle Verlangen und Reaktionsvermögen wiederherzustellen. Unter dem Namen Intrinsa wurde das Testosteronpflaster im September 2006 EU-weit zugelassen.

Viele Paare haben ihre Begeisterung füreinander und für das Leben im Allgemeinen wiedergefunden, indem sie bei Impotenz oder nachlassender Libido gemeinsam Hilfe in Anspruch nahmen. Es ist zweifelsohne ein Gewinn, die Bürde nicht nur dem Partner aufzuerlegen, der dann Schuldgefühle bekommt. Aus diesem Grund empfehle ich immer eine Paartherapie oder Paarberatung, sobald Sie auch nur vermuten, dass es psychische oder emotionale Faktoren geben könnte, die in Ihrer Beziehung angesprochen werden sollten. Ich kann Ihnen gar nicht sagen, wie sehr mein Sexleben durch die Paarberatung gewonnen hat.

Einige sexuelle Störungen sind auf gesundheitliche Probleme zurückzuführen, die man unter dem Begriff Behinderung zusammenfassen kann. Ich ziehe den Begriff »unterschiedlich fähig« vor. Viele Leute gehen davon aus, dass Menschen im Rollstuhl oder mit schweren körperlichen Beeinträchtigungen oder Missbildungen keine sexuellen Wesen mehr sind. Das ist völlig falsch. Ich hatte Sex mit Quadriplegikern (Menschen, die an Armen und Beinen gelähmt sind), Männern mit Kolotomiebeuteln (ein Beutel außerhalb des Körpers, in dem der Darminhalt gesammelt wird), Männern mit nur einem Bein oder Arm, Männern, die keine Hände mehr hatten, Männern in Rollstühlen und sogar einem Contergan-Geschädigten.

Contergan-Geschädigte sind Menschen, die mit Geburtsfehlern zur Welt kamen, weil ihre Mütter während der Schwangerschaft Contergan eingenommen hatten. Die Schädigungen sind zahlreich und unterschiedlich, aber häufig gehören schwere Missbildungen der Gliedmaßen dazu, darunter Stummel beziehungsweise Flossen statt Armen und/oder Beinen. Der Mann, der zu mir kam, trug sowohl an den Armen als auch an den Beinen Prothesen, weil er nur noch Stummel hatte, wo diese Gliedmaßen hätten sein sollen. Er stürmte mit den größten, blauesten Augen und einem breiten Lächeln, das dazu passte, in mein Zimmer. Dann legte er die Prothesen ab und kletterte auf mein Bett. Ich sah mich plötzlich einem Kopf und einem Torso gegenüber. Nachdem ich bereits mit einer Vielzahl von Behinderten gearbeitet hatte, war ich ein wenig schockiert, wie unwohl mir dabei wurde. Ich hätte mehr von mir erwartet. Entweder fiel es ihm nicht auf oder er war es gewohnt, anderen Menschen die Ängste zu nehmen. Während er mir tief in die Augen sah, streichelte er meinen Hals und meine Schultern. Ich war überrascht, dass mein Körper angesichts seiner Berührung vor sexuellem Vergnügen erschauerte. Bald vergaß ich meine Befürchtungen und ich konnte ihn als das ganzheitliche sexuelle Wesen wahrnehmen, das er war. Ich werde diesen Mann niemals vergessen. Er gehörte zu den liebsten und glücklichsten Menschen, die mir je begegnet sind.

Manche Menschen finden, Sex sollte auf Personen beschränkt sein, die gesund, jung und unversehrt sind. Aber Sex ist für jeden da. Sex ist ein wichtiger Aspekt des Lebendigseins, und Menschen, die unterschiedlich fähig oder alt sind, ihre Sexualität abzusprechen, heißt, ihnen ihre Würde als Mensch zu nehmen. Alle Menschen, die hartnäckig ein gesundes Sexleben führen – gleichgültig ob sie den gesellschaftlichen Maßstäben für Sexappeal entsprechen oder nicht –, profitieren neben dem Vergnügen und der Intimität noch von mehr Vorzügen des Sex.

Zu den Vorzügen von Sex gehören niedrigere Cholesterinwerte, erhöhte Blutzirkulation, ein verbessertes Immunsystem, geringeres Risiko von Prostataproblemen bei Männern, stärkere Knochen und Muskeln, mehr Endorphine (das heißt auch weniger Schmerz), geringere Schmerzanfälligkeit, eine Verlangsamung des Alterungsprozesses und ein allgemeines Wohlbefinden. Warum sollte man unterschiedlich fähigen Menschen oder anderen Erwachsenen diese Art der Heilung verwehren?

Je nach Beeinträchtigung müssen bestimmte Anpassungen vorgenommen werden, um den Sex für unterschiedlich fähige Menschen zu erleichtern. Quadriplegiker haben nur selten eine körperliche Empfindung in ihren Genitalien, aber sie können lernen, sexuelle Erregung und sogar Orgasmen durch andere Teile ihres Körpers zu erleben, beispielsweise Hals und Ohrläppchen. Wie Sie bereits wissen, ist es uns möglich, Orgasmen unabhängig von unseren Genitalien zu bekommen. (Erinnern Sie sich an den tantrischen Sex im 21. Kapitel?) Wenn Sie oder Ihr Partner Quadriplegiker sind, möchte ich Ihnen ans Herz legen, Tantra zu erlernen. Nachdem Sie gelernt haben, sich und Ihren Partner durch tantrisches Atmen zu stimulieren, werden Sie Sex auf einer ganz neuen Ebene erleben!

Einer meiner ehemaligen Kunden ist Quadriplegiker. Ich traf ihn zehn Jahre lang in unregelmäßigen Abständen. Er brachte mir viel über Sexualität angesichts großer Hindernisse bei. Und er öffnete mir die Augen für die Schönheit von Sex, gleichgültig, was für einen Körper wir haben. Er hatte nur wenig sexuelle Empfindung in seinen Genitalien. Aber er führte dennoch ein sehr erfülltes Sexleben. Er hatte seine Sexualität in einen spirituelleren Bereich geführt, zu dem tantrisches Atmen, Rollenspiele und andere Sexspiele gehörten, die keinen erigierten Penis erforderten. Ach ja, habe ich schon erwähnt, wie sehr er Cunnilingus mochte?

Es ist wichtig, daran zu denken, dass die meisten Schwierigkeiten, die wir mit dem Sex haben, in unserem Kopf beginnen. Häufig haben wir einen begrenzten Begriff von Sex, der unsere Fähigkeit einschränkt, Vergnügen und Freude zu erleben. Und weil wir auf uns selbst oder unseren Partner unangemessenen Druck ausüben, auf bestimmte Weise auszusehen oder sich zu verhalten, enden wir damit, dass wir den wichtigsten Aspekt des Liebesspiels vernachlässigen: die Kunst des Loslassens! Sie können nicht loslassen, wenn Sie von geringen Selbstwertgefühlen geplagt werden. Sie können nicht loslassen, wenn Sie versuchen, Ihren Partner zu kontrollieren. Und Sie können nicht loslassen, wenn Ihr Kopf voller Gedanken ist, wie sie aussehen sollten, wie lange Ihre Erektion dauern sollte oder wie und wann Sie einen Orgasmus haben sollten.

Selbst in den Fällen, bei denen ein körperlicher Zustand Ihre sexuelle Funktion einschränkt oder verändert, stehen noch viele sexuelle Optionen offen, sodass Sie nie weniger als ein befriedigendes und erfülltes Sexleben erfahren müssen. Aber Sie müssen Ihr Bewusstsein für sexuelle Alternativen erweitern. Wenn Sie darauf beharren, Sex ganz strikt als Penis in einer Vagina zu definieren, berauben Sie sich zweifellos ungezählter Glücksmomente, selbst wenn Sie den Akt ausführen können. Sex ist so viel mehr als nur unser Körper. Sex beginnt und endet in unserem Kopf und hoffentlich in unseren Herzen. Wenn Sie Ihre Definition von Sex erweitern und sinnliche Liebe und spirituelle Intimität einbeziehen, kann Ihr Körper Sie mit dem überraschen, wozu er fähig ist.

Selbst wenn mein höchstes Ziel als Hostess der sexuelle Verkehr war, ließ ich mir immer viel Zeit, dort anzukommen. Ich tat mein Bestes, den Kunden abzulenken, damit er sich nicht ausschließlich auf dieses eine Ziel konzentrierte. Ziele sind gut für Büro und Sport. Aber im Schlafzimmer sollten Sie aufhören, an ein Ziel zu denken, und anfangen, den Ausblick unterwegs zu genießen! Berührungen und Küsse, feste Umarmungen, Lachen und Weinen, all das sind Elemente menschlicher Interaktion, die eine wichtige Rolle in unseren sexuellen Beziehungen spielen. Wenn wir verstehen, was für ein Geschenk es ist, einem anderen Menschen so nahe zu sein, und dieses Maß an Intimität zu teilen, dann braucht unser Sex nicht notwendigerweise ein Scheinwerferlicht. Obwohl ich Orgasmen ebenso sehr schätze wie jeder andere auch, weiß ich nur zu gut, dass sie uns nur davonlaufen, wenn wir sie jagen.

29 Sex und Spiritualität

Bei meiner Suche nach immer besserem Sex wurde mir klar, dass Sex extrem erfüllend für mich ist, wenn er eine spirituelle Komponente enthält. Manche Menschen sind verwirrt oder bekommen es sogar mit der Angst zu tun, wenn man Sex als »spirituell« bezeichnet. Aber man muss vor nichts Angst haben. Wahrscheinlich erleben Sie bereits eine spirituelle Komponente in Ihrem Sexleben. Möglicherweise sind Sie sich dessen nicht bewusst, und wenn Sie wie die meisten Menschen sind, empfinden Sie wahrscheinlich eine Trennung zwischen Sex und der spirituellen Seite Ihres Lebens.

Meine persönliche Reise, diese Trennung zwischen meinem sexuellen Selbst und meinem spirituellen Selbst aufzuheben, begann damit, dass ich die alten Göttinnenkulturen studierte. Bevor ich mich damit beschäftigte, hatte ich keine Ahnung, dass Sex im Lauf der Geschichte jemals *nicht* als peinliche Angelegenheit oder notwendiges Übel betrachtet worden war. Ich lernte eine Zeit kennen, in der Sex als fröhliche und angenehme Vereinigung gegolten hatte, als eine Feier des Lebens! Sex wurde außerdem verehrt, weil er neues Leben schuf. Sex war heilig, nicht profan. Es ist nicht so, dass unsere Vorfahren den Sex von der körperlichen Ebene abhoben und ihm großartige spirituelle Eigenschaften zuschrieben, um den Geschlechtsakt zu rechtfertigen. Sie nahmen einfach keinen Widerspruch wahr zwischen dem Fleischlichen des Körpers und dem Streben des Geistes nach spiritueller Erfüllung.

Für mich ist es hilfreich zu wissen, dass die Wirklichkeit von heute nicht immer die einzige Wirklichkeit war. Kulturelle Normen und Erwartungen in einen historischen Kontext zu stellen, kann sehr befreiend sein – und sei es aus keinem anderen Grund, als zu wissen, wie sehr sich die Menschen irren, die behaupten, »so sei es immer schon gewesen«. Manche Dinge gibt es schon sehr lange, aber wenn man in der Menschheitsgeschichte weit genug zurückgeht, findet man kulturelle Normen, die unseren heutigen Normen zuwiderlaufen. Das kann bewirken, dass Sie Ihre eigenen Normen aufstellen anstatt sich den Erwartungen anderer zu unterwerfen.

Bei meinem Streben nach größerem spirituell-sexuellen Ausdruck bin ich einigen Menschen begegnet, die glaubten, Hierarchien errichten zu müssen. Anstatt einfach die Freuden von tantrischem oder heiligem Sex zu genießen, gab es in ihren Augen Sex, der anderen Formen von Sex moralisch überlegen ist. Eine solche Weltsicht teile ich nicht. Ich heiße die Vielfalt des sexuellen Ausdrucks willkommen, nicht nur für andere, sondern auch für mich. Es gefällt mir, Sex auf einer rein körperlichen Ebene zu pflegen, und gleichzeitig erschauere ich in Ehrfurcht vor der spirituellen Seite der Sexualität. Ich habe mich entschieden, die Mannigfaltigkeit sexueller Wahrheit zu feiern. Außerdem scheint mir, dass das Klammern an moralische Hierarchien spirituellen Bestrebungen zuwiderläuft. Hierarchien stellen nur eine Möglichkeit dar, andere zu verurteilen und unser Ego aufzublähen, indem wir Überlegenheit vorgeben. In einem solchen Umfeld kann Bescheidenheit nicht existieren. Bescheidenheit ist jedoch notwendig, wenn wir noch etwas lernen wollen. Idealerweise sollte das Leben ein Lernen sein. Ebenso wie der Sex.

Die sexuelle Scham unserer modernen Gesellschaft nahm ihren Anfang in der »Mein Sex ist besser als deiner«-Einstellung. Viele Jahre lang wurde die Missionarsstellung (Geschlechtsverkehr mit dem Mann in der überlegenen Position oben) anderen Positionen des heterosexuellen Geschlechtsverkehrs moralisch vorgezogen. Mit der sexuellen Revolution der sechziger Jahre des vorigen Jahrhunderts wurden solche Einstellungen vermeintlich als sexistische und einschränkende Propaganda bloßgestellt. Aber an ihrer Stelle propagierte man neue sexuelle Ideale, die andere einschüchtern sollten. Einige Frauen fühlten sich beispielsweise genötigt, sich dem Sex hinzugeben, auch wenn sie das gar nicht wollten, nur weil sie nicht als altmodisch oder frigide gelten wollten. In den siebziger Jahren belebte die New-Age-Bewegung (eine spirituelle Bewegung, die sich mit der Metaphysik befasst und zu der unter anderem Meditation, Affirmationen und Astrologie gehören) uralte sexuelle Praktiken wie Tantra neu, und wieder einmal waren einige versucht, die »Mein Sex ist besser als deiner«-Einstellung einzunehmen.

Ich schlage vor, sämtliche Spielarten der Liebe kennen zu lernen und jede mehr oder weniger stark in das persönliche Sexleben einzubauen. Nur Sie können entscheiden, was Ihre Bedürfnisse und Sehnsüchte am besten befriedigt, und vielleicht ändern Sie auch von Zeit zu Zeit Ihre Meinung. Gut für Sie, wenn Sie das tun! Je mehr sexuelle Erfahrung Sie sammeln (auch in der Beziehung zu nur einem einzigen Partner), desto glücklicher werden Sie sein. Zumindest lernen Sie sich selbst besser kennen. Ihr Sexleben sollte sich ausschließlich um Sie drehen und kein imaginäres Publikum beeindrucken.

Während meiner vierzehn Jahre als Hostess fand ich heraus, dass meine Kunden eher dazu neigten, Frauen anzubeten als sie zum Objekt zu machen. Anfangs zog ich viele Männer an, die mich zum Objekt machen wollten, aber im Laufe meiner Karriere verschwanden diese oberflächlichen Individuen und ich teilte meine Zeit mit Männer-Persönlichkeiten, die sich danach sehnten, der Fleisch gewordenen Göttin zu huldigen. Wahrscheinlich würde keiner von ihnen es so formuliert haben, aber trotzdem liefen ihre Handlungen darauf hinaus.

Ich wurde mit Liebe, Geschenken und Geld überhäuft. Aber was mich am meisten berührte, war die Verletzlichkeit, die meine Kunden mir anvertrauten. Ob ein Familienmitglied verstorben war, ob sie mit einer Körperbehinderung oder Entstellung zurechtkommen mussten, ob sie vor einer großen Lebensentscheidung standen oder ihrer eigenen Sterblichkeit ins Auge schauten, ich hatte die Ehre, die privatesten Gedanken und Gefühle offenbart zu bekommen.

Ich durfte die nackte und verletzliche Seite der Männer sehen, und meine anfänglichen Vorurteile gegenüber Männern im Allgemeinen verwandelten sich in Mitgefühl. Es fällt schwer, Männer in Schubladen zu stopfen, wenn man so viele unterschiedliche Männer trifft, und man kann nur schwer jemanden hassen, der nach einem intensiven Orgasmus in Tränen ausbricht. Zu meiner großen Überraschung verbrachten viele Männer unsere gemeinsame Zeit damit, ihre Geheimnisse zu beichten und Emotionen mitzuteilen, die sie ihren Familienangehörigen oder Freunden aus Angst niemals anvertraut hatten. Das hat meiner Karriere im Sexgewerbe eine Tiefe verliehen, die ich niemals erhofft hatte.

Nachdem mir der wahre Grund klar geworden war, warum Männer mich aufsuchten, brachte ich mir mehr bei als nur den Umgang mit Kondomen und Sextechniken. Ich fing an, antike Tempelprostitution und heilige Sexpraktiken zu studieren. Dadurch bekam ich ein ganz neues Verständnis vom weiblichen Körper und von Sexualität. Ich sah meine Vagina nun als Muskel und nicht länger als Öffnung. Sie konnte wie jeder andere Muskel eingesetzt werden und eine Handlung initiieren. Ich lernte, dass Sex mentale, emotionale und spirituelle Türen öffnen kann. Ich nahm Unterricht in der Kunst des Feueratemorgasmus und lernte, Orgasmen durch meine Atmung zu kultivieren. Sex ist komplex und kann körperlicher oder spiritueller Natur sein. Mit wem Sie Sex haben ist nicht so wichtig wie Ihre Entscheidung, wie Sie Sex haben wollen.

Als Menschen müssen wir Ganzheit in unserem Leben erfahren, um ein Gefühl des Einsseins zu entwickeln. Wenn wir uns eins fühlen mit uns selbst, finden wir unseren Seelenfrieden. Schneiden wir uns jedoch in kleine Stücke und trennen unser sexuelles Selbst von unserem mütterlichen Selbst, unserem spirituellen Selbst und unserem Arbeitsselbst ab, dann fühlen wir uns bestenfalls zersplittert. Das führt dann leicht zu Schamgefühlen, die an unserem innersten Selbst nagen. Alle Aspekte des Selbst zu vereinen und zu verbinden, schafft ein Wohlbefinden, das eine positive Wirkung auf unser gesamtes Leben hat, und das schließt den Sex natürlich mit ein.

Ich sehe mich als sexuelles, spirituelles Wesen. Sex ist für mich eine kreative Kraft, eine körperliche Manifestation der spirituellen Kraft der Liebe und Kern allen Lebens. Das Vergnügen ist Teil der spirituellen Realität, keine Ablenkung oder Zerstreuung davon. Ob Sex auf zellularer Ebene stattfindet, wenn zwei Zellen miteinander verschmelzen, oder auf genitaler Ebene, wenn zwei Menschen Orgasmen teilen, Sex ist die Blaupause für alles, was wir schätzen und ehren. Es ist weder logisch noch wissenschaftlich, Sex vom Rest des Lebens abzutrennen. Sex ist der einzige Grund, warum es überhaupt Leben gibt. Und wenn das Leben heilig ist, einfach weil es Leben ist, dann ist Sex auch heilig – einfach weil es Sex ist.

Da also Sex heilig ist, allein weil es ihn gibt, glaube ich nicht, dass man bestimmte Sexualtechniken praktizieren muss, um heiligen Sex zu erleben. Man muss nur seine Wahrnehmung ändern. Ich stellte fest, dass Sex für mich ganz selbstverständlich eine heilige Dimension annahm, nachdem ich die sexuelle Scham aus meinem Leben verbannt und gelernt hatte, das Göttliche in jedem Menschen zu sehen.

Ich machte es mir zur Gewohnheit, mit meinen Kunden heiligen Sex zu praktizieren. Nicht jeder Mann, mit dem ich mich traf, war für die spirituelle Seite der Sexualität offen. Aber das hielt mich nicht davon ab, die heilige Natur der Sexualität zu verkörpern. Genauer gesagt war es gerade mein hartnäckiges Beharren auf meiner veränderten Wahrnehmung, die meine Begegnungen mit Männern von schlichten erotischen Zwischenspielen zu Sex als heilender Kunst werden ließ. Viele meiner Kunden meinten hinterher, dass sie tiefe Gefühle verspürt hatten, die sie normalerweise nicht mit dem Sexualakt in Verbindung brachten. Ob sie zu Tränen gerührt oder einfach perplex waren, die Tatsache, dass sie auf einer spirituellen Ebene von der Begegnung berührt wurden, war eindeutig.

Wenn Männer nur körperliche Erleichterung suchen, bleiben sie zu Hause und masturbieren. Männer zahlen für Sex, weil sie Kontakt mit einem anderen Menschen suchen. Manchmal nimmt diese Sehnsucht merkwürdige Züge an, wie ja auch viele Menschen aus selbstsüchtigen und verletzenden Gründen heiraten. Aber viele Männer suchen nach etwas, was in ihrem Leben fehlt. Sie glauben, das sei Sex, aber sicher sind sie sich da nicht. Wenn sie im selben Zimmer wie eine Hostess sind, verwirrt es sie, warum sie ihr Dinge anvertrauen, die sie eigentlich nie einem anderen Menschen sagen wollten. Sie rechnen nicht damit, so emotional zu reagieren oder sogar zu weinen.

Obwohl jeder Mann sich diesbezüglich für einzigartig hält, haben Sexarbeiterinnen täglich damit zu tun und verstehen es als Teil ihres Berufsbildes. Als Hostess wusste ich, dass ich ein heiliges Vertrauen besaß, dieser Verletzlichkeit mit Respekt zu begegnen und die sexuelle Erfahrung in eine Richtung zu lenken, die heilend und erhebend war. Aus diesem Grund verwandelte ich mich in einen Menschen, der von der männlichen Sexualität inspiriert wurde. Und deshalb sah ich auch keine Trennung mehr zwischen Fleisch und Geist.

Sex nahm eine spirituelle Dimension an, weil ich mein Herz dafür öffnete. Sie können das auch. Eine wichtige Voraussetzung ist das Verbannen sexueller Schamgefühle. Sie können das spirituelle Potential von Sex so lange nicht erkennen, wie Scham- und Schuldgefühle Sie einschränken. Für gewöhnlich trennen Therapeuten Scham von Schuld, weil Scham Gefühle hervorruft, die mit Ihnen selbst zu tun haben, und Schuld Dinge betrifft, die Sie getan haben. Obwohl Schuldgefühle als moralischer Kompass dienen können, impft die Scham Sie nur mit einem Gefühl der Wertlosigkeit. Wenn Sie Ihren Geist und Ihr Leben von der nutzlosen Emotion der Scham befreit haben, können sich viele Aspekte, die ich in diesem Buch angesprochen habe, miteinander verbinden und eine heilige sexuelle Begegnung schaffen: gesunde Grenzen, Loslassen, Meditation, tantrisches Atmen und selbst eine Umarmung von Herz-Chakra zu Herz-Chakra.

Falls Ihnen das merkwürdig oder vielleicht übertrieben vorkommt und meine Worte Sie nicht erreichen konnten, dann erreicht Sie vielleicht das Zitat von Dr. Deborah Anapol. Sie ist Autorin, hat in klinischer Psychologie promoviert und schreibt in ihrem bislang unveröffentlichten Buchmanuskript *Compersion: Using Jealousy as a Path to Unconditional Love* (erhältlich unter www.lovewithoutlimits.com/books.html.):

»Sex ist heilig, weil er bei dem Zugang zu den Höhepunkterfahrungen der Liebe, des Einsseins und der Heilung eine gewichtige Rolle spielt. Menschen haben ein inneres Bedürfnis nach Höhepunkterfahrungen des Segens, des Verschmelzens und der Ekstase. Wir haben eine tiefe Sehnsucht nach der (Wieder-)Vereinigung von Sex und Spiritualität, nach der Vereinigung mit dem Göttlichen. Wenn wir mittels Sex erweiterte Bewusstseinszustände erreichen, bestätigt sich unser intuitives Wissen, dass Sex Anbetung und Anbetung erotisch sein kann. Tantra und andere Wege der erotischen Spiritualität lehren uns, den Körper als Tempel der Spiritualität anzuerkennen und zu ehren, anstatt zu versuchen, unsere natürlichen, sexuellen Impulse zu leugnen.«

Ich glaube, diese tiefe Sehnsucht nach der Vereinigung von Sex und Spiritualität ist zumindest teilweise der Grund, warum Männer immer noch zu Hostessen gehen, selbst heute, wo es relativ leicht ist, kostenlosen Sex zu haben. Vor der sexuellen Revolution glaubten viele, es gäbe die Prostitution wegen der vorherrschenden Moral, die von den »braven« Frauen absolute Keuschheit verlangte. Jetzt gibt es eine andere beliebte Erklärung und wieder zeigt man dabei mit dem Finger auf die Frauen. Heutzutage sollen wir glauben, dass Ehefrauen und Freundinnen nicht gut genug oder nicht wild genug im Bett seien. Das ist einfach nicht wahr. Viele Ehefrauen und Freundinnen sind wunderbar im Bett und doch bezahlen ihre Ehemänner und Freunde auch weiterhin für Sex. Das liegt an vielen Faktoren und eine umfassende Erklärung würde den Umfang dieses Buches sprengen.

Doch einige Gründe dafür möchte ich ansprechen. Sicher steht ganz oben auf der Liste die Gelegenheit, zumindest vorübergehend frei zu sein von vorgeschriebenen Geschlechterrollen – etwas, was viele Hostessen ihrer Kundschaft regelmäßig bieten. Aus diesem Grund widmete ich mehrere Kapitel dieses Buches der Rollenumkehr und den Techniken, Sex zu initiieren. Ich habe auch über den Wunsch gesprochen, dem weiblichen Körper und insbesondere den weiblichen Genitalien Tribut zu zollen. Dieser Männer-Wunsch ist zutiefst von Ehrfurcht durchdrungen. Was kann diese Ehrfurcht anderes sein, wenn nicht eine Form der Anbetung und der Wunsch, ein Verschmelzen des Sexuellen und des Spirituellen zu erleben?

Wenn Sie den durchschnittlichen Kunden einer Hostess fragen, warum er für Sex zahlt, wird er antworten, dass er einen Orgasmus haben will. Vielleicht grinst er breit, weil man so eine dumme Frage gestellt hat, oder er zuckt vor Peinlichkeit und Scham zusammen. Aber ob er nun prahlt oder ausweicht, keine seiner Antworten wird seine Motivationen genau widerspiegeln. Wir lassen die Wahrheit in unserer Gesellschaft einfach nicht zu. Und die Wahrheit ist viel zu gefährlich für den Mythos von der Männlichkeit und von der Vormachtstellung der Männer. Aber Hostessen *sehen* die nackte Wahrheit und das jeden Tag.

Nach vierzehn Jahren Arbeit mit nackten Männern weiß ich, dass sie in die sexuelle Erfahrung mit einer Hostess viel mehr Verletzlichkeit und Ehrfurcht einbringen, als sie das jemals zugeben würden. Und anschließend können sie die falsche Fassade ihrer Maskulinität wieder aufrichten, um einen weiteren Tag als Mann in dieser Welt zu überleben. Aber diese Wahrheit ist nicht ausschließlich für Hostessen reserviert. Fast alle Ehefrauen und Freundinnen können diese Zwiespältigkeit bezeugen.

Männer gehen zu Frauen, um geheilt zu werden, ob sie es nun zugeben oder nicht. Es ist möglich und ganz natürlich, durch die sexuelle Vereinigung Heilung zu finden. Ich glaube, die heilige verwandelnde Natur von Sex zeigt sich nicht nur in dem Wohlbefinden nach dem Orgasmus, sondern auch in dem Band zwischen den Liebenden. Sex kann verändernd sein, wann immer er unser Leben erweitert oder bereichert. Sex kann heilend sein, wann immer er uns hilft, uns besser zu fühlen. Und das gilt für beide Geschlechter, für Männer und für Frauen.

Ich habe dies bei meinen Kunden immer wieder miterlebt. Da die meisten meiner professionellen Beziehungen über mehrere Jahre andauerten, konnte ich die Veränderungen im Leben dieser Männer von unserem ersten Treffen bis zum letzten sehen. Meistens erlebte ich mit, wie sie sich dem Leben öffneten und zu einem gesünderen Selbstwertgefühl fanden. Männer, die nicht den Mut hatten, um eine Gehaltserhöhung zu bitten, wurden befördert oder gründeten ihr eigenes erfolgreiches Unternehmen. Männer, die sich dazu verurteilt sahen, ein einsames Leben ohne Liebe zu führen, begegneten der Frau ihrer Träume, verliebten sich und heirateten.

Hat der Sex ihnen den Mut gegeben? Inspirierte sie die Liebe und Akzeptanz, die ich in unsere Begegnung brachte, dazu, sich in ihrer Haut wohler zu fühlen? Oder läutete der schlichte Akt, das Recht auf Vergnügen zu beanspruchen, die Entwicklung gesünderer Selbstbehauptungsfertigkeiten ein? Die genauen Antworten auf diese Fragen kenne ich nicht. Aber ich weiß, dass sich das Leben meiner Kunden im Schnitt verbesserte. Die Ausnahme bildeten nur suchtgefährdete Personen, die Sex brauchten wie ein Alkoholiker einen Drink braucht.

Wie alle Süchte zerstört auch die Sexsucht das Leben. Natürlich hat Sucht keinen Platz in einem gesunden Sexleben. Eine Definition von Sucht lautet, dass sie massiv in Ihr Leben eingreift. Wenn Sie sich Sorgen über eine mögliche Sexsucht machen, dann stellen Sie sich zur Probe folgende Fragen: Halten Sie Ihre sexuellen Aktivitäten davon ab, Ihre Rechnungen zu bezahlen, Ihre Arbeit zu erledigen oder Sex mit Ihrem Partner zu haben? Viele Menschen fürchten, sie seien sexsüchtig, obwohl sie es gar nicht sind. Was Sie in Wirklichkeit erleben, ist sexuelle Scham. Einige Therapeuten und spirituelle Berater mögen sie rasch als sexsüchtig etikettieren, jedoch nur in Reaktion auf ihre eigene sexuelle Scham. Natürlich leben alle Süchtigen im Zustand der Verleugnung, darum können sie ihr eigenes Verhalten oft nicht richtig beurteilen. Halten Sie Ausschau nach Anzeichen, die darauf hindeuten, dass jemand sein tägliches Leben nicht mehr im Griff hat. Wenn jemand im Leben gut zurechtkommt, hat er wahrscheinlich keine Suchtprobleme. Und denken Sie immer daran, dass Sex in unserer derzeitigen Gesellschaft einen schlechten Ruf hat, also versuchen Sie, nicht in die Schamfalle zu geraten.

Eine gesunde Beziehung zu unserer Sexualität kann unser Leben auf unerwartete Weise verbessern. Sex schafft eine überaus wichtige Verbindung zu unserem innersten Selbst. Und gesunder Sex verbessert unser Selbstwertgefühl, unsere Gelassenheit, unsere Lebenslust und die Akzeptanz anderer. Wenn Sie glücklich sind, treten Sie anderen Menschen auf dieser Welt viel aufgeschlossener gegenüber. Und Sex kann uns sehr, sehr glücklich machen.

Was meine ich mit »gesundem Sex«? Ich meine so ziemlich dasselbe, wie wenn ich von »gesundem Essen« spreche. Gesundes Essen hält Ihren Körper lebendig und agil, anstatt Sie krank zu machen. Gesunder Sex macht sie lebendig im Geist, anstatt Ihnen emotionalen Stress zu verursachen. Im Fall von Sex dürfen Sie sicher sein, dass er gesund ist, wenn er im Kontext einer ehrlichen und offenen Kommunikation geschieht, in gegenseitigem Einvernehmen, mit klaren Grenzen und auf der Basis vorurteilsfreier Akzeptanz (der Abwesenheit von Scham).

Ich hoffe, dass Sie sich von sexuellen Schamgefühlen befreien können, dass Sie die Freude und spirituelle Erfüllung kennen lernen, die den Sex heilig macht, sowie die Vereinigung von Sex und Spiritualität, die Ihre tiefsten Sehnsüchte erfüllt. Wenn Sie Ihr Sexleben verbessern und sich dadurch Ihr ganzes Leben verwandelt, umso besser. Wann immer und wie auch immer Sie Ihre Sexualität erforschen, hören Sie dabei stets auf Ihre Intuition und Ihre tiefsten Gefühle, und Sie werden Ihren ganz persönlichen sexuellen Weg finden. Eines wünsche ich Ihnen dabei vor allem: Dass Sie auf Ihrem Weg viel Spaß haben mögen.

Nachwort

Auf der Suche nach der Göttin

Was ist eine Göttin? Das Wörterbuch lässt uns die Wahl zwischen einem übernatürlichen Wesen, das der Anbetung wert ist, oder einer Frau von Schönheit und Anmut. Tatsächlich hat in der westlichen Kultur die Anbetung von Frauen, die als schön gelten, eine lange Tradition. Für mich und viele andere hat das Wort »Göttin« jedoch eine viel tiefere Bedeutung als sie diesen beiden Definitionen eigen ist.

Kurz nachdem ich Hostess geworden war, entwickelte ich ein Interesse für alte Göttinnenkulturen, von denen die meisten sehr positiv zu Sex und gleichzeitig zu Frauen eingestellt waren. Ich las Merlin Stones Klassiker *Als Gott eine Frau war. Die Geschichte der Ur-Religion unserer Kulturen* (Goldmann, 1989). Ich flog nach England und, anstatt wie die meisten Touristen nach London zu eilen, reiste ich in Gesellschaft anderer Frauen über das Land und suchte alte heilige Orte auf, die den Göttinnen geweiht waren, darunter den Steinkreis von Avebury, Chalice Well und der Glastonbury Tor. Ich besuchte auch Stonehenge, Silbury Hill und mehrere Burgen. Aber mein Lieblingsort war Glastonbury.

Die Woche, die ich in Glastonbury verbrachte, hatte etwas Magisches. Ich wohnte in einer schlichten Pension, aber von meinem Zimmerfenster aus hatte ich einen wunderbaren Blick auf das Herz der Stadt. Meistens hüllten morgens die Nebel von Avalon die Gebäude ein und nur die herrlichen Kirchturmspitzen durchbrachen das Weiß. Ein kleines Lamm kam jeden Morgen in die Küche, wenn wir unser englisches Frühstück aus Tomaten, Schinken und Muffins zu uns nahmen, um an einer Flasche Milch aus dem Kühlschrank zu nuckeln.

Ich besuchte Glastonbury Abbey, die manche für die älteste oberirdische christliche Kirche der Welt halten. Glastonbury Abbey ist nur noch eine Ruine, aber die Umgebung ist herrlich und Abbot's Kitchen, die alte Abteiküche, steht noch immer. Als ich Abbot's Kitchen verließ, stieß ich auf einen großen, eiförmigen Stein, der vor der Küche lag. Anders als bei den Töpfen und den anderen Gegenstände in der Küche, war bei diesem Stein keine Tafel angebracht, die über Name, Herkunft und Funktion aufklärte. Doch schien er mir etwas Bedeutsames auszustrahlen. Ich fühlte mich zu dem Stein hingezogen und als ich neben ihm stand, wollte ich mich auf ihn setzen. Ich hatte keine Ahnung, warum das so war, und es schien auch irgendwie unpassend. Was sollten die Platzwächter oder die anderen Touristen denken?

Die Oberseite des Steines besaß eine Einbuchtung. Sie hatte die Größe einer kleinen Suppenschüssel und schien den Inhalt einer Tasse aufnehmen zu können. War das eine uralte Gerätschaft, um Korn zu mahlen? Ich wusste es nicht. Aber der Impuls, mich auf die Einbuchtung zu setzen, ließ nicht nach, also fügte ich mich schließlich und setzte mich auf den Stein. In diesem Moment kam ein großer Friede über mich, als ob ich plötzlich mit etwas Altem und Bedeutsamem in Verbindung stünde. Aber mit was?

Im Laufe dieses Tages fand ich in einem Souvenirladen eine kleine Broschüre mit einem kurzen Textabschnitt über diesen Stein. Offenbar war er älter als Glastonbury Abbey und wurde von Priesterinnen aus alter Zeit für heilige Rituale verwendet. Der Stein war für menstruierende Frauen gedacht, die sich auf ihn setzen sollten. Ich war verblüfft. Wie konnte es angehen, dass ich den starken Drang verspürte, einem so alten Ritus zu folgen, wo ich doch keine Ahnung von den Ritualen oder den Menschen hatte, die diese Rituale pflegten?

Viele andere magische Momente begleiteten meinen Aufenthalt in Glastonbury. Ich trank die heilenden Wasser des Chalice Well, kletterte bei Vollmond auf den Tor und traf viele Frauen, die nach Verbundenheit mit den uralten Göttinnenkulturen suchten und eine ähnliche Pilgerreise unternahmen. Ich kehrte zu meinem Leben als Hostess zurück in dem Wissen, dass es Jahre dauern würde, bis ich all das, was ich erlebt hatte, verstehen und ganz in mich aufsaugen konnte.

Heute weiß ich, dass der Menstruationsstein eine besondere Bedeutung für mich hatte, denn er stand im Widerspruch zu der Scham, die ich damals wegen meines weiblichen Körpers, seiner Fruchtbarkeit und seiner sexuellen Funktion empfand. Menstruationsblut ist tabu. Ich dachte, das sei immer schon so gewesen. Ich fühlte mich irgendwie befreit, als ich erfuhr, dass vor langer Zeit Frauen stolz waren, einmal im Monat zu bluten. Sie waren der Meinung, es verleihe ihnen besondere kreative und intuitive Kräfte. Die Männer jener Zeit versuchten sogar, durch meditative Praktiken ähnliche Kräfte in sich zu wecken.

Wie anders kommt da unsere heutige automatische Entschuldigung daher, dass man »seine Tage« habe. Obwohl wir die weibliche Periode nicht mehr als »Fluch« betrachten, wird sie als negativ und nicht wünschenswert wahrgenommen. Oh, wir lieben es, die Menstruation zu hassen. Männer klagen darüber, Frauen ertragen sie und das einzig Positive, was man je darüber hört, ist, dass sie einen wissen lässt, dass man nicht schwanger ist.

Aber man kann einen so wichtigen Teil des Frauseins nicht hassen, ohne nicht auch der ganzen Frau ein wenig Feindseligkeit entgegenzubringen. Darum verinnerlichen so viele von uns Frauen schließlich, Frau zu sein mache keinen Spaß und sei nicht so machtvoll, wie Mann zu sein. Das Studium der alten Göttinnenkulturen öffnete mir die Augen für eine neue, erleuchtete Sichtweise. Ich lernte, dass man Frauen einst für mächtiger hielt als Männer und das aus vielerlei Gründen, einschließlich der Tatsache, dass neues Leben aus ihrem Schoß entsteht. Als ich mit meiner Kraft als Frau in Berührung kam, fing ich auch an, mehr Spaß zu haben.

Mein Studium der Göttinnenkulturen ergänzte mein Studium der uralten Tempelprostitution. Ich lernte, dass Sex einst als gut und potenziell heilend galt. Die Tempelpriesterinnen setzten Sex ein, um jene zu heilen und zu segnen, die zu ihnen kamen, um sie als Fleisch gewordene Göttinnen anzubeten. Als ich diese faszinierenden Aspekte der weiblichen Geschichte erfuhr, eröffnete sich mir eine völlig neue Dimension, Frau zu sein und Sex als Frau zu haben. Anstatt mich zu schämen, verspürte ich Stolz. Anstatt Angst zu haben, fühlte ich mich mächtig. Anstatt verlegen zu sein, spürte ich Macht.

Meine Selbstwahrnehmung veränderte sich, ebenso mein Leben als Hostess. Ich sah mich als Fleisch gewordene Göttin und konnte den Sex einsetzen, um meine Kunden zu heilen und zu segnen. Meine Kunden segneten wiederum mich. Mit der Veränderung meiner Wahrnehmung als Hostess veränderte sich auch meine Kundschaft. Anfangs waren die Veränderungen minimal.

Da war der Millionär, der meine Wohnung neu einrichten ließ und mir jährlich eine größere Summe überwies. Er wollte keinen Sex. Er unterhielt sich gern mit mir, bestellte Essen beim Catering-Service und sah sich alte Filme mit mir an. Meine Aufgabe war es, über seine Witze zu lachen oder Interesse an seinen Erzählungen zu zeigen. Das war gar nicht weiter schwer. Er war ein freundlicher und großzügiger Mann, der mir vieles schenkte, an dem ich heute noch Freude habe.

Dann war da der brillante Arzt mit dem jungenhaften Charme, der sich beinahe in mich verliebt hätte. Wir hatten ein Rendezvous in New York, wo ich mein erstes Broadwaystück sah. Ich bezog eine Privatsuite im Benjamin, gegenüber dem Waldorf Astoria. Das Badezimmer war aus Marmor, die Ausstattung in Kristall, Silber und Porzellan. Ich bestand immer auf einem eigenen Hotelzimmer, wenn ich mit Kunden verreiste. Dafür insistierte ich nicht darauf, Erster Klasse zu fliegen. Aber bei dieser Gelegenheit kaufte er mir dennoch ein Erste-Klasse-Ticket. Ich sah nicht ein, warum ich das viele Geld verschwenden sollte, nur damit mein Hintern in der Luft bequemer saß. Also tauschte ich das Ticket gegen ein Ticket der Businessklasse und gab die eingesparten 2000 Dollar in einer Designerboutique aus.

Ich trug ein Paillettenkleid, als wir uns das Broadwaystück ansahen. Wir verlebten eine herrliche Zeit in New York. Er nahm an einer Tagung teil und ich ging ins Fitnessstudio und ließ mich im Wellnessbereich massieren. Er zahlte mir 18 000 Dollar für die dreizehn Stunden, wie wir unter dem Strich zusammen waren. Natürlich verbrachte ich zwei Nächte in New York und dann kam noch der lange Flug hinzu. Für eine hochklassige Hostess ist das ein normales Honorar. Meine Kunden zahlten auch für all meine Reisespesen. Hotel, Flugticket, Speisen und Getränke sowie Sonderausgaben kamen zusätzlich hinzu. Also kostete ihn dieses Date wahrscheinlich insgesamt 23 000 Dollar.

Bei solchen Dates geht es nicht um Sex, obwohl Sex so gut wie immer Teil des Dates ist. Wir verbrachten in diesen zwei Nächten nur ungefähr drei Stunden im Bett. Wenn man es so sieht, erhielt ich über 10 000 Dollar pro sexueller Begegnung oder 7666 Dollar pro Stunde. Aber diese Erbsenzählerei übersieht den eigentlichen Punkt meines Berufes. Hostessen und Kurtisanen arbeiten keine Vierzig-Stunden-Woche, darum kann man nicht den Taschenrechner herausziehen und unser Jahreseinkommen ausrechnen. Einer der Vorteile, wenn man so gut entlohnt wird, besteht darin, dass man nicht regelmäßig arbeiten muss.

Vor den Terroranschlägen des 11. September war ich so verwöhnt, dass ich einfach davon ausging, jederzeit an neue Orte fliegen zu können. Einmal reiste ich in einen kleinen Kurort im Golf von Florida, wo ich direkt am Strand ein Zwei-Zimmer-Apartment bewohnte. Das azurblaue Meer schwappte an den weißesten Strand, den ich je gesehen hatte. Die Szenerie war wie aus einem Traum. Die Pelikane flogen niedrig, während in der Ferne ein einsamer Golfer seinen Schwung übte. Die Muscheln und kleinen Kiesel, die an den Strand gespült wurden, waren pastellig rosa, hellblau und grau. Mein Wohltäter bei diesem Date war ein Filmproduzent, der mich nur für diese eine Nacht eingeflogen hatte. Eine Limousine brachte uns in ein Restaurant am Hafen, das nur für uns länger geöffnet hatte. Weil wir die einzigen Gäste waren, kümmerten sich der Koch und das Personal um jeden unserer Wünsche. Ich muss zugeben, es fühlte sich ziemlich dekadent an, ein komplettes Restaurant nur für sich alleine zu haben.

Ich kann noch mit anderen Aschenputtel-Geschichten aufwarten. Für zwei Jahre füllten glamouröse Orte wie Los Angeles, Chicago, Seattle, Princeton, New York, Carmel By-The-Sea, Santa Barbara und einige unspektakulärere Orte meinen Terminkalender. Jedes Mal war ich mit einem anderen Mann unterwegs, aber irgendwie war es immer ähnlich. Ob wir ins Theater oder Konzert gingen, ein Museum oder eine Kunstgalerie besuchten, französische Dessous oder Mode kauften oder einfach nach dem Abendessen einen romantischen Spaziergang im Mondlicht machten, ich fühlte mich, als spielte ich die Hauptrolle in einem Märchenfilm.

Aber nicht diese Verwöhnbehandlung und auch nicht das Geld machten den Beruf der Hostess für mich zu einer so positiven Erfahrung. Ich sortierte viele wohlhabende Männer aus, bevor wir uns auch nur getroffen hatten, allein aufgrund ihrer negativen Einstellung. Ich wählte nur positive und respektvolle Begleiter, sonst hätte ich meine Fähigkeit verloren, eine tiefe und bedeutsame Verbindung herzustellen. Ich wollte meine Karriere nicht auf Schauspielerei gründen, sondern zog eine echte spirituelle Verbundenheit vor. Und das machte es erforderlich, dass ich feste Grenzen zog und einwandfreie Standards mit und für meine Kunden beibehielt.

Infolgedessen kristallisierte sich eine Gruppe von Kunden heraus, die zu meiner persönlichen Entwicklung in einer Form beitrugen, für die ich meine Dankbarkeit nie angemessen werde zeigen können. Ich wurde von vielen Eigenschaften dieser erfolgreichen und beeindruckenden Männer beeinflusst. Sie brachten mir bei, die Welt mit ihren Augen zu sehen, und diese Einblicke machten mich zu einem besseren Menschen. Vielleicht war das doch keine *Aschenputtel*-Geschichte, sondern der Inhalt von *My Fair Lady.*

Obwohl ich Dinge wie Erste-Klasse-Tickets, Fünf-Sterne-Restaurants, 2000-Dollar-Kleider, private Ferienhäuser am Strand, Hotelzimmer aus Marmor und Mahagoni, Broadwaystücke, Limousinen, teure Geburtstagsgeschenke, Einkaufsorgien, riesige Trinkgelder und Luxus-Massagen nicht für selbstverständlich nehme, kommt es mir nicht auf diese Dinge oder auf Geld an. Die Absicht und die Emotionen hinter diesem extravaganten Leben sind wichtiger als das Geld, das dafür ausgegeben wurde. Meine Gefühle für meine Kunden hatten wenig mit den Summen, die sie ausgaben, zu tun, aber alles mit der Energie, die sie in unsere gemeinsame Zeit einbrachten. Die kleinen Dinge machen den Unterschied aus, und eine von Herzen kommende Anstrengung bleibt niemals unbemerkt.

Einmal wurde ich beispielsweise in ein Zimmer gebeten, in dem Räucherwerk brannte und meditative Musik lief. Überall standen Göttinnenfiguren und mein Blick wurde von einem schlichten Altar angezogen. Dort umrahmten mehrere CDs ein Bündel Geldscheine. Es waren nicht einfach CDs. Es waren Kompositionen meines Gastgebers, und als solche waren sie ein sehr persönliches Geschenk, das tief aus seinem Herzen kam. Er komponierte spirituelle Musik und sein spiritueller Weg wurde von christlichen und Göttinnenvorstellungen geprägt. So waren die eineinhalb Stunden, die wir miteinander verbrachten, wie ein langes Gebet und ich hatte die Ehre, als Medium für die Große Göttin zu dienen. Ich ging voller Freude, Frieden und Gefühlen der Ganzheit.

Kraftvolle Begegnungen wie diese gehen über die eindimensionale Definition unseres Berufes oder die Bezahlung hinaus. Und doch war das Geld ein wichtiger Bestandteil unserer Begegnung, denn es diente als Opfer beziehungsweise als Symbol der Verehrung. Wenn ich an diesen Kunden denke, spüre ich ein warmes Gefühl in meinem Herzen, weil er wahrhaft weiß, wie man Frauen als sexuelle Wesen und Göttinnen bestätigt. Er mag nicht reich sein, was Besitztümer oder Geld angeht, aber er ist reich an Geist.

Während einer anderen beruflichen Verabredung spazierte ich durch den Garten des Kunden. Wir freuten uns an den Tomaten und den Süßkartoffeln. Ich öffnete die Hülse einer Erbse und aß die Erbse. Nur weniges ist köstlicher, als Gemüse direkt im Garten zu essen. Mein Kunde erntete Sommerkürbisse und Paprika und schenkte sie mir. Als ich später in das Gemüsefach meines Kühlschranks schaute, erinnerte ich mich wohlig an diesen unschuldigen Moment in seinem Garten und an die zärtlichen Umarmungen, die er mir in unserer gemeinsamen Zeit schenkte.

Es ist ein Klischee, aber dennoch kann ich den Wahrheitsgehalt bestätigen: Die Absicht zählt! Ob jemand ein Vermögen oder gar nichts ausgibt, ist wirklich egal.

Meine Kunden waren etwas Besonderes für mich, wenn sie mir offen und ehrlich begegneten. Offenheit und Ehrlichkeit erfordert, dass Sie Ihre Seele entblößen, nicht nur Ihren Körper. Und die meisten meiner Kunden taten das. Einer solchen Verletzlichkeit kann man nicht ausgesetzt werden, ohne nicht für immer verändert zu werden. Ich wurde von meinen Kunden aufgrund ihrer Verletzlichkeit und Ehrlichkeit buchstäblich verwandelt. Mein Leben wurde reicher und mein Herz voller. Verletzlichkeit, Ehrlichkeit, Redlichkeit – diese Eigenschaften zeigen sich bei jedem Menschen anders, aber stets sind sie etwas Besonderes.

Worauf es wirklich ankommt, ist die Absicht. Ich kannte Männer, die mein Honorar verdoppelten, weil sie mich beeindrucken oder vielleicht ein Gefühl der Macht über mich verspüren wollten. Dieses Geld musste ich mir schwer verdienen, weil wir keine echte Verbindung zwischen uns herstellen konnten. Es gab nur ein paar Posen, nach denen sich beide Beteiligte leer fühlten. Mir war es lieber, wenn ein Kunde sein ganzes Sein investierte und sich hingab, um wirklich Vergnügen zu empfinden und sich auch an meinem Glück zu erfreuen. Natürlich kam das Geld gelegen, aber eine lausige Erinnerung wog es nicht auf.

Mein idealer Kunde definierte sich nicht über seinen Beruf, sein Bankkonto oder sein Erscheinungsbild. Mein idealer Kunde war ein rechtschaffener und aufrichtiger Mensch. Es war jemand, der mit offenem Herzen und offenem Geist zu mir kam, um entweder eine spirituelle Dimension seiner Sexualität zu erleben oder zumindest eine emotionale Komponente neben der körperlichen Befriedigung. Glücklicherweise gibt es so viele faszinierende und entzückende Menschen auf diesem Planeten, dass es wirklich unnötig ist, seine Zeit mit Leuten zu verbringen, die nicht so sind.

Ich bin nicht mehr bereit, meine Zeit in Gesellschaft eines Mannes zu verbringen, der anmaßend, herrisch oder oberflächlich ist. Diese Entscheidung ist wichtig, wenn man viel Zeit mit einem Menschen verbringt. Je länger man mit jemandem zusammen ist, desto schwerer fällt es, vorzuheucheln, dass man die Gesellschaft des anderen genießt. Keiner von beiden kann sich dann amüsieren. Für Verabredungen, seien sie umsonst oder gegen Honorar, steht fest: Beide Teilnehmer müssen eine gute Zeit haben, ansonsten ist die Verabredung ein Reinfall.

Wenn ich mich ehrlich gut unterhalte, dann besteht keine Veranlassung, Begeisterung und Freude für die Begegnung vorzutäuschen. Ich habe mich so sehr daran gewöhnt, wahre Freude bei der Arbeit zu erleben, dass ich etwas anderes einfach nicht mehr ertrage. Anfangs schauspielerte ich häufig und fand mich mit einer Menge ab. Für sehr viel weniger Geld, wie ich hinzufügen möchte. Wenn das Selbstwertgefühl steigt und man mehr vom Leben verlangt, dann reagiert das Leben interessanterweise damit, dass es einem das gibt, wofür man sich für wert erachtet. Daher habe ich als Hostess die Erfahrung gemacht, dass ich bessere Arbeit leistete und eine viel bessere Kundschaft anzog, wenn ich mein Honorar erhöhte und darauf bestand, meine Arbeit zu genießen.

Viele meiner Kunden waren ehrlich und großzügig, nicht

nur mit ihrem Geld, auch mit ihrem Wesen. Sie ergriffen die Gelegenheit, mir ihr inneres Selbst zu zeigen und im Gegenzug auch einen Blick in mein Innerstes zu werfen. Sie sahen das Leben und das Vergnügen als etwas, das eine spirituelle Dimension besitzt. Sie hatten gelernt, sich spontanen Augenblicken der Freude und der gegenseitigen Verbundenheit hinzugeben. Sie waren in der Lage, Erwartungen und Kontrolle lange genug loszulassen, um sich das Wunder jedes Augenblicks bewusst zu machen. Vielleicht hatte die Erfahrung sie gelehrt, dass Glück und Orgasmen sich nicht erzwingen, sondern nur begrüßen lassen.

Indem ich meine Erfahrungen als Hostess und Kurtisane mit Ihnen geteilt habe, konnte ich Ihnen hoffentlich mehr bieten als nur das Wissen um Sextechniken, das ich in den vergangenen vierzehn Jahren angesammelt habe. Sextechniken sind wichtig und erfordern Information und Erfahrung, um sie zu perfektionieren. Dieses Buch hat Ihnen sicher einige Hinweise gegeben, die Sie auch anderswo finden, und einige Tipps wie die Isis-Hocke, die nur Hostessen und Kurtisanen kennen.

Um unsere sexuelle Erfüllung zu finden, müssen wir Frauen viele Barrieren überwinden, die größtenteils unsere sex-negative Gesellschaft aufstellt, in der wir aufgewachsen sind und in der wir als Erwachsene leben müssen. Ich hoffe, mein Buch liefert Ihnen das Rüstzeug, das Sie benötigen, um sämtliche Hindernisse zu überwinden. Wenn Sie den Weg zu einem glücklichen und erfüllenden Sexleben einschlagen, hilft es Ihnen vielleicht, sich selbst als Göttin zu sehen. Für meine Verwandlung war das jedenfalls ganz wesentlich.

Es ist unglaublich machtvoll und lebensverändernd, wenn

wir unser Geburtsrecht als Göttin einfordern. Dabei bestätigen wir unsere zentrale Rolle in der Geschichte ebenso wie unseren kreativen Einfluss auf die Zukunft. Auf einer persönlichen Ebene wissen wir, dass wir innerlich schön sind. Und genau so wie wir sind, sind wir auch äußerlich schön. Wir können die Botschaft der Medien, die das Gegenteil behauptet, als die geldgierige Gehirnwäsche betrachten, die sie ist. Eine Göttin fürchtet sich nicht, älter zu werden, denn mit dem Alter kommen Weisheit und Einsicht. Wir wissen, dass Vergnügen keine Sünde ist, sondern ein ganz besonderes Geschenk und ein wichtiger Aspekt des Lebendigseins. Wir spüren keine Scham für unseren weiblichen Körper oder unser sexuelles Verlangen. Unsere Rolle im Leben besteht nicht darin zu warten, sondern aktiv zu werden. Sex ist nichts, was uns Frauen geschieht. Wir haben vielmehr die Freiheit, Sex sowohl selbst zu initiieren und unseren Partner zu verführen, als auch uns verführen zu lassen. Wenn wir uns mit unserer inneren Weisheit neu verbinden und lernen, unserer Intuition zu vertrauen, können wir sexuelle Entscheidungen treffen, die unser sexuelles und unser spirituelles Selbst vereinen, die zu Heilung und Glück führen und die sinnliche Freude begrüßen, am Leben zu sein.

Ich hoffe, dass meine Erfahrungen und Einsichten als Hostess Ihnen helfen werden, Ihre sexuelle Welt zu erweitern und zu bereichern. Aber vor allem wünsche ich Ihnen wahre Macht als die Göttin, die Sie sind!

Anmerkung der Autorin

Die Macht der freien Wahl

Um sich mit ganzer Leidenschaft dem Sex hingeben zu können, habe ich es stets als notwendig empfunden, auch zu verstehen, inwiefern Sex schädlich sein kann. Das ist ein notwendiges Wissen für jede, die sich als Expertin auf dem Gebiet sexueller Ekstase sehen will!

»Ja« zum Sex zu sagen und zu all den Freuden und Genüssen, die er bereiten kann, ist ein wunderbarer, heilender und erfüllender Schritt in Ihrem Leben. Aber ich weiß aus eigener Erfahrung, dass die Freuden der Sexualität überschattet sein können von Erfahrungen aus der Vergangenheit, die alles andere als angenehm waren. Ich weiß auch, dass es nicht auf innerer Stärke beruht, »Ja« zu sagen, solange man nicht zuerst gelernt hat, »Nein« zu sagen. Das gilt vor allem für Frauen, die ja häufig dazu gebracht werden, ihre Gefühle, Bedürfnisse und Wünsche zu minimieren, und das ist nichts, was der sexuellen Selbstbestimmung und Unabhängigkeit zuträglich ist.

Daher ist jede Diskussion über sexuelle Selbstbestimmung und Unabhängigkeit unvollständig, wenn man nicht auch über sexuellen Missbrauch und sexuelle Übergriffe spricht. Als Hostess war es bisweilen nötig, dass ich mithalf, die inneren Wunden sexuellen Missbrauchs meiner Kunden zu heilen.

Natürlich ist das ein langer und komplexer Prozess, der jahrelange Therapie erfordert; ich konnte jedoch mit zur Heilung beitragen, indem ich sensibel auf die Menschen einging, die sexuellen Missbrauch und sexuelle Übergriffe erfahren hatten. Nur wenige meiner Kunden waren als Kind oder als Erwachsener selbst vergewaltigt oder missbraucht worden, einige meiner Kunden aber lebten in einer Beziehung mit einer Frau, die sexuell missbraucht worden war. Sie kamen zu mir, weil ihre Partnerinnen keinen Sex haben wollten. Während unserer gemeinsamen Zeit versuchte ich, das Einfühlungsvermögen dieser Männer für die Probleme zu schärfen, denen sich ihre Frauen und Freundinnen auf dem Weg zur Genesung gegenübersahen.

Vergewaltigung und Kindesmissbrauch haben einen gewaltigen Einfluss auf das Leben von Frauen und Männern. Ob wir selbst sexuelle Zwangssituationen erlebt haben oder eine Beziehung zu einem solchen Menschen haben, jede sexuelle Aktivität, die nicht in gegenseitigem Einverständnis geschieht, hat die Macht, unseren Seelenfrieden zu zerstören und ebenso unser Vermögen, sexuelle Erfüllung zu finden. Sexuelle Nötigung fordert auch ihren Tribut von der Gesellschaft und unserer Einstellung zum Sex. Da Sex missbraucht werden kann, stehen die Gesellschaft und die Gesetzgebung dem Sex im Allgemeinen eher ablehnend gegenüber. Das ist eine unselige und unnötige Reaktion auf ein problematisches Thema. Wenn wir begreifen, dass sexuelle Nötigung mehr mit Gewalt und Macht als mit Sex zu tun hat, könnten wir allmählich eine positivere Einstellung zum Sex einnehmen und gleichzeitig jeden Missbrauch scharf ahnden.

Was die Zahlen der Opfer von Kindesmissbrauch angeht, gibt es unterschiedliche Ansichten. Manche behaupten, dass eins von vier Mädchen und einer von fünf Jungen sexuell missbraucht wird. Das National Institute of Justice gab 1997 einen Bericht heraus, der belegt, dass in den Vereinigten Staaten von den 22,3 Millionen Kindern im Alter zwischen zwölf und 17 Jahren 1,8 Millionen Opfer ernster sexueller Übergriffe beziehungsweise Missbrauchs waren. In Deutschland werden nach polizeilicher Kriminalstatistik jährlich etwa 20 000 Fälle sexuellen Missbrauchs an Kindern zur Anzeige gebracht. Es ist eine Tatsache, dass eine alarmierend hohe Zahl von Kindern durch ungewollten und unangemessenen sexuellen Kontakt traumatisiert wird. Diese Kinder wachsen zu Erwachsenen heran, denen sich große Hindernisse in den Weg stellen, wenn es um sexuelles Vergnügen und Intimität geht.

Selbst wenn Sie oder Ihr Partner als Kinder niemals sexuell missbraucht oder vergewaltigt wurden, besteht die Wahrscheinlichkeit, dass Sie zu irgendeinem Zeitpunkt in Ihrem Leben etwas erlebt haben, was nicht ganz im gegenseitigen Einvernehmen geschah. Vielleicht sagten Sie »Nein«, aber ein heißblütiger Freier verfolgte Sie dennoch unermüdlich. Oder Sie haben ein »Nein« als »Ja« verstanden und sexuellen Kontakt mit einem nicht wirklich willigen Partner durchgesetzt. Vielleicht schien der Vorfall wie ein Missverständnis oder hat einfach nur einen schalen Geschmack hinterlassen. Es ist sehr wichtig, in Fragen des gegenseitigen Einverständnisses deutlich zu sein.

Bei weitem nicht alle Vergewaltigungen werden gemeldet und das gilt vor allem für männliche Vergewaltigungsopfer.

Die existierenden Statistiken sind jedoch verstörend genug. Opfer von Vergewaltigungen sehen sich einem langwierigen und schwierigen Genesungsprozess gegenüber, der auf ihr Sexleben langfristige Auswirkungen hat.

Wann immer jemand Sex ablehnt und der andere (oder die andere) ihn zu Sex jedweder Art zwingt, spricht man von Vergewaltigung. Das Gesetz neigt zu Haarspaltereien und findet für die begangenen Verbrechen unterschiedliche Begriffe und Ausdrücke, aber alles, was Sie wissen müssen, ist, dass ungewollter sexueller Kontakt jeder Art ein Verbrechen ist! Sie können von jemandem vergewaltigt werden, den Sie kennen und mit dem Sie in der Vergangenheit vielleicht schon einvernehmlichen Sex hatten. Sie haben immer das Recht, Sex abzulehnen, gleichgültig wie Sie sich früher entschieden haben. Und Sie haben das Recht, Ihre Meinung zu ändern auch während der sexuellen Aktivität. Es gibt keinen Punkt, an dem es zu spät wäre und Sie mit dem Sex weitermachen müssen, nur weil Sie anfangs »Ja« gesagt haben. Sie haben immer das Recht, »Nein« zu sagen. Immer.

Es muss noch festgehalten werden, dass Kindesmissbrauch und Vergewaltigung in jedem Alter tief greifende Auswirkungen auf unser Sexleben haben, aber keines von beidem ist eine Form von Sex. Vergewaltiger und Kinderschänder sind süchtig nach einer Form des Machtmissbrauchs. Sie genießen die Angst, das Entsetzen und die Hilflosigkeit ihrer Opfer, nicht den Sexakt an sich. Genauer gesagt, erreichen viele sexuelle Straftäter (manche nennen einen Schätzwert von 43 Prozent) während ihres Verbrechens keinen Orgasmus.

Es ist gleichermaßen wichtig, dass Vergewaltigung und sexueller Missbrauch niemals die Schuld des Opfers sind. Jeder kann Opfer eines sexuellen Übergriffes werden, ungeachtet seines Geschlechts, seiner Rasse oder seines Alters. Da es nichts mit dem Menschen zu tun hat, der angegriffen wird, gibt es auch keinen logischen Grund, Schuldgefühle zu hegen, weil man das Opfer eines Straftäters wurde. Dieses Wissen erleichtert den Heilungsprozess für viele Überlebende.

Wie schafft man einen sicheren Raum für jemanden, der sexuelle Nötigung erfahren hat? Vor allem ist es ungeheuer wichtig, diesem Menschen zuzuhören. Menschen, die missbraucht wurden, haben Probleme damit, ihre Gefühle auszudrücken. Sie sprechen sehr leise oder entkräften sich bei jeder Gelegenheit selbst. Beim ersten Anzeichen von Konflikten scheuen sie zurück. Sie treten nicht für sich ein und machen »die Schotten dicht«. Wenn Sie helfen wollen, müssen Sie ruhig bleiben und Ihrem Gegenüber die Chance geben, etwas zu sagen. Sollte er diese Chance nicht wahrnehmen, dann versichern Sie ihm, dass er alles sagen darf, was er will, und dass Sie seine Gefühle nicht verurteilen oder abwerten. Stellen Sie sich auf ein gewisses Maß an Wut ein. Wut ist ein natürlicher Bestandteil des Heilungsprozesses. Wenn Sie dies berücksichtigen, schaffen Sie emotionale Sicherheit.

Der zweite wichtige Dienst, dem Sie diesem Menschen erweisen können, ist körperliche Sicherheit. Berühren Sie nie seinen Körper ohne vorherige Erlaubnis. Das betrifft auch die Haare, Schultern, Arme und Hände – jedes Körperteil! Es kann diesem Menschen mitunter sehr schwerfallen, zu fühlen, dass sein Körper ihm gehört. Sie können helfen, indem Sie anerkennen, dass ihm jeder Zentimeter seines Körpers untersteht und dass er die vollständige und totale Kontrolle darüber hat. Nur weil es in Ordnung war, dass Sie gestern einen bestimmten Bereich berühren durften, heißt das nicht, dass dasselbe auch heute in Ordnung ist.

Fragen Sie einfach: »Darf ich dich umarmen? Darf ich deine Hand halten?« Und gehen Sie nie davon aus, dass die Antwort »Ja« lauten wird. Hören Sie auf die Antwort und akzeptieren Sie sie mit einem aufrichtigen Lächeln, unabhängig davon, wie sie lautet. Menschen, die missbraucht wurden, brauchen das Gefühl, geliebt und akzeptiert zu werden, egal ob sie »Ja« oder »Nein« sagen.

Bei der Arbeit mit den Männern, die zu mir kamen, achtete ich sorgsam darauf, immer erst um Erlaubnis zu bitten, bevor ich sie berührte – obwohl sie mich für den Sex bezahlten. Ich ging nie davon aus, dass eine Berührung in Ordnung war, solange ich nicht die ausdrückliche Erlaubnis eingeholt hatte, den Kunden genau dort und auf diese spezielle Weise zu berühren. Nachdem wir an den Punkt gekommen waren, wo wir tatsächlich Sex hatten (oral oder Geschlechtsverkehr), hörten wir für gewöhnlich auf zu reden. Aber wenn ich beispielsweise sein Rektum berühren oder mich auf ihn setzen wollte, bat ich erneut um Erlaubnis. Ich vermied sogar bestimmte sexuelle Techniken, beispielsweise die Isis-Hocke, weil sie so machtvoll sind. Denn ich ging nie davon aus, dass meine Kunden mit etwas zurechtkommen konnten, nur weil sie Männer waren. Diese Art vorgefasster Meinung hatte keinen Platz in meiner Arbeit als Hostess.

Ob Sie selbst eine negative Erfahrung gemacht haben oder Ihr Partner oder keiner von Ihnen beiden, für Ihr persönliches

Leben ist es wichtig, sich mit diesem Thema auseinanderzusetzen. Wenn Sie über nicht einvernehmlichen Sex informiert sind, können Sie dieses Thema von der Problematik sexueller Freiheit und Autonomie trennen. Das hat einen Einfluss darauf, wie Sie mit sich selbst und Ihrem Partner umgehen, wie Sie Ihre Kinder erziehen und sogar darauf, wie Sie wählen. Jeder, der sich auf sexuellem Gebiet für gut informiert oder erfahren hält, muss auch über das Thema der sexuellen Nötigung Bescheid wissen. Ein umfassendes Verständnis der Voraussetzungen für einvernehmlichen Sex öffnet die Türen zu schuldgefühlfreier Leidenschaft und furchtlosem sexuellen Genuss!

Zu guter Letzt müssen wir Frauen uns klarmachen, dass nichts, was wir tun oder sagen oder sind, jemals einen Akt der sexuellen Nötigung rechtfertigt. Dazu gehört auch, seine Sexpartner häufig zu wechseln oder »provokative« Kleidung. Was können Sie tun, wenn Sie fürchten, »zu nuttig« zu erscheinen?

Die meisten Frauen haben als Heranwachsende sehr viel Energie darauf verwendet, ihre sexuelle Ganzheit zu kontrollieren und zu verstecken. Wir leben in ständiger Furcht davor, was andere denken könnten (und vielleicht wirklich denken), falls sie unsere Kleidung als »zu offenherzig« wahrnehmen oder herausfinden, dass uns Sex »zu sehr« gefällt. Jede Frau hat eine andere Definition, was es heißt, eine »Schlampe« zu sein. Trotzdem existiert eine Abstufung zwischen der »anständigen Frau« und dem »Flittchen«. Diese sexuelle Doppelmoral, die nur für Frauen gilt und mal wieder nicht für Männer, ist aus diversen Gründen schädlich, vor allem aber weil sie die Freude am Sex vergiftet – sogar am monogamen, verheirateten Sex in der Missionarsstellung.

Wenn Frauen schon vor der Mutterschaft Angst haben, für eine Schlampe gehalten zu werden, dann wird diese Angst in meinen Augen nach der Geburt von Kindern noch stärker. Es ist, als ob manche Frauen vergessen, auf welche Weise sie überhaupt erst schwanger werden konnten. Die Gesellschaft setzt Frauen sehr unter Druck, sexuell wenigstens rein zu erscheinen.

Vergessen Sie nie, dass Sie das Recht haben, als sexuelles Wesen Respekt und Würde einzufordern. Abschätzige Bemerkungen wie »Schlampe« sollen Sie beschämen und kontrollieren, aber Sie können das an sich abprallen lassen. Das Wort »Schlampe« hat Frauen viel Kummer und Schmerz verursacht, darum habe ich mich entschieden, ihm KEINE Macht zu geben. Ich glaube, dass nichts, was eine Frau tut, sie zur Schlampe macht. Aber wenn mir jemand diesen Stempel aufdrücken will, dann trage ich ihn mit Stolz. Um mein Recht auf sexuelle Erfüllung und Freude zurückzuerobern, schuf ich eine völlig neue und machtvolle Definition von »Schlampe«:

Sexy
Charmant
Herzlich
Lebenstüchtig
Außergewöhnlich
Mündig
Pragmatisch
Eigenständig

Danksagung

Im Alter von acht Jahren nahm ich an meinem ersten Schreibwettbewerb teil. Ich habe damals nicht gewonnen, aber es entstand der Wunsch in mir, Schriftstellerin zu werden. Ich wollte Journalismus studieren und sah mich schon in Kriegsgebieten als Korrespondentin vor Ort Kugeln ausweichen. Aber stattdessen belegte ich Psychologie und jobbte bis zu meinem Abschluss in der Computer- und Telekommunikationsindustrie. Dennoch hielt sich dieser Kindheitstraum. Irgendwann schrieb ich eine Kolumne über Liebe und Beziehungen für eine kleine alternative Zeitung. Einige Jahre später bekam ich eine unbezahlte Stelle als Redaktionsmitglied einer nationalen alternativen Zeitschrift und mein Name war ungefähr fünf Jahre lang im Impressum zu finden. Schließlich schafften es meine Beiträge in sechs verschiedene Bücher, einschließlich einem universitären Lehrbuch. Aber erst dieses Buch stellt meinen Übergang in die Welt der professionellen Schriftstellerei dar.

Viele Menschen haben mir dabei geholfen, so weit zu kommen. Ich möchte Leah Learned danken, die mir meine erste Zeitungskolumne ermöglichte, sowie Ron Montana für seine moralische Unterstützung und seine fachmännischen Ratschläge als vielseitiger Autor. Karla Rossi hat als Lektorin unermüdlich an meinen Texten gefeilt. Jill Nagle hörte nie auf, an meinen Erfolg als Schriftstellerin zu glauben, und ihr Feedback als Profi auf diesem Gebiet war unschätzbar. Ich möchte auch Norma Jean Almodovar – Aktivistin, Künstlerin und Autorin – danken, die mir im Laufe der Jahre als Mentorin auf vielfältigste Weise zur Seite stand. Carol Stuart war in einer Stunde der Not für mich da. Dafür stehe ich in ihrer Schuld und bin ihr auf ewig dankbar. Peter Alexander teilt nun schon seit einigen Jahren meine kreativen Visionen, Hoffnungen und Träume. Das macht mich dankbar. Es ist zweifelhaft, ob ich ohne die Weisheit und die wunderbaren Geschichten von Cosi Fabian Sex und Männer mit so viel positiver Begeisterung betrachten würde. Die sexuelle Technik der »Isis-Hocke«, die Cosi unterrichtet, ist heute ein fester Bestandteil meiner stolzen Sinnlichkeit als Frau und bildet eine wichtige Säule dieses Buches. Die sexuelle Kunst, die ich mit David Steinberg entwickelte, war ein besonderes Geschenk und eine erotische Erfahrung, die mich und infolgedessen auch mein Buch bereichert und geformt hat. Ich bin auch Dr. Norma McCoy und Joseph Matyas von der San Francisco State University dankbar. Sie boten mir die Gelegenheit, über ein Jahrzehnt lang vor ihren Studentinnen und Studenten zu sprechen; in diesen Vorlesungen habe ich meine Fähigkeit perfektioniert, mein Wissen über Sex und Beziehungen zu kommunizieren. Joseph Hurka bot mir in den dunklen Tagen Halt, als ich mich fragte, ob ich jemals einen Verlag finden würde. Annie Sprinkle und Carol Leigh, Sex-Divas *extraordinaire,* leisteten den ultimativen Freundschaftsdienst, als sie mich zur Seite nahmen und mir für die Fertigstellung meines Buches eine Frist setzten. Nur wenige Freunde nehmen sich die Zeit, um sich ungebeten mit dir hinzusetzen und zu verlangen, dass du deine Träume wahr machst. Diesen bemerkenswerten Frauen werde ich auf ewig dankbar sein. Ich verneige mich vor ihrer Großzügigkeit. Ich möchte auch meiner Mutter für ihre bedingungslose Liebe danken. Ohne ihre unerschütterliche Unterstützung hätte ich in meinem Leben nur wenig erreicht. Meinem Exmann schulde ich ebenfalls Dank. Ich habe während meiner Ehe mit ihm nicht nur eine Million Dinge über Beziehungen, Kommunikation, Verhandlungsführung und Problemlösung gelernt, seine Liebe war auch ein Schutzwall gegen eine Welt, die bisweilen kalt und verurteilend sein kann. Und zu guter Letzt möchte ich meinem Agenten Bob Diforio dafür danken, dass er an mich glaubte. Und ich danke Paul Dinas von Alpha Books, der mich geduldig durch die Erfahrung meines ersten Buches führte.

In mir leben noch viele Bücher. Ich hoffe, sie alle im Laufe der Zeit mit Ihnen, meinen Leserinnen und Lesern, teilen zu können. Dieses Buch hier ist ein erster, bescheidener Anfang. Ich überlasse es Ihnen, über seinen Wert zu befinden. Ich danke Ihnen, dass Sie mir Ihre kostbare Zeit schenken und mein Buch lesen.

Adressen rund um Erotik und Sex

Wie ich schon in der Einführung zu diesem Buch schrieb, ist Sex ein ausuferndes Thema, über das man immer noch etwas lernen kann. Die folgenden Internetadressen gehören zu meinen beliebtesten Informationsquellen über Sex, Sexspielzeug und Spaß am Sex. Viel Spaß damit!

Kostenlose Internetinformationen über Sex, sexuelle Gesundheit und Beziehungen

Deutschsprachige Seiten

Bundeszentrale für gesundheitliche Aufklärung: »Gib AIDS keine Chance«
(Informationen zu sexuell übertragbaren Krankheiten und Safer Sex)
www.gib-aids-keine-chance.de

Bundeszentrale für gesundheitliche Aufklärung
(Informationen zu Kondomen, Safer Sex und Mitmach-Aktionen, vor allem für Teenager)
www.machsmit.de

Deutsche Gesellschaft für Sexualforschung
(Informiert über Neuigkeiten, aktuelle Veranstaltungen und Fortbildungsangebote)
www.dgfs.info

Eltern (Zeitschrift)
(Gibt Informationen zu Partnerschaft und Psychologie)
www.eltern.de/partnerschaft_psychologie/index.html

Erotische Kunst für und von Frauen
www.frauenerotik.de

Familienhandbuch
(Seiten zu Sexualthemen von Paarbeziehungen bis zu Sexualstörungen)
www.familienhandbuch.de

Gesund & Co
(Umfassende österreichische Gesundheitsplattform mit Sex-Infos von A bis Z)
www.gesund.co.at

Unabhängiges Gesundheitsweb mit Lexikon und Ratgeber
www.netdoktor.de

Love Creation
(Informationen über Tantra; mit Seminarangeboten und CD- und Buch-Shop)
www.tantra.de

Lust und Wissen
(Spirituelle Sexualität aus indianisch-schamanischer Sicht)
www.lust-und-wissen.de

Tantra und die Kunst des Seins
(Tantra als Weg, Antworten auf häufige Fragen, Workshop-Angebote; Buch-, CD- und Video-Tipps, außerdem mit umfassender Tantra-Linksammlung)
www.art-of-being.de

Englischsprachige Seiten

Institute for 21st Century Relationships
(Artikel über alternative Paarbeziehungen)
www.lovethatworks.org/index.html

International Academy of Sex Research
(Informatives Journal)
www.iasr.org

Jane's Guide
(Buch-, Video- und Website-Rezensionen, Artikel und vieles mehr!)
www.janesguide.com

The Kama Sutra Temple
(Überaus detailreiche Informationen über Kamasutra und Tantra!)
www.tantra.org

The Kinsey Institute
(Tonnenweise Informationen!)
www.indiana-edu/~kinsey

Libido: The Journal of Sex and Sensibility
(Erotische Schriften und erotische Kunst vom Feinsten)
www.libidomag.com

National Sexuality Resource Center
(Intelligente und aktuelle Artikel)
http://nsrc.sfsu.edu/Index.cfm

Society for Human Sexuality
(Alles, was Sie jemals über Sex wissen wollten)
www.sexuality.org

Spiritual Sexuality
(Workshops und Artikel)
www.spiritualsexuality.com

How to Cure Vaginal Infections
(Selbst gemachte Heilmittel, die wirklich funktionieren!)
www.ehow.com/how_7838_cure-vaginal-infections.html

Expertenhilfe, Unterricht und informative Videos

Deutschsprachige Seiten

Bundeszentrale für gesundheitliche Aufklärung
(Informationen zu Verhütung, Anatomie, Safer Sex vor allem für Teenager)
www.loveline.de

Informationszentrum für Sexualität und Gesundheit
www.isg-info.de

Englischsprachige Seiten

Better Sex Videos by Sinclair Institute
(Lehrvideos und erotische Paar-Videos)
www.bettersex.com/default.asp

The Institute for Advanced Study of Human Sexuality
(Machen Sie einen Abschluss in Sex!)
www.iashs.edu

The New School of Erotic Touch
(Lehrbücher, -videos und -DVDs)
www.eroticmassage.com/cgi-bin/shop.cgi

Online Shopping

Deutschsprachige Seiten

Beate Uhse
(Mode und Erotiktrends in großer Auswahl)
www.beate-uhse.de

Dildoking
(Alles rund um Dildos und Masturbatoren, Fetisch, Sexspielzeug, Erotik-Drogerie, Bücher und DVDs, Sexgeschenke)
www.dildoking.de

Eis.de GmbH Bielefeld
(Dessous für Sie und Ihn, Sexspielzeug, Erotik-Drogerie)
www.eis.de

Erotik-Toys
(Sexspielzeug und Hilfsmittel, Erotik-Drogerie, Bücher, CDs und Videos, erotische Spiele, Dessous und Scherzartikel)
www.erotik-toys.de

Orion
(Dessous & Fashion, Erotikspielzeug, Kondomerie, Bücher und Magazine, Videos)
www.orion.de

Tantra Webshop
(Bücher, CDs und Videos rund um Tantra)
www.tantra-webshop.de

Englischsprachige Seiten

Feelgood-Shop
(Alles aus dem Liebe-&-Lust-Bereich sowie Potenzmittel für Frauen und Männer)
www.feelgood-shop.com

Good Vibrations
(Der erste frauenfreundliche Laden!)
www.goodvibes.com

Woman-Produced Porn
(Von Candida Royalle produzierte Pornos für Frauen – romantisch und freizügig!)
www.royalle.com

Libida – Toys, Tips and Erotica for Women
(Fragen Sie einen Sexperten, und verwöhnen Sie sich mit einem neuen Spielzeug)
www.libida.com

Frauenfreundliche Erotikläden

Bella Donna
Milchgasse 6
73728 Esslingen

Ladies First
Kurfürstenstr. 23
80801 München

Kleine Freiheit
Hudtwalckerstr. 20
22299 Hamburg

Lady's Toys
Geyergasse/Ecke Gürzenichstraße
50667 Köln

La Luna
Anklamer Straße 38
10115 Berlin

Mae B Shops
Hamburg: Mönckebergstraße (Karstadt)
Berlin: Hermannsplatz (Karstadt)
Frankfurt: Zeil (Karstadt)

Interessante Adressen

Deutschsprachige Seiten

Erotika, Lesungen, Sonderausstellungen, Buchshop
www.eroticartmuseum.de

Das einzige Sexmuseum in Westeuropa
www.sexmuseumamsterdam.nl

Englischsprachige Seiten

The Museum of Sex
(Das einzige seiner Art in Amerika – ein absolutes Muss, wenn Sie in New York sind)
www.museumofsex.com

The Woodhull Freedom Foundation
(Sexuelle Rechte für Frauen und alle anderen!)
www.woodhullfoundation.org

Register